# PRETTY SAVAGE

ELENA MAY

# PRETTY SAVAGE

Shingfoo

Shingfoo, 230 route des Dolines, 06560 Valbonne.

www.shingfoo.com

Imprimé par FINIDR - Lipova cp. 1965 - 73701 Cesky Tesin

ISBN : 9782379873881

Couverture : The Book Brander

# AVERTISSEMENT

*Réservé à un public averti.*

*Cette romance contient des scènes qui peuvent heurter la sensibilité de certains lecteurs.*

*Le passé laisse des traces,*
*et elles sont indélébiles.*

# 1

## Malena

Un vieil épisode de South Park passe à la télé tandis que je cale confortablement mon doudou Marcelino dans ma valise, entre les piles de vêtements propres et les sous-vêtements. Je l'emporte pour me rappeler que, même si ma vie est merdique, elle reste moins triste que celle de ce pauvre orphelin. Un peu comme un pense-bête pour relativiser.

Au moment où *Cartman* balance une énième blague raciste, j'entends l'escalier craquer bruyamment sous le poids de mon enfoiré de beau-père. Parfois, j'aimerais pouvoir regretter mon père biologique, mais je ne l'ai pas connu. Et puis, quelque chose dans la façon dont il a quitté ce monde pour l'au-delà me laisse à penser qu'il ne m'aurait pas proposé une option plus glorieuse.

Mon père était accro aux jeux : poker, roulette, machines à sous, craps, paris sportifs. Il était tellement dépendant qu'il avait fini par emprunter de l'argent à des types qu'il valait mieux ne pas avoir comme ennemis. Et il l'a payé de sa vie en se faisant descendre sur le porche de la maison alors que j'étais encore en train de grandir dans le bide de ma mère. Tué par balles.

Des pas écrasent la moquette du couloir, et je ne sursaute même pas lorsque la porte de ma chambre s'ouvre avec fracas sur Giovanni, qui remplit tout l'encadrement.

Question d'habitude.

— T'as préparé le repas, gamine ?

*Gamine.* Le surnom pourrait paraître affectueux, comme pour *Cassie Ainsworth*[1] et son chauffeur. Mais dans la bouche de mon beau-père, c'est comme un mollard craché par terre, sa façon à lui de me rappeler une chose simple : sous ce toit, peu importe si je suis presque majeure, c'est lui qui commande, et ce sera toujours lui.

— Dans le four, craché-je, en retournant à ma valise.

Il abat violemment sa paume grasse à plat sur la porte, qui se met à trembler, menaçant de sortir de ses gonds.

— Parle-moi sur un autre ton ou je t'en colle une, grogne ce gros tas qui pue la bière.

Alors que je ravale une insulte bien sentie, mes poings se resserrent autour d'un tee-shirt fraîchement repassé, comme si j'essayais de broyer le coton entre mes doigts.

— Papa ! le réprimande aussitôt Alessia, qui, jusque-là, était allongée sur mon lit, occupée à réciter l'alphabet à l'envers.

Voilà l'autre raison pour laquelle je ne regrette pas vraiment le cours du destin : ma demi-sœur Alessia, de neuf ans ma cadette, la seule bonne chose qui soit issue de cet ivrogne de Giovanni et de ma mère. Ma mère, parlons-en, ou pas, en fait. Il n'y a pas grand-chose à en dire, si ce n'est que c'est une cocaïnomane, et qu'elle est en taule depuis bientôt trois ans. Le plus navrant dans l'histoire ? C'est que ça arrange tout le monde qu'elle y soit.

Entre ses crises de manque, ses promesses « d'arrêter » qu'elle ne tenait jamais, et ses absences prolongées à répétition, elle

[1] Personnage de la série *Skins*.

n'avait jamais été une source de stabilité. Quand elle avait été arrêtée, ce fut un soulagement, presque une bénédiction.

J'ai dit que Marcelino avait une vie plus pourrie que la mienne ? J'ai été trop modeste.

Giovanni frappe à nouveau le bois de la porte, et la poignée en laiton écaille le plâtre du mur juste derrière.

— Toi, ta gueule ! vocifère-t-il, complètement ivre.

Ce genre de scène est monnaie courante dans cette baraque et pourtant, à chaque fois, j'ai envie de vomir ou de me frapper la poitrine, juste au niveau du cœur. Là où la douleur se loge toujours, sans jamais vraiment disparaître. Immuable.

Si ma petite sœur n'avait pas été dans ma chambre, j'aurais défié son crétin de père, quitte à me prendre une gifle. Après tout, ce ne serait ni la première ni la dernière. Mais Alessia est une gosse sensible qui s'accroche à l'espoir qu'un jour, cette ordure changera et finira par l'aimer. La vérité, c'est que plus elle mûrira, plus elle prendra conscience de la réalité. Alors, si elle est intelligente, elle se contentera de faire comme sa grande sœur Jordane, née du premier mariage de son père : se casser d'ici, sans un regard en arrière.

Mon sac à dos Eastpak défoncé suspendu à mon épaule, je tire ma valise à roulettes derrière moi jusqu'à l'arrêt de bus le plus proche. Le premier week-end après la rentrée à Artemisia Gentileschi est terminé. Je me console en me rappelant qu'il ne m'en reste plus que trente-huit à endurer avant de pouvoir partir vivre ma vie, comme Jordane.

*Another Brick In the Wall* des Pink Floyd hurle dans mes oreilles lorsque, comme prévu, je croise un client au niveau de la Via del Casale. Il m'attend juste en face de la supérette qui a été braquée le mois dernier. Sans prendre la peine de retirer mes écouteurs ni de ralentir, je sors une boulette d'alu de la poche ventrale de mon sweat à capuche, que j'ai enfilé par-dessus mon uniforme. Je la lui passe discrètement, et il me glisse trente balles dans la manche. La transaction a dû durer deux secondes et demie. Peut-être même un peu moins.

Je sais, ça peut sembler totalement irresponsable de dealer alors que ma mère est en prison, notamment à cause de ses addictions. Mais je suis futée, discrète, et je connais très bien les limites imposées par la loi. Tant que j'ai dix-sept ans, je ne risque pas grand-chose à vendre un peu de beuh et du haschisch. Et puis, c'est de l'argent facile dont j'ai malheureusement besoin.

Je monte dans le bus de 18 h 35, toujours en retard. Avec une attitude décontractée savamment maîtrisée au fil du temps, je laisse mes doigts glisser d'une barre verticale jaune vif à une autre, jusqu'à la banquette du fond, où m'attend un autre client régulier. Comme d'hab, Dario Achenza empeste le tabac froid, la vodka bon marché et la transpiration.

Je m'installe à ses côtés, tout en retenant ma respiration. *Merde, il schlingue.*

— Qu'est-ce qu'il te faut ?

— Juste une barrette de shit, dit-il en lorgnant mon uniforme d'Artemisia d'un regard lubrique et répugnant.

Je tire sur ma jupe pour couvrir mes cuisses, avant de plonger la main dans mon sac à dos et d'en sortir une réglette entourée de cellophane, que je lui fourre dans les mains.

— Ça fait soixante, déclaré-je sèchement.

Achenza me tend quarante balles, ce qui m'agace ; c'est la deuxième fois qu'il me fait le coup.

— Je fais pas crédit. Et tu me dois déjà du fric de la dernière fois, lui rappelé-je.

L'enfoiré se met à rire, dévoilant une rangée de dents jaunes qui tirent sur l'orange fluo.

— Et tu vas faire quoi ? me défie-t-il. Me balancer aux flics, la môme ?

Je reprendrais bien ma came, mais les petits bourges d'Artemisia et Rainaldi préfèrent la beuh au shit. Et j'ai besoin de liquider cette daube.

Je le foudroie du regard en sifflant entre mes dents.

— C'est la dernière fois que tu me contactes. À partir de maintenant, tu trouves ta conso ailleurs.

Ce sac à merde ricane de plus belle, sans me prendre au sérieux, avant de descendre à l'arrêt suivant. Furieuse de m'être encore fait baiser de vingt balles, je renfonce mes écouteurs dans mes oreilles et descends cinq arrêts plus loin, à Piazza del Popolo.

Tout en insultant Achenza sur plusieurs générations dans ma tête, je traverse la place animée où le soleil tape si fort que tout semble saturé, comme sous un filtre. Je longe l'église Santa Maria, puis emprunte les escaliers en pierre. Quand je traverse Viale Gabriele d'Annunzio, une Lamborghini Urus d'un noir mat freine brusquement à ma hauteur, manquant de peu de m'écraser. La vitre côté passager descend, et Arden Scorsese apparaît derrière un nuage de fumée blanche opaque.

— Hé, Pablo Escobar. T'as ce qu'il me faut ? me demande-t-il en tendant le bras au-dessus de la vitre.

Il agite un billet de cinquante entre son majeur et son index, comme s'il appâtait un clébard avec une friandise. Je lui arrache le fric d'un geste sec et balance la came dans l'habitacle, où elle atterrit sur ses cuisses. Arden Scorsese est certes un sale petit con prétentieux, mais au moins, il est réglo.

Pas comme ce pointeur de Dario Achenza.

— Toujours un plaisir de faire affaire avec toi, déclare Scorsese avec un clin d'œil narquois.

Il tape ensuite sur le tableau de bord, ordonnant à son chauffeur de redémarrer. Évidemment, Arden ne propose pas de me faire monter alors qu'on va dans la même direction. Faudrait surtout pas être vu avec Malena Angeli, la dealeuse, la racaille, la fille d'une taularde toxicomane qui suit ses études dans un pensionnat de bourges parce qu'elle a obtenu une bourse.

Je regarde la Lamborghini s'éloigner tout en renfonçant mes écouteurs dans mes oreilles. *Nothing Else Matters* de Metallica me berce, tandis que je reprends ma marche vers les jardins de la Villa Borghese. Les derniers rayons de soleil transpercent les branches feuillues des pins et des chênes, et leur lumière zèbre la fontaine del Fiocco lorsque je la dépasse.

Environ vingt minutes plus tard, j'atteins enfin les deux écoles qui se font face. Identiques, elles se dressent majestueusement, arborant des façades en pierre sombre. Elles sont séparées par un chemin pavé, divisé en son centre par une statue d'Eurydice. La nymphe est figée dans du marbre blanc et agonise sous la morsure d'un serpent, dans un bassin ovale en damier noir et blanc. À gauche de la fontaine se trouve Rainaldi, le pensionnat pour garçons, et à droite Artemisia Gentileschi, celui pour filles.

Je tourne le dos à la nymphe des bois tandis que l'entrée principale d'Artemisia, encadrée par ses immenses colonnes corinthiennes vieilles de centaines d'années, se présente fièrement devant moi.

*Nothing Else Matters* gronde pour la quatrième fois dans mes écouteurs, alors que je me mêle à la marée d'étudiantes qui défilent dans le hall. Le va-et-vient incessant fait gondoler l'énorme toile suspendue, qui représente le logo des deux pensionnats : une abeille symbolisant la concorde, l'obéissance, le travail et le sacrifice pour sa ruche. C'est exactement le même motif qui est brodé au fil d'or sur nos blazers d'étudiants.

Après une vingtaine de marches, je me dirige vers mon dortoir. Ma chambre se trouve entre celle de Lolita Cerretani et celle de Ninna Roccelli. En fredonnant distraitement, je sors ma clé et l'insère dans la serrure. Mais avant même que je ne puisse tourner la poignée, une main large et robuste, bien plus imposante que la mienne, agrippe le battant et me pousse brutalement à l'intérieur.

Mon sac à dos glisse de mon épaule tandis que mon portable et mes écouteurs tombent au sol, *Nothing Else Matters* grésillant contre la moquette.

— Ma came, exige sa voix sombre dans mon dos.

Samaël Belmonte.

Je gonfle les poumons en faisant brusquement volte-face. Sa poitrine contre la mienne, mon front presque collé au sien.

Dans le christianisme, Samaël signifie le poison de Dieu, l'ange de la mort, le serpent dans le Jardin d'Éden. Certains le croient mort. Ils se trompent. Il se trouve juste devant mes yeux.

La star montante de l'AS Roma Nova, en chair, en os… et en muscles. Il suit ses études ici parce que le pensionnat sponsorise son équipe de foot, et propose des programmes scolaires adaptés à son emploi du temps de sportif de haut niveau.

— Je ne l'ai pas, craché-je.

Je le pousse et me détourne pour m'agenouiller au sol et défaire ma valise.

— Je t'ai pourtant envoyé un message pour te préciser ce qu'il me fallait.

— J'ai bloqué ton numéro, répliqué-je, imperturbable.

Alors que je sors mes vêtements propres de mon bagage et me dirige vers la penderie pour les ranger, je sens son souffle brûlant dans mon cou.

— Pourquoi ? demande-t-il d'une voix rauque.

Le duvet de ma nuque se hérisse. Belmonte est si proche que je peux deviner les notes végétales de son gel douche.

— Parce que j'en avais marre d'être harcelée sexuellement, peut-être ?

Mon ton détaché, passif-agressif, le fait rire. D'une voix innocente qui sonne horriblement faux, l'attaquant de l'AS Roma Nova poursuit.

— J'ai fait ça ?

Perdant patience, je pivote sur mes talons, furieuse et prête à en découdre. Mais je commets l'erreur de m'attarder sur son visage. Son visage ciselé, parfaitement symétrique, où chaque trait semble avoir été sculpté avec une précision quasi divine ; ses yeux d'un brun profond, intimidants, dont l'iris est à peine plus clair que la pupille ; ses sourcils épais, ses pommettes hautes, son nez droit, ses lèvres pleines, sa peau lisse et imberbe… Samaël putain de Belmonte, bien que je le déteste, est ce qui se rapproche le plus de la perfection.

Et pour ne rien gâcher, ce fils à papa arbore des cheveux noirs, courts sur les côtés et plus longs sur le dessus, ébouriffés comme s'il avait « baisé toute la nuit ». Avec son mètre quatre-vingt-cinq, il affiche un teint plus cuivré que doré, encore plus appétissant que du caramel fondu. D'après les rumeurs, il est la copie conforme de son père à son âge.

— T'as fait plus que ça, l'accusé-je. Tu m'as envoyé une photo de ta bite, une vidéo où tu te masturbes, et une autre où tu la fourres dans les fesses de Pupella.

— Tu fais erreur, ce n'étaient pas les fesses de Pupella, me corrige-t-il, comme si ça changeait quoi que ce soit.

Je frappe dans mes mains au ralenti tout en le détaillant avec dédain.

— Félicitations, tu mérites l'Oscar du meilleur petit ami, Belmonte.

Inébranlable, pas franchement offusqué, il croise les bras sur son torse, contractant ses biceps développés.

— J'ai jamais prétendu être monogame, se défend-il avec une insolence déconcertante.

Je relève mes yeux qui s'étaient égarés sur les veines saillantes de ses avant-bras, et l'écarte de mon chemin d'un geste agacé.

— Pupella est au courant ?

— Elle n'a jamais posé la question.

*Mais quelle enflure, ce mec.*

— Et puis merde, on s'en branle de Pupella, déclare-t-il fermement. Il n'y a que toi que je harcèle sexuellement.

Alors que je sors Marcelino de ma valise, Samaël me l'arrache des mains et le renifle, comme si ce n'était pas super bizarre de faire un truc pareil.

— Je suis censée me sentir spéciale ? ironisé-je.

Je tends le bras pour récupérer mon doudou, mais ce salaud lève le sien pour mettre Marcelino à une hauteur qui m'est inaccessible.

— Oui, putain, gronde-t-il.

Je plisse les yeux et secoue la tête en lui donnant un conseil :

— Va te faire soigner, Belmonte.

Sans surprise, ma remarque lui arrache un sourire en coin, dévoilant l'unique fossette sur sa joue droite, celle qui lui donne un air de Josh Hartnett dans *Pearl Harbor*.

— Débloque mon numéro, exige-t-il.

— Non, refusé-je en retournant m'agenouiller au sol pour récupérer ma trousse de toilette.

— Débloque-le ou…

Alors qu'il profère sa menace d'une voix traînante, je lève le menton vers lui. Belmonte est en train d'écarter son pantalon, prêt à plonger Marcelino dans son boxer.

— Non ! m'écrié-je, horrifiée.

Il hausse un sourcil, suspend son geste, et je capitule.

— Très bien, je… je vais débloquer ton foutu numéro !

Aussitôt après que j'ai abdiqué, il relâche sa prise autour de mon doudou. Je le récupère avant qu'il ne touche la moquette, me précipitant à ses pieds.

— Brave fi-fille, commente-t-il en me surplombant.

Agissant trop vite pour que je puisse réagir, Samaël attrape mon menton dans le creux de sa paume et le relève bien haut. Taquin, il tapote ma joue de sa main libre, histoire de souligner sa position dominante, et je serre furieusement les dents.

— Bouge tes sales mains de mon visage, Samaël.

Refusant d'accéder à ma requête, il baisse les yeux sur ma gorge offerte en inspirant brusquement. L'image doit l'affecter car, toujours à genoux, je le vois grossir dans un coin de mon champ de vision. *Quel putain d'obsédé.* Je l'observe, de ses pupilles dilatées à sa mâchoire contractée à bloc, comme s'il s'attendait à ce que je passe à l'action. Puis je déclare entre mes dents serrées :

— Dans tes rêves, connard.

Samaël émet un rire bref et mauvais, puis recule.

— Crois-moi, t'as pas envie de savoir ce qui se passe dans mes rêves, Malena.

Après cette confession répugnante, il quitte ma chambre, non sans avoir donné un coup de pied dans mon sac à dos. Résultat, son contenu se renverse sur la moquette et l'enfoiré ricane, manifestement très fier de lui.

— Sale con ! m'écrié-je, suffisamment fort pour qu'il m'entende depuis le couloir.

# 2

## Samaël

Rainaldi et Artemisia ont enfin fusionné pour certains cours. Désormais, les classes sont mixtes. Du temps de nos parents, les filles restaient d'un côté, les garçons de l'autre. Quant aux sous-sols, autrefois accessibles et permettant de relier les deux internats, ils sont de nouveau condamnés depuis qu'un connard de la promotion de Faël Scorsese, le grand frère d'Arden, s'est cassé la jambe et le poignet en traversant le plancher, alors qu'il s'y rendait pendant la nuit.

— Mademoiselle Cerretani, auriez-vous l'amabilité de quitter vos faux ongles des yeux pour prêter attention à ce qui se passe au tableau ? grince Scamarcio, cette nonne mal baisée – ou plutôt, *pas* baisée – qui aurait dû prendre sa retraite l'an passé.

Alors que tous les regards convergent vers Lolita Cerretani, moi je fixe Malena Angeli, comme un putain de voyeur, incapable de détourner les yeux de son joli profil. Je l'observe, de ses immenses yeux en amande bordés de cils épais, à son nez retroussé, en passant par sa bouche pulpeuse et insolente qui m'obsède. Le genre qu'on a envie d'embrasser jusqu'à s'en décrocher la mâchoire. Le genre qui doit prodiguer des pipes d'enfer.

Bon sang, quand je repense à la trique de malade que j'ai eue dans sa chambre lorsqu'elle se trouvait agenouillée entre mes jambes… Un seul battement de cils de sa part et j'aurais pu éjaculer dans mon boxer Armani.

Sentant mon regard insistant sur elle, Malena se tourne brusquement, et je lis sur ses lèvres « regarde ailleurs, connard ». Je souris et, fidèle au charmant sobriquet dont elle vient de m'affubler, je n'obéis pas. À la place, je me laisse aller à fantasmer sur sa crinière brune qui tombe en vagues luxuriantes autour de son visage, comme une cascade de soie. Elle lui confère une allure céleste et insaisissable, un peu comme Deva Cassel, mais en moins sage, plus sauvage, moins guindée. Alors que j'imagine ses mèches enroulées autour de mon poing serré pendant que je la prends par derrière, je bouge les lèvres en formulant silencieusement : « Tous les trucs que j'ai envie de te faire ». Malena plisse les yeux, probablement convaincue d'avoir mal compris.

Parfois je me demande si elle est aveugle, ou juste complètement conne.

*Ou juste vraiment pas intéressée.*

— Pourquoi tu la fixes ? murmure discrètement Pupella, contrariée par l'intérêt que suscite Malena chez moi.

Sans rompre le contact visuel avec Angeli, je mens éhontément :

— Je me demandais comment c'était possible d'être aussi dégueulasse.

Cette fois, l'insolente déchiffre parfaitement le mouvement de mes lèvres. Je le devine à ses jolis yeux hazel, ces caméléons qui changent de couleur selon les saisons et qui s'arment délicieusement d'une lueur assassine… avant de se faire fuyants. Bien qu'elle ne fasse pas l'unanimité, ma réponse convient cependant à Pupella qui, aussitôt rassurée, m'adresse un sourire malicieux avant de plonger la main dans mon boxer.

— T'es en forme, dis donc, observe-t-elle, ravie du constat.

Je bande comme un puceau, mais ce n'est pas à cause de Pupella ; c'est cette garce de Malena Angeli avec sa peau d'albâtre qui m'excite. Le genre de peau qui rougit et garde des marques si on la malmène un peu. Je m'imagine lui donner la fessée, laissant l'empreinte de mes cinq doigts sur sa chair rosie, et un frisson cavale entre mes trapèzes contractés.

Alors que Pupella sort ma bite et commence à me branler, je remercie le ciel d'avoir été installé au dernier rang, dans le fond de la classe. Je plante mes dents dans ma lèvre inférieure, et ma poitrine se soulève brusquement, comme à chaque fois que je me mets à imaginer les doigts de Malena à la place de ceux de ma petite amie.

*Putain, faut vraiment que j'arrête de faire ça.*

Pupella tord son poignet et trait mon sexe avec ardeur. En haut, en bas, en haut, en bas. Je perds le contrôle, et des images salaces de Malena Angeli envahissent mon cerveau détraqué.

Malena Angeli me taillant une pipe.

Malena Angeli avalant mon foutre.

Malena Angeli *s'étranglant* avec mon foutre.

Le seul obstacle entre elle et moi, c'est le banc que Lolita Cerretani partage avec Giuliano Di Filippo, banc qui nous sépare d'à peine trois mètres.

Malena Angeli chevauchant ma bite.

Malena Angeli gémissant mon nom.

Pupella s'y prend bien, mais c'est cette sublime garce de Malena à qui reviennent tous les mérites.

*Regarde-moi, Angeli.*

*Regarde l'état dans lequel tu me mets par ta simple existence.*

Refusant de me donner satisfaction, l'objet de ma folie enroule son chewing-gum autour de son doigt en fixant droit devant elle. *Bon sang, je déteste quand cette salope m'ignore.*

Avide d'attirer son attention, je fouille rapidement dans la trousse de Pupella pour en sortir un Stabilo, que je lui balance. Ma petite amie proteste, mais j'en ai sincèrement rien à foutre. Tout ce qui m'intéresse, c'est Malena, qui regarde le surligneur rebondir sur son pupitre, puis daigne enfin tourner son profil vers moi. Ses yeux descendent, là où ma chemise est retroussée, exposant mes abdominaux en béton. Ses joues se teintent d'un rouge pourpre lorsqu'elle réalise ce qui se trame sous ma table pendant le cours de religion, et ma bite tressaute dans le poing serré de Pupella.

« Quel porc », lis-je sur ses lèvres roses et scandalisées, avant qu'elle ne tourne définitivement son visage vers la prof.

Ma bite ramollit aussitôt, plus d'humeur.

*Putain, je m'y prends vraiment comme un manche avec elle.*

Contrairement à ce qu'on pourrait croire, je n'ai pas toujours été un sale con avec Malena. Mais elle semble vouloir que je la déteste, alors je me donne à fond dans le rôle qu'elle m'a attribué.

***

### *TROIS ANS PLUS TÔT.*

Arden Scorsese est occupé à reluquer Lolita Cerretani, la fille chérie d'oncle Gabriel, tandis que moi, j'espionne Malena Angeli. Elle est absorbée dans un livre, adossée à un tronc d'arbre, seule comme toujours. À croire que personne n'est assez « cool » pour traîner avec elle.

Je ne saurais dire combien de temps nous restons dans cet état de transe à contempler, chacun de notre côté, l'objet de notre désir. Mais à un moment donné, Arden passe une main sur son visage, comme si ce geste allait effacer son béguin pour notre cousine. Enfin certes, il n'y a aucun lien de sang entre nous tous, mais nos parents sont tellement proches que c'est tout comme.

— Askip, Giuliano Di Filippo a tenté d'inviter Malena au ciné pour aller voir le dernier *Equalizer* qui se déroule à Naples, mais il s'est pris un vent phénoménal, m'informe Arden.

*Bien fait pour sa gueule.*

Malena tourne une page de son livre, tandis qu'un sourire léger flotte sur ses appétissantes lèvres roses. Distraitement, elle enroule une mèche de ses cheveux bruns autour de son doigt, loin de se douter qu'à quelques mètres à peine, je la dévore des yeux. Même de là où je suis, ses cheveux semblent incroyablement soyeux, presque irréels. J'en reviens pas que ce connard de Di Filippo ait eu le culot de s'imaginer avoir une chance avec elle.

Scorsese incline légèrement la tête et m'interrompt brutalement dans ma rêverie en songeant à voix haute :

— Je me demande comment elle baise, ta dealeuse.

Alors qu'il mime une pénétration en plongeant son index dans le rond formé par son autre main, juste sous mon nez, je le repousse du coude en grognant.

— Ta gueule, mec.

Il me pousse à son tour, hilare.

Des rumeurs circulent sur Malena. On raconte qu'elle vend de la beuh, mais j'ai du mal à l'imaginer trafiquer. Ce genre de business me semble trop… primitif, ou trop ordinaire pour une fille comme elle. Elle est tellement… j'sais pas… fascinante ? Magnifique ?

— En levrette, je parie, tout en récitant des rites sataniques sur *We Will Rock You.*

Cet abruti dit ça parce qu'elle écoute toujours du rock à fond dans ses écouteurs. Et même si l'image qu'il dépeint est drôle, elle ne m'empêche pas d'avoir une demi-molle quand même.

— Quoi qu'il en soit, ça craint moins que de fantasmer sur la fille de ta tante avec qui tu as grandi, et même pris des bains quand tu étais môme, et que tes boules faisaient la taille de deux Miel Pops.

Alors que mon meilleur ami esquisse une grimace suite à ma piqûre de rappel, je suis des yeux Malena Angeli, qui est en train de longer la façade d'Artemisia avant d'entrer dans le réfectoire commun. Sans adresser un mot de plus à Scorsese, je l'abandonne et m'élance aux trousses de la jolie brune, tout en réfléchissant à la meilleure manière de l'aborder.

— Merde, putain, fait chier, jure-t-elle.

Un frisson me parcourt. C'est la première fois que j'entends sa voix aussi distinctement. Elle est très féminine, avec ce timbre légèrement fêlé, sensuel. Jusqu'ici, je m'étais toujours contenté de l'observer de loin, en retrait. Mais aujourd'hui, je me retrouve pour la première fois suffisamment proche pour remarquer les effluves de pêche et de miel qui émanent d'elle.

Sans me prêter attention, la petite brune tente désespérément de récupérer la canette de Fanta coincée dans le distributeur. Ses doigts s'activent avec impatience sur les boutons, mais la canette ne bouge pas d'un iota. Amusé par la scène et un peu nerveux, je m'approche discrètement.

— Besoin d'un coup de main ?

Malena Angeli tourne ses jolis yeux brun-vert vers moi, et son expression passe de l'agacement à l'énervement en un éclair. *Impressionnant.* Elle secoue la tête, et refuse mon offre d'un ton sec, fière comme un pou.

— Non, merci.

Puis elle recule, prête à se jeter contre la machine telle une catcheuse professionnelle. Je décide d'intervenir avant qu'elle ne se blesse. Tranquillement, je sors une pièce de deux euros de ma poche et l'insère dans la fente. Deux canettes de Fanta orange tombent dans le bac avec un bruit sourd, et je me penche pour les ramasser.

— Moi, c'est Samaël, me présenté-je en lui tendant une canette.

Après une seconde d'hésitation pendant laquelle elle se mord la lèvre, ignorant probablement à quel point ça la rend sexy, elle l'accepte, la décapsule, puis déclare :

— Je sais qui tu es.

J'appuie mon épaule contre la machine et hausse un sourcil, curieux.

— Pourtant, on ne s'est jamais parlé.

— Ta réputation te précède.

Au-dessus de ma boisson, je fais la moue.

— En bien, j'espère.

Alors que je prends une gorgée de Fanta, je surprends Malena en train de suivre des yeux le mouvement de ma pomme d'Adam. Je l'entends déglutir, inspirer une goulée d'air, puis elle déblatère à toute vitesse :

— En « enfoiré notoire incapable de garder sa quéquette dans son slip plus de deux secondes ». Ce sont les mots qu'a employés Ninna Roccelli pour te décrire la semaine dernière.

Fière de m'avoir cloué le bec, la petite brune, avec ses yeux de chat, m'évalue avec condescendance de haut en bas.

*Mince, elle a vraiment des yeux de dingue*, constaté-je.

— Merci pour le Fanta.

Alors qu'elle tourne les talons et commence à s'éloigner d'un pas vif, je la rattrape en trottinant, déjà complètement accro.

— T'as un mec ?

*Dis non, pitié.*

— Ça te regarde pas.

— On sort ensemble un de ces quatre ?

*Dis oui, je t'en supplie.*

— Pour quoi faire ?

— J'sais pas, on pourrait baiser en récitant des rites sataniques sur *We Will Rock You*.

Choquée, Malena s'arrête net et me dévisage avec des yeux ronds.

*Merde, pourquoi j'ai dit ça, putain* ?

— Dégage de mon chemin, ou ta queue risque de rencontrer mon pied, Samaël, me menace-t-elle.

Mes lèvres s'étirent en un sourire en coin.

— Je préférerais qu'elle rencontre ta bouche.

*Mais ferme-la, crétin* !

Alors qu'elle lève le genou, prête à me castrer, je bondis en arrière en protégeant mes bijoux de famille.

— C'était de l'humour, c'était de l'humour ! me défends-je en lâchant mes boules pour lever les mains en signe de reddition.

Malena me lance un regard meurtrier, puis tourne les talons après avoir remis ses écouteurs et jeté sa canette dans une poubelle.

— Passe-moi ton numéro !

Sans se retourner, elle lève son majeur au-dessus de sa tête en guise de réponse.

— Ton Snapchat, au moins !

Elle lève le majeur de son autre main, et je souris comme un idiot avant de tenter :

— Ton Telegram ?

N'ayant pas un troisième majeur pour m'envoyer me faire foutre, la petite brune les secoue vivement dans les airs en s'éloignant.

# 3

## Malena

***De nos jours.***

San Basilio se trouve au nord-est de Rome. Géographiquement, on n'est pas loin du centre, dix minutes en voiture, environ la moitié en scooter. Esthétiquement ? On est à des années-lumière.

Ici, pas de fontaines, pas de bâtiments classés, pas de restaurants chics. Juste la misère, un taux de criminalité élevé, et des logements sociaux érigés en blocs de béton, présentant des façades austères, décrépies, lugubres et déprimantes. À gerber.

Je traverse l'aire de jeu derrière la Via Fabriano en tirant ma valise derrière moi, tandis que les roulettes écrasent des seringues usagées, des pacsons vides, et des débris de verre. Autour de moi, les structures de jeux, autrefois colorées, sont usées, rouillées, fatiguées. Les seules couleurs perceptibles dans les environs sont les graffitis obscènes qui souillent les murs fissurés. Soixante-dix pour cent sont des phallus difformes, le reste des majeurs en l'air.

Du mouvement dans mon champ de vision me fait lever la tête. C'est ma petite sœur Alessia qui me fait de grands signes depuis le balcon de notre appartement, celui avec la porte décorée d'un rideau anti-mouches vert pomme. Je lève deux doigts vers elle en articulant exagérément « j'arrive », avant de me diriger vers le muret derrière le tourniquet, qui sert aujourd'hui de local poubelle au voisinage.

— Angeli, me salue Salim, assis entre ses deux acolytes, un albinos au regard fuyant et un renoi baraqué, qui fait du freestyle en lisant ses notes sur son iPhone.

Il descend du muret et me demande :

— Qu'est-ce qui t'amène ?

— Je suis à sec, réponds-je en écrasant un paquet de clopes vide sous la semelle de ma basket.

— Combien il te faut ?

Salim Hassani est le fournisseur officiel des revendeurs de ganja de San Basilio. Il ravitaille aussi Tor Bella Monaca depuis que Maurizio Morabito s'est fait coffrer le mois dernier. C'est d'ailleurs pour ça que Salim m'a refilé quelques clients du quartier. Avant, je me contentais de fournir les gosses de riches de mon bahut.

— Cinquante grammes, annoncé-je en sortant le cash que j'avais préparé dans le bus.

Hassani siffle, impressionné.

— Bah dis donc, on dirait que les bourges de ton bahut sont de bons clients, fait-il remarquer en prenant mon argent.

Je hausse les épaules, faussement désinvolte.

— La vie de château, c'est éprouvant, répliqué-je, moqueuse.

Salim ricane à ma vanne, avant de m'agripper par la taille pour me rapprocher étroitement de lui. Avec des gestes précis et maîtrisés, il ouvre la tirette de mon sac à dos et y fourre la beuh. Et avant de m'écarter de lui, il murmure contre mon oreille :

— Tu sens bon, Angeli. Comme une vraie fille.

Mal à l'aise, je me cramponne à l'anse de mon sac à dos et hoche la tête, avant de détaler comme un lapin en direction du taudis qui me sert d'appartement.

J'ignore le commentaire de l'albinos, selon lequel mon jean me fait un « cul baisable », et je franchis la porte du hall d'entrée. L'ascenseur – en panne depuis toujours – me nargue tandis que je me tourne par dépit vers les escaliers. Deux nouveaux tags ornent les murs sales de la cage d'escalier. L'un dit « Nique la police », et l'autre « G.J, rends la thune que tu dois ou on viole ta sœur ». Quand j'atteins enfin mon palier, je suis essoufflée comme un bœuf, et je n'ai plus aucune force dans les bras.

— Malena ! s'écrie ma petite sœur en se jetant sur moi, manquant de me faire tomber en arrière. Tu m'as trop manqué !

Derrière elle, mon beau-père, dans son sempiternel marcel jauni par la sueur, commence à brailler.

— Y a de la vaisselle sale dans l'évier.

*Bonjour à toi aussi, ordure.*

***

Je sors de la douche en séchant mes cheveux avec une serviette lorsque mon portable vibre sur le coin du lavabo. Je me penche au-dessus de l'écran pour déverrouiller mon vieil iPhone à l'aide de la reconnaissance faciale.

**Samaël** :
[Il me faut 20 *emoji feuilles vertes* pour ce soir.
T'as ?]

**Malena** :
[J'ai.]

**Samaël** :
[12 Via delle Magnolie d'Oro dans 10']

**Malena** :
[Je suis pas à ta disposition, connard.]

**Samaël** :
[T'as quoi d'autre à faire ? T'as pas d'amis.]

**Malena** :
[🖕]

**Samaël** :
[Et après, c'est moi l'obsédé sexuel...]

Exaspérée, je lève les yeux vers les taches d'humidité au plafond, puis quitte la conversation et verrouille l'écran.

Une fois dans ma chambre, j'enfile rapidement mon short en jean effiloché et un vieux crop top sous un gilet zippé oversize, dans lequel j'ai cousu une poche intérieure pour planquer la weed. Mes cheveux sécheront pendant le trajet.

Lorsque je traverse le salon, Giovanni ronfle devant l'émission Affari Tuoi, une bière dans la main droite, et un tout nouveau pack de bières à ses pieds, qui sont enfoncés dans des claquettes Umbro. Ce bon à rien a probablement passé sa journée dans ce fauteuil. J'envoie un baiser volant à ma petite sœur, assise par terre en train de dessiner des robes dans le cahier TopModel que Jordane lui a offert le mois dernier.

— Tu sors ?

Sa moue déçue me fait culpabiliser.

— Pas longtemps, la rassuré-je.

Sur le palier, j'enfile rapidement mes Dunk roses avec le cœur dessiné au Tipp-Ex que je n'ai jamais eu le cran d'effacer. Puis je récupère les clés de mon scooter qui pendent à un crochet, et je dévale les escaliers. Pendant ce temps, Samaël continue de m'envoyer des SMS auxquels je ne prends même pas la peine de répondre.

**Samaël** :
[Tu fous quoi ?]
[Ça fait déjà une heure.]

Juste pour l'emmerder, je passe au drive du McDo pour me prendre un milk-shake à la fraise, et je le déguste lentement en scrollant le compte TikTok de Koby Lane. Je me rends ensuite à la station-service pour mettre cinq euros d'essence. Puis je prends enfin la route en direction des quartiers huppés du Latium, là où vit tout le gratin privilégié d'Artemisia et Rainaldi. Pendant le trajet, je reçois d'autres SMS rageurs de Belmonte.

**Samaël** :
[Arrête de faire la star.]
[Réponds, ptn.]
[Il est 22 h.]
[Y a moyen de se défoncer avant l'aube ou… ?]

Lorsque j'arrive au numéro 12 Via delle Magnolie d'Oro, Samaël m'attend sur le trottoir, le regard noir rivé sur moi. Baskets Dior, sans doute de la nouvelle collection, jean coupé vintage, veste zippée bleu marine brodée d'un chevalier sur son destrier au niveau de la poitrine – caractéristique de la maison Burberry – ce fils à papa porte l'équivalent de trois SMIC sur lui. Dans son dos, *Popolari* de Rhove hurle dans les baffles, et le son s'échappe de derrière la villa de trois étages, qui a l'air bondée. Probablement que tous les terminales de Rainaldi et Artemisia sont là, sauf moi.

*Rien à foutre de leurs soirées de riches.*

— C'est pas trop tôt, crache Samaël.

Alors que je mets un pied au sol pour stabiliser mon scooter, il donne un coup nonchalant dans la roue avant.

— Il craint ton scoot.

Sans répliquer, j'écarte un pan de mon gilet, saisis le sachet hermétique contenant les vingt grammes de beuh, et le lui lance. Il rattrape la marchandise d'une main, tandis que l'autre sort une liasse de billets de cent de sa poche de jean. Lorsqu'il m'en tend deux, je les prends et lui annonce :

— C'est trois cents.

— C'est plus dix euros le gramme ?

— L'inflation, tu connais ?

— Ta mère la pute, Malena.

Alors qu'il commence à s'éloigner avec la came, je repense à cet enfoiré de Dario Achenza qui m'a entubée sans scrupule, deux fois. Et il n'y aura pas de troisième fois. Ni avec Achenza, ni avec Belmonte, ni avec personne. Je descends de mon scooter, mets la béquille, et alors que Samaël marche tranquillement vers sa porte d'entrée, je lui barre la route en me positionnant devant lui, les bras croisés.

— Je partirai pas sans la thune que tu me dois.

L'enfoiré éclate de rire, sincèrement amusé, avant de répliquer :

— Et tu vas faire quoi ?

Mon sang ne fait qu'un tour. Alors que je lève le poing pour lui mettre une droite, il enveloppe ma main avec sa paume et balaye mes jambes d'un coup de pied. Je perds aussitôt l'équilibre, mais, contre tout attente, ce salaud me retient en agrippant la capuche de mon sweat. Lorsqu'il me remet debout sur mes Dunk, comme si j'étais une marionnette désarticulée, je sens l'humiliation colorer mes joues. J'ouvre la bouche pour l'insulter et au même instant, il me tire violemment par la capuche.

— Putain, lâche-moi, hurlé-je, détestant me sentir aussi impuissante.

Sans accéder à ma requête, il saisit mon cou et me plaque contre le mur à côté de la porte vitrée. Tel un fauve, il rapproche son visage du mien, bien trop près à mon goût, et murmure contre ma bouche entrouverte :

— Faisons un marché.

Trop en colère pour parler, je fronce les sourcils. Imperturbable, Samaël continue, sans se démonter.

— J'accepte de te donner le triple si tu me suces.

Je le repousse violemment des deux mains.

— Sale porc !

Il hausse les épaules.

— C'est toi qui vois.

Ni satisfait ni mécontent, il me plante là pour retourner à sa fête de merde. Les nerfs en pelote, je reste quelques secondes adossée au mur de sa baraque, avant de me redresser et de prendre une décision impulsive.

S'il ne veut pas me payer, alors je vais me servir. Et grassement.

Quand un Uber en Tesla se gare devant le portail, je me cache derrière un buisson parfaitement taillé et j'attends. Deux étudiantes d'Artemisia sortent de la bagnole en titubant, toutes les deux dans une petite robe moulante Suite Benedict, et chaussées d'escarpins noirs en daim. L'une d'elles sonne à l'interphone et la porte s'ouvre quelques secondes plus tard. Je me précipite après leur passage. Je réussis à me faufiler avant que la porte ne se referme, et… merde, la villa des Belmonte-Altieri est aussi impressionnante de l'intérieur que de l'extérieur.

Je fais un tour complet sur moi-même, ébahie. Dès l'entrée, l'opulence est palpable et démesurée. Les murs, habillés de panneaux en bois foncé, sont ornés de tableaux, pour la plupart signés Emily Starck. Une artiste émergente, j'imagine.

Je me demande combien valent toutes ces toiles excentriques. *Des centaines de milliers d'euros* ? *Des millions* ? songé-je, hésitante, tout en renversant la tête vers le lustre en cristal qui diffuse une lumière chaude et tamisée.

Un ricanement sec et sans humour m'échappe quand je songe à l'ampoule sans abat-jour qui pendouille de son câble dans mon salon aux tapisseries défraîchies.

Sans m'attarder davantage, je grimpe l'escalier en béton lissé qui mène à un séjour d'apparat, meublé de pièces design qui doivent, elles aussi, coûter une blinde. Curieuse, je m'approche des immenses baies vitrées qui offrent une vue sur la piscine à débordement où la fête bat son plein. J'aperçois Lolita Cerretani, en train de fumer sa puff en se déhanchant de façon décomplexée sur une version accélérée d'*In For It*. Arden Scorsese la dévore des yeux à quelques pas, ce qui semble motiver Lolita à se montrer encore plus audacieuse.

*Une minute, ils sont pas cousins, ces deux-là* ?

Avant que quelqu'un ne me repère à la fenêtre, je m'éloigne du châssis et m'aventure dans le séjour. Il est ouvert sur une immense cuisine au style américain, avec un îlot central en marbre qu'on ne voit généralement que sur Pinterest, un large piano de cuisson La Cornue, un cellier et une cave à vin. En l'imaginant partager de bons petits repas avec sa famille parfaite, ma haine envers lui grandit. Je suis persuadée que si j'ouvrais leur frigo, je le trouverais rempli – pas comme chez moi, où il ne sert qu'à garder au frais les bières de Giovanni.

*Bon sang, je déteste de tout mon cœur ce privilégié de Belmonte et ses parents blindés.*

Pressée de mener à bien ma petite vengeance, je monte à l'étage. Je grimace en tombant nez à nez avec un portrait photo gigantesque en noir et blanc de Samaël et de ses parents. Louca Belmonte enlace la taille de sa femme, Belen

Altieri, tandis que de l'autre main, il entoure le haut du torse de son fils d'un geste protecteur.

Si je ne haïssais pas autant Samaël, je pourrais reconnaître que c'est une belle photo, et que j'aurais adoré en avoir une similaire. Mais sans le père, qui a été liquidé sur le pas de notre porte à cause de ses dettes, et sans la mère toxicomane en taule pour conduite sous stupéfiants, et possession d'une quantité d'héroïne suffisante pour anesthésier un cheval.

*Pense à Marcelino, Malena. Relativise.*

Je me détourne du portrait de famille, franchis une porte au hasard, et j'arrive au dressing de Madame Belmonte. Je le devine à la quantité de sacs Birkin qui semblent n'avoir jamais été portés, et qui ne peuvent appartenir qu'à elle. *Bon sang, si j'en piquais un, elle ne le remarquerait probablement jamais.* Le hic, c'est que ça m'emmerde de voler Belen Altieri. Au fond, elle ne m'a rien fait, si ce n'est avoir mis au monde le suppôt de Satan.

Bon sang, quand on y pense, elle lui a même carrément donné ce nom. D'après les rumeurs, c'est lié à l'enfance de son père et à ce fameux surnom de « l'enfant du diable » qu'on lui avait collé. Comme si Samaël n'était pas déjà une malédiction vivante, il fallait que ses darons en rajoutent une couche avec cet héritage démoniaque.

Lorsque je retourne dans l'immense couloir des chambres et passe une troisième porte au hasard, après avoir traversé une salle de sport puis une salle de cinéma, je n'ai pas besoin de voir la PlayStation ni le poster de Nicole Minetti accroché au plafond pour reconnaître sa chambre. L'odeur de pin de son gel douche ne laisse aucun doute.

Je referme la porte derrière moi, sans un bruit, et admire les lieux d'un regard circulaire.

Un parquet chevron en bois massif, du mobilier sombre, et des murs blancs éclatants. Abstraction faite des posters

Playboy et de l'écran plat de 65 pouces, en veille sur un fond d'écran représentant Tony Montana en train de décharger sa mitraillette M16, la pièce est charmante, rangée, et accueillante.

Cependant je ne suis pas là pour faire l'inventaire, mais pour dépouiller cet endroit de ses objets de valeur. Je commence par fouiller les tables de chevet. Entre un paquet de capotes entamé et des feuilles à rouler OCB, je trouve un billet de vingt euros chiffonné, que je glisse dans ma poche.

*Ça, c'est pour l'essence, enfoiré.*

Je passe ensuite au dressing, dissimulé derrière la tête de lit. L'éclairage balisé s'active en me détectant, et je fais le tour de chaque penderie et tiroir, jusqu'à mettre la main sur une boîte en acajou contenant une demi-douzaine de montres. Rolex est la seule marque que je connais, les autres ne me disent rien. J'en prends une au hasard et la fourre dans la poche arrière de mon short en jean.

*Ça, c'est pour les dommages et intérêts.*

J'hésite à en piquer une deuxième lorsque des pas se font entendre dans le couloir.

Et merde.

Je quitte le dressing et me mets au centre de la pièce, puis je regarde dans tous les sens. N'ayant pas le temps d'étudier toutes les options qui s'offrent à moi, je me précipite vers le placard près du lit, dont l'une des portes est entrouverte. Je me recroqueville entre un aspirateur Dyson et une valise Rimowa. J'inspire une goulée d'air avant de bloquer ma respiration, lorsque la porte de la chambre s'ouvre à la volée sur Samaël et Pupella, en train de s'embrasser comme deux bêtes sauvages en rut.

— Qu'est-ce qui t'a autant excité ? Je ne t'ai jamais vu comme ça, dit Pupella dans un souffle, entre deux baisers mouillés et bruyants.

Sans donner d'explication, Samaël évite la bouche de Pupella lorsqu'elle tente encore d'aspirer la sienne, et il appuie sur son crâne blond vénitien, lui intimant un ordre qui se passe de mots.

*Doux Jésus, tirez-moi de là, je vous en conjure.*

Dans le mince entrebâillement de la porte du placard, j'ai une vue directe sur Pupella, à présent agenouillée et en train de détacher la ceinture de Belmonte, tout en lui faisant les yeux doux.

— Il y a une heure, tu ne voulais pas, lui fait-elle remarquer, visiblement ravie qu'il ait changé d'avis.

Il lui a vraiment refusé une fellation alors qu'il m'en a réclamé une il y a moins de dix minutes ? C'est quoi son foutu problème à ce mec ?

Elle tire sur la ceinture, l'enlève des passants, puis la jette au sol dans un bruit métallique qui me fait sursauter. Lorsque le son d'une braguette qu'on dézippe et des vêtements qui se froissent résonne à mes oreilles, je rouvre brusquement mes yeux, que j'avais fermés sans m'en rendre compte. Je me retrouve face à des abdominaux contractés qu'on ne voit que sur Instagram. Enfin, c'est ce que je croyais jusqu'à aujourd'hui. En déglutissant, je baisse les yeux jusqu'au V abdominal de Samaël, et mon regard est attiré par son énorme érection – bien plus impressionnante en vrai que sur le Snapchat qu'il m'avait envoyé.

Je ne devrais pas regarder, et pourtant je ne peux pas m'en empêcher.

— Dis-moi que t'aimes ça, exige la blonde en engloutissant sa queue.

— J'aime ça, grogne-t-il.

— Dis-le encore, supplie Pupella avant de le pomper avidement.

En levant les yeux au ciel, Samaël s'exécute, sans grand enthousiasme.

— J'aime ça.

Alors qu'elle s'écarte, prête à l'implorer encore, Belmonte la fait définitivement taire en saisissant fermement son visage des deux mains.

— Mais j'aime encore mieux ça, siffle-t-il en lui baisant franchement la bouche.

Un hoquet menace de sortir de ma gorge face à la violence de leurs ébats, et je m'empresse de l'étouffer en plaquant une main contre mes lèvres. Pupella encaisse comme une pro, mais cela ne semble pas suffire à Samaël, qui fronce les sourcils en renversant la tête, comme s'il implorait Dieu ou Rocco Siffredi de le laisser éjaculer.

Ça n'arrive pas.

— Bordel, jure-t-il, manifestement enragé de ne pas réussir à jouir.

Il penche encore la tête en arrière, et se pince les lèvres durement. Je suis presque certaine que ce salaud pense à une autre fille pendant que sa petite amie s'évertue à le satisfaire.

— Stop, gronde-t-il au bout d'un moment.

La mâchoire tendue, après ce qui me semble être une éternité, il se retire de la bouche de Pupella dans un pop sonore, toujours sans avoir atteint l'orgasme.

— Mais… Qu'est-ce que tu…

Pupella, déconcertée, perd ses moyens, et son latin, quand Samaël la force à se relever en la soulevant sous les aisselles. Elle ouvre la bouche une nouvelle fois pour plaider sa cause, mais il la fait taire d'un mouvement sec du menton en direction de la porte.

— Retourne en bas avec les autres, je te rejoins dans cinq minutes.

Trop fière ou trop soumise pour protester, Pupella se contente de lui jeter un regard haineux avant d'obtempérer. Elle martèle le parquet avec ses mules Bottega Veneta, et s'éloigne sans faire couler une seule goutte de son mascara.

Respect.

Alors que la porte claque derrière la blonde dont l'ego vient de prendre un sale coup, Samaël se laisse tomber sur son lit, les coudes sur ses genoux, la tête enfouie entre ses mains. Il inspire profondément, relâche l'air retenu dans ses poumons, puis laisse échapper un chapelet de jurons entre ses dents… Et c'est précisément à ce moment-là que mon foutu téléphone choisit de vibrer dans ma poche. Le bruit me semble assourdissant dans le silence tendu de la pièce. Mon cœur manque un battement lorsque Belmonte tourne brusquement la tête vers le placard. Et l'inévitable se produit : nos yeux se croisent à travers l'ouverture.

Tétanisée, je sens mon corps se mettre sur « off », tandis que mes yeux écarquillés suivent Samaël qui fonce vers moi. D'un geste brutal, il ouvre le placard et agrippe mon tee-shirt pour me tirer violemment hors de ma cachette. Mes pieds décollent du sol lorsqu'il soulève le poing, tandis que mon tee-shirt chiffonné est toujours emprisonné dedans, exposant ainsi le bas de mon soutien-gorge.

— Putain, mais qu'est-ce que tu fous ici, la clocharde ? crache-t-il en me plaquant contre le mur le plus proche.

J'agite mes pieds dans le vide.

— Rien… Je… Lâche-moi !

Je me débats, mais il me tient trop fermement. Mes cinquante-deux kilos ne font pas le poids.

— Pas avant que tu m'aies dit ce que tu foutais dans mon putain de placard, gronde-t-il d'une voix grave et sombre.

Avec l'adrénaline qui coule à flot dans mes veines, cette fois, lorsque je tente de le frapper au visage, j'y parviens. Et de toutes mes forces. Mon poing atteint sa cible avec un bruit sourd, et une douleur aiguë traverse aussitôt ma main. Samaël me relâche et mes pieds retrouvent la terre ferme.

— Aïe, merde ! Putain ! m'écrié-je en secouant mon poing, avant de me plier en deux.

Mon estomac se tord lorsque Samaël lève le bras. Et alors que je suis persuadée qu'il va me frapper en retour, il se contente de tendre la main vers moi.

— Montre, m'ordonne-t-il d'une voix dure.

Méfiante, je ramène mon poing contre moi en le protégeant de mon autre main.

— Q... quoi ? demandé-je d'une voix rauque, persuadée d'avoir dû mal entendre.

Mais son regard impérieux m'indique qu'il ne plaisante pas. Hésitante, le souffle court, je finis par tendre mon poing endolori vers lui. À ma grande surprise, Samaël l'attrape avec une douceur inattendue, et l'examine sous la lumière tamisée de la chambre. Ses doigts habiles parcourent mes phalanges, et les massent doucement pour vérifier les dégâts. Sa proximité me trouble, tout autant que son souffle chaud sur ma peau qui me donne la chair de poule, malgré la chaleur étouffante qui règne dehors et s'infiltre par la baie ouverte.

— T'as rien de cassé, finit-il par dire en relâchant ma main.

Je recule d'un pas, incapable de m'habituer à sa proximité. Puis Samaël se redresse, et une ombre altère son visage sans défauts.

— Maintenant, dis-moi ce que tu foutais ici, exige-t-il d'une voix forte et tendue.

Ses yeux harponnent les miens dans une tentative d'intimidation qui ne m'échappe pas, mais qui se révèle plutôt efficace. La faute à ses iris, plus noirs encore que l'Érèbe.

Tâchant de ne rien laisser paraître, je relève le menton bien haut et réplique :

— Je suis venue solder la dette que tu avais envers moi en me servant dans toutes tes jolies choses, connard.

Son rire éclate, cruel et moqueur, mais surtout forcé.

— Et t'as trouvé ton bonheur, Robin des Bois ? me demande-t-il d'un ton amer.

Sans ciller, le menton fièrement relevé, je sors la Rolex de ma poche. Mais avant que je ne puisse la remettre en place, Samaël attrape brutalement mon poignet, minuscule entre ses doigts puissants. Son expression se durcit, et il lâche d'un ton âpre :

— De toutes les montres, t'as choisi la moins chère, espèce d'idiote.

— Va te faire foutre ! répliqué-je, vexée.

Je me débats plus violemment et tente de me libérer de sa prise, mais ce salaud me plaque contre le mur, en emprisonnant toujours mon poignet. Nos visages sont si proches que je sens son souffle chaud atteindre ma bouche à chacune de ses expirations saccadées. Alors que j'entrouvre les lèvres sans réussir à formuler la moindre syllabe, son regard sombre descend de mes yeux à ma bouche et y reste. Ses pupilles se dilatent, et mon corps réagit malgré moi. Mon sang brûle sous ma peau, enflammant mon bas-ventre, et mes tétons durcissent contre mon soutien-gorge, si sensibles qu'une simple friction pourrait bien m'arracher une plainte.

— Il y a quelque chose que je ne saisis pas, Malena.

J'inspire brusquement, les joues brûlantes, la bouche désespérément entrouverte. Samaël Belmonte doit prendre mon silence pour une invitation à développer, puisqu'il poursuit aussitôt :

— Comment se fait-il que tu passes ton temps à me traiter d'obsédé alors que c'est toi la petite perverse, qui s'introduit dans ma chambre, hein ?

Mon cœur a un raté en l'entendant m'accuser d'une telle chose.

— Non, soufflé-je d'une voix à peine audible. C'est pas… Enfin… je ne voulais pas…

Alors que les mots me manquent, Samaël incline légèrement la tête. Le regard sombre, il poursuit avec une assurance sans bornes.

— Serais-tu en train de me dire que c'est le fruit de mon imagination ? Que tu ne me matais pas pendant que ma meuf me prenait dans sa bouche, Malena ?

Ses mots sont comme du venin distillé. Je tente de bouger, mais il me maintient fermement contre le mur, le regard brûlant de colère… et d'autre chose encore.

— Donne-moi une raison de ne pas te livrer aux flics, souffle-t-il, son visage si proche du mien que nos nez se touchent presque.

Je déglutis avec difficulté en secouant énergiquement la tête de gauche à droite. Ma respiration devient haletante. Je sens la panique monter crescendo dans mes veines, et me paralyser lentement. S'il appelle la police, ma version des faits n'aura aucun poids face à celle du fils du très respectable homme politique Louca Belmonte. Et puis, j'ai bien plus à perdre que lui, à commencer par ma bourse.

— Ne fais pas ça. Je… je ferai ce que tu veux.

Son sourire s'étire en un rictus sadique, et accentue l'intensité diabolique de son regard.

— Ce que je veux, hein ? répète-t-il, intéressé.

Il s'approche un peu plus. Son corps se presse contre le mien, et sa main libre caresse mon visage avec une tendresse obscène, en total décalage avec la situation. Je ferme les yeux, tentant de préparer mon esprit à ce qui va suivre…

— Embrasse-moi, murmure-t-il d'une voix grave et rauque.

J'ouvre les yeux, décontenancée par sa demande. Nos regards se scellent tandis que je bégaye :

— T… t'embrasser ?

D'une voix plus sombre encore, il gronde :

— Oui, Malena : m'embrasser.

Le choc me cloue sur place. Je m'attendais à une sentence bien pire, à quelque chose de plus humiliant, d'irréparable. Presque soulagée qu'il n'exige « que » ça et encore hésitante, je me penche lentement vers lui, mes lèvres tremblantes à quelques centimètres à peine des siennes. Rapidement, l'air devient lourd et saturé, comme si, à quelques pas, un brasier menaçait de se déclencher, prêt à tout ravager, à commencer par nous.

***

## Samaël

Elle va le faire. Elle va m'embrasser, mais pas comme j'aimerais qu'elle le fasse. Sa seule raison, c'est que c'est soit ça, soit je mets ma menace à exécution. Putain, je ne devrais pas culpabiliser autant, c'est elle qui a décidé que ça se passerait de cette manière entre nous. C'est elle qui a décidé de me détester, sans aucune raison, il y a un bail de ça. Moi, je ne fais que m'adapter à sa dynamique, je ne fais que répondre à sa haine gratuite envers moi. Mon cœur se serre, comme si on l'essorait jusqu'à le vider de son sang. Ce supplice de Tantale me tue à petit feu. Je veux que Malena Angeli m'embrasse parce qu'elle en crève d'envie. Peut-être pas autant que moi, je n'en demande pas tant, mais au moins un peu quand même, merde.

Mes yeux fous de désir sont rivés sur ses lèvres, avides. Mon thorax se soulève et… j'esquive sa bouche.

— T'as cinq secondes pour sortir de ma piaule, Malena.

Comme elle ne bouge pas, et que je n'ai pas envie de prendre le risque de changer d'avis non plus, je lance un compte à rebours :

— Un…

Brusquement, elle ouvre les yeux qu'elle avait fermés, comme si elle s'apprêtait à rouler une pelle à un crapaud.

— T'es qu'une merde, me crache-t-elle.

Le dégoût dans ses yeux ne devrait pas autant me blesser. Depuis le temps, je devrais m'être fait une raison. Mais la vérité, c'est que plus le temps passe, plus on se rapproche du jour où chacun partira de son côté pour poursuivre ses études, plus ça m'atteint. Plus ça me rend amer, frustré, haineux.

Pathétiquement accro.

— Il te reste deux secondes pour te casser de ma baraque, Angeli.

Avec un dernier regard assassin, elle s'enfuit avec ma montre dans sa poche. Et je la laisse faire. Qu'elle la vende, je m'en branle. La porte claque et je m'effondre sur mon lit, avant de me redresser d'un coup pour humer l'air. Je rêve, putain. Comme si cette garce ne me torturait pas déjà assez du fait de sa simple existence sur Terre, elle a carrément laissé son odeur partout dans ma chambre. Pêche et miel, la fragrance qui me fera courir à ma perte.

Plus faible que je ne le laisse paraître, je ne résiste pas à l'envie d'imaginer ce qu'aurait donné un baiser avec Malena Angeli. Rien qu'à l'idée d'une collision entre ses lèvres et les miennes, mon estomac se contracte. Foutez-vous de ma gueule, rien à battre, mais j'ai des foutus papillons dans le ventre rien que d'y penser. Fou de rage, je baisse les yeux vers mon entrejambe, à peine étonné de découvrir ma bite au garde-à-vous.

Ça me rend dingue qu'elle ait assisté à cette scène où je m'efforçais de jouir avec ma copine. Moi, obligé de penser à elle pour atteindre la putain de jouissance. Je dois me rendre à cette évidence tordue : ma bite devient de plus en plus capricieuse, et me réclame l'inaccessible : Malena Angeli.

Un joint roulé derrière l'oreille, je redescends avec les autres. Je les foutrais bien tous dehors, mais je ferais quoi après ? Je m'apitoierais sur mon sort en me défonçant en solo ?

*Déprimant.*

En longeant la balustrade qui donne sur l'immense baie vitrée prolongée par la porte d'entrée, je remarque que le scooter à la peinture écaillée couleur mauve métallisé a disparu. La déception que je ressens m'achève. Quelques minutes plus tard, je suis affalé au milieu du canapé du salon entre deux étudiantes d'Artemisia super chaudes et bourrées, à me faire sucer tout en brûlant l'extrémité de mon bédo avec mon briquet. Derrière la baie vitrée, Pupella, assise près de la piscine avec Lolita et les autres, me dévisage avec une haine que je mérite. Tout ça parce que je suis un connard blessé qui ne trouve rien de mieux à faire que de blesser en retour.

J'approche le joint de mes lèvres, tire une taffe et grimace en tordant la bouche pour recracher la fumée. Quand je pense que j'ai même arrêté d'acheter ma conso à Alonzo, mon ancien dealer dont l'excellente came venait tout droit de Rotterdam. Tout ça pour quoi ? Pour quelques échanges de SMS avec Malena ? Quelques rendez-vous express où, la plupart du temps, on n'échange même pas un mot ? Je tire une nouvelle taffe, écœuré. La beuh que me fournit Angeli me donne mal au crâne. Comme elle.

# 4

## Samaël

***Trois ans plus tôt.***

L'épaule contre un casier, je fais semblant d'écouter Lolita Cerretani se lamenter sur son amour impossible avec Faël Scorsese, le frère d'Arden, de trois ans notre aîné, parti à l'université. Mon attention est focalisée sur la fontaine à eau, à côté de laquelle Malena fait la queue.

— … Même pas foutu de me souhaiter un joyeux anniversaire, se plaint la fille de tante Andrea.

Incapable de prêter attention à ce qu'elle raconte, j'incline la tête et plisse les yeux, avant de sourire avec attendrissement. L'une des jambes de Marcelino, la peluche que Malena trimballe partout, dépasse de la fermeture Éclair de son sac à dos.

— … regarde jamais mes stories.

Je me rappelle la première fois que j'ai découvert l'existence de son doudou. C'était peu de temps après l'incident du distributeur de boissons. Je m'étais planqué dans un coin du couloir, attendant impatiemment qu'elle sorte de la bibliothèque pour foncer sur elle et simuler une bousculade. Ouais, j'en étais là. Son sac à dos s'était renversé. Elle avait juré comme une charretière, et je l'avais aidée à ramasser ses affaires.

— *T'as un doudou* ? lui avais-je demandé, amusé.

Angeli me l'avait brutalement arraché des mains pour l'enfoncer dans son sac, le visage aussi rouge qu'une tomate bien mûre.

— *Tu dis n'importe quoi.*

— *Je sais ce que j'ai vu*, l'avais-je taquiné, attendri.

— *Et moi je connais l'étage de ton dortoir.*

Sa menace déguisée m'avait fait rire, même après qu'elle avait pris la fuite en agrippant l'anse de son sac à dos avec son air boudeur caractéristique.

— Sa copine actuelle a les cheveux bleus. Tu savais qu'il avait un complexe de Schtroumpfs, Faël ?

La remarque de Lolita me ramène brusquement à la conversation, et je détourne enfin les yeux de Malena que je fixais depuis… eh bien, depuis trop longtemps.

— Un complexe de quoi ? demandé-je.

— Tu sais, comme le complexe d'Œdipe, mais version Schtroumpfs.

— Nan, je vois pas, dis-je distraitement, de nouveau absorbé par Malena.

Elle s'est penchée vers la fontaine, les fesses en l'air, tandis que sa jupe les recouvre à peine. Alors que j'incline la tête comme un pervers, Lolita claque des doigts sous mon nez et me ramène à la réalité.

— Il était plutôt branché One Piece, dis-je sans réfléchir.

Lolita fronce les sourcils.

— De quoi tu parles ?

— Faël, dis-je précipitamment, en m'éloignant déjà dans la direction que vient de prendre Malena. Il était branché One Piece, les mangas, pas Schtroumpfs !

Désespérée, ma cousine de cœur lève les bras en l'air en s'écriant :

— Mais c'était même pas ma question, Sam !

Ses écouteurs enfoncés dans ses oreilles, Malena Angeli ne m'entend pas l'appeler dans son dos. Contrairement à la dernière fois où je l'ai abordée, cette fois, je sais comment m'y prendre. Je suis calibré depuis que j'ai trouvé son Instagram, après des mois de recherches intensives. Son pseudo est *moderate_muse*. Très *pick-me*.

J'ai épluché son compte de fond en comble. Deux fois. Bon, d'accord, un peu plus que ça. Bref, suffisamment pour avoir mémorisé la playlist complète des musiques qu'elle a postées dans sa story à la une, celle avec l'émoji *ciel*. Mais ce n'est pas tout, je sais aussi qu'elle adore les animaux. Surtout les chiens. Elle a une autre story à la une consacrée aux reposts de refuges, donations, etc. C'est pour ça que je prévois de kidnapper Prada, le chihuahua de Lolita, pour l'offrir à Malena.

Je déconne.

Non, ce que je compte faire, c'est l'inviter à visiter un refuge.

*Come As You Are* s'échappe de ses écouteurs lorsque je m'approche assez près pour toucher son épaule. Angeli fait volte-face, et je lâche tout d'une traite, sans respirer :

— Salut, je me demandais si ça te dirait de venir visiter un refuge de chiots abandonnés avec moi ?

Un sourire malicieux retrousse ses lèvres roses. Elle retire lentement ses écouteurs, et semble prendre énormément de plaisir en déclarant :

— Tu peux répéter ? J'ai pas entendu.

J'inspire profondément et répète plus lentement, non sans me sentir con :

— Ça te dirait de venir visiter un refuge de chiots abandonnés avec moi ?

— Pour quoi faire ? s'enquiert-elle, méfiante.

Je hausse les épaules.

— J'sais pas, je me suis dit que tu pourrais kiffer.

— On se connaît pas, comment tu pourrais penser ça ?

— Ta réputation te précède, rétorqué-je.

Alors que je fais danser mes sourcils, elle fronce les siens, sans comprendre que j'essaye de jouer les mecs cool en citant mot pour mot ce qu'elle m'avait dit l'autre jour, près du distributeur de boissons.

Avant qu'elle ne me trouve trop bizarre, je passe aux aveux.

— En fait, j'ai épluché ton Instagram.

Malena ouvre la bouche, indignée. Mais au fond, j'ai l'impression qu'elle est flattée. Mais trop fière pour l'admettre.

*Alléluia, je marque enfin un putain de point* !

Intriguée, la petite brune s'appuie contre un casier métallique, ses cours ramenés contre sa poitrine.

— C'est un *date* ?

Tandis que son regard calculateur m'évalue, je prends le risque.

— Tu veux que ça en soit un ?

— Toi, c'est ce que tu veux ?

J'appuie mon épaule contre le casier à côté de celui contre lequel elle est adossée, en me retenant de toutes mes forces pour ne pas inspirer profondément son délicieux parfum. Elle risquerait de me prendre pour un homme préhistorique.

— C'est une question piège ?

Elle bat de ses longs cils épais au ralenti.

— Tu vas répondre par une question à toutes mes questions ?

— Pourquoi pas ? rétorqué-je du tac au tac.

Et là, miracle, elle se mord la lèvre inférieure pour se retenir de sourire. De mon côté, je ne me retiens pas. Je souris, et de toutes mes dents en plus.

— Ça va se passer comme ça si j'accepte de sortir avec toi ? Je vais poser des questions et tu vas les éluder ?

— Honnêtement, j'espère faire plus que ça.

Mon sous-entendu lui fait froncer le nez. Bon sang, pourquoi suis-je toujours aussi lourd et maladroit avec elle ? En sa présence, j'ai l'impression d'être un Sims avec une jauge qui baisse, et qui dégringole encore et encore, à deux doigts de voir la faucheuse apparaître pour m'éliminer du jeu.

— Classe, commente-t-elle.

— J'ai pensé tout haut, me défends-je.

— Tu t'enfonces, Belmonte.

Amusé, j'ouvre la bouche, puis la referme. Ouais, vaut mieux que je garde ma nouvelle répartie douteuse pour moi.

— On dit… samedi ? tenté-je en haussant un sourcil interrogateur.

Malena sourit timidement et ma gorge se serre. Merde, j'adore son sourire. J'adore ses yeux aussi. Sa bouche…

*Allez, concentre-toi, couille molle.*

— D'accord.

Une armée de volatiles danse le cha-cha-cha dans mon bide, tandis que je m'efforce de ne pas crier « YES ! » dans tout le couloir. Si j'étais Lolita Cerretani, j'aurais déjà sauté de joie, pieds joints, en tapant des mains comme une *bad bitch.* Au lieu de ça, je sors mon portable de ma poche et l'agite sous son nez.

— J'peux avoir ton numéro, maintenant ?

Malena soupire, sans se départir de son sourire adorable.

— Ouais… c'est d'accord.

# 5

## Malena

***De nos jours.***

Madame De Luco est une professeure médiocre, le genre qui n'impose pas le silence mais l'implore de façon pathétique. Comme à cet instant où elle supplie – littéralement – Arden Scorsese d'écouter le cours et de ranger son téléphone portable, pour la quatrième fois. Celui-ci lève deux doigts, réclamant une seconde de plus pour terminer de taper son SMS.

— Monsieur Scorsese ! s'écrie-t-elle timidement d'une voix trop aiguë.

Enzo Santoro – issu d'une famille de députés de génération en génération – filme la scène avec son téléphone. À coup sûr, la vidéo finira sur TikTok puis X avant l'intercours, transformant De Luco en *meme* viral. La direction sera rapidement informée, et la pauvre De Luco passera le reste de l'année en burn-out. Quant aux représailles pour Santoro, elles sont prévisibles : il écopera d'un conseil de discipline, mais il ne sera pas renvoyé. Ses parents friqués étoufferont l'affaire avec un généreux chèque pour rénover la salle des profs ou le réfectoire. Comment je le sais ? Des cas similaires se sont déjà produits.

— Scorsese, gronde sèchement Samaël. Range ton putain de portable.

Le silence retombe instantanément, et on entend presque les mouches voler. Après un long soupir, Arden obéit, et De Luco adresse un sourire gêné à Belmonte. Et puis, comme si de rien n'était, le cours d'Histoire de l'art reprend. De Luco rougit à plusieurs reprises en lançant un regard reconnaissant à Samaël, dont le visage impassible ne révèle aucune émotion.

Jusqu'à ce qu'il le tourne vers moi en sentant mon attention rivée sur lui.

Son regard perçant n'est pas narquois pour une fois, mais presque dangereux. Une sensation de malaise m'envahit. Je baisse les yeux, là où les muscles de son cou se contractent, puis les laisse remonter jusqu'à l'ellipse violacée près de son œil gauche. L'hématome que j'ai provoqué ce week-end contraste violemment avec sa peau hâlée, et accentue cette désinvolture naturellement *badass* qui se dégage de lui. Lorsque je me risque à croiser à nouveau son regard, le duvet sur ma nuque se hérisse. Ses prunelles n'ont jamais été aussi noires. C'est comme si de l'encre de Chine avait envahi ses iris.

Alors que je réalise que l'éclat joueur qui danse d'habitude dans ses yeux a disparu, Samaël rompt l'échange visuel, l'air agacé.

Ce changement de comportement à mon égard me déstabilise. Un peu trop. Je suis bien trop habituée à ses demi-sourires arrogants, ses clins d'œil lubriques et ses commentaires blessants. Et puis, il m'en veut pour quoi déjà ? Je lui ai rendu sa foutue montre. En quittant sa chambre, je l'ai laissée sur le pas de la porte. Ça ne peut pas non plus être pour son cocard, puisqu'il l'a amplement mérité.

Comme à chaque fois que je fais l'erreur de repenser à cette soirée, mon pouls s'emballe et mes orteils se recroquevillent dans mes baskets. Je m'étais juré de ne pas y repenser, mais j'y pense au moins dix fois par jour depuis. Depuis que Samaël m'a réclamé un baiser, avant de l'esquiver et de m'ordonner de foutre le camp de chez lui. Un baiser que j'étais prête à lui donner, parce que sa menace pesait sur moi… et parce que, étrangement, j'en mourais d'envie aussi.

Mais je ne vais pas faire deux fois la même erreur. Je ne vais pas lui accorder ma confiance une seconde fois.

Et même si parfois, malgré tous ses coups foireux, j'ai l'impression qu'il m'aime bien peut-être, je tâche toujours de me rappeler ce jour où j'ai réalisé que ce n'était que du vent. La bile monte dans ma gorge et je chasse les mauvais souvenirs. À la place, je me remémore les moins pénibles, ceux où je me leurrais encore à son sujet.

# 6

## Malena

***Trois ans plus tôt.***

Fait chier, je suis super en retard. Tout ça parce que j'ai passé une éternité à hésiter devant ma garde-robe, à la recherche de la tenue parfaite. Sérieusement, je ne pensais pas être ce genre de fille, obsédée par son apparence juste pour un mec. Mais, *spoiler alert*, je ne suis pas si différente des autres ! Dans le bus, la main enroulée autour d'une barre verticale, je baisse les yeux sur ma tenue : jupe en jean, crop-top au slogan « Burn, baby, burn ! », et mes Dunk rose fuchsia. Alors que le bus dépasse la Via della Maddalena, je me pince les lèvres avec nervosité. J'ai même mis du gloss.

Lorsque les portes du bus s'ouvrent sur Corso del Rinascimento, je descends en courant. Nous avions rendez-vous devant la fontaine de Neptune il y a… – je consulte l'heure sur mon téléphone – il y a déjà une heure. Samaël est certainement déjà parti, furieux d'avoir dû attendre si longtemps.

Le cœur battant à tout rompre, je traverse la Piazza Navona à toute vitesse, luttant contre la crainte – légitime – de ne pas l'y trouver. Mais lorsque la fontaine se matérialise enfin sous mes yeux, je m'arrête net, le souffle coupé.

Samaël Belmonte est là. Et il m'attend toujours.

Entouré de bâtiments baroques prestigieux, il se tient près de la fontaine et scrute la foule. Les lueurs dorées du soleil de l'après-midi caressent ses traits, et le rendent encore plus scandaleusement beau que d'habitude. Mon cœur s'emballe, et malgré moi, un sourire spontané étire mes lèvres.

Il m'a attendue.

Tentant de calmer le chaos dans ma poitrine, je reprends ma marche dans sa direction, en essayant d'afficher une indifférence que je suis loin de ressentir. Lorsqu'il me repère, un sourire éclatant illumine son visage, et mon estomac fait un triple salto. Moi, Malena Angeli, je ne suis décidément pas différente des autres étudiantes d'Artemisia qui craquent pour Samaël Belmonte.

— Salut.

— Salut.

Je baisse les yeux sur la boisson qu'il tient dans sa main droite, essayant de cacher ma nervosité. Je devrais m'excuser pour mon retard, mais les mots restent bloqués. Alors, au lieu de ça, je lui demande :

— Qu'est-ce que c'est ?

— Un milk-shake. C'est pour toi. Mais il a sûrement fondu maintenant.

Il me tend la boisson, et une vague de culpabilité m'envahit. Pour cacher mon malaise, je cale la paille entre mes dents et aspire. Il est à la fraise, mon préféré.

— C'est… flippant que tu connaisses mon parfum préféré.

Samaël m'adresse un clin d'œil, alors qu'un sourire espiègle envahit son visage.

— Je crois que « mignon » est le mot que tu cherchais, me corrige-t-il.

Je détourne le regard, incapable de stabiliser mon rythme cardiaque. Mon cœur bat si fort que j'ai l'impression qu'il va transpercer ma poitrine d'un instant à l'autre. Je ne me suis jamais sentie aussi à cran et aussi idiote. Tout ça pour un garçon. Pour Samaël, l'étudiant de Rainaldi que toutes les filles adulent.

Je prends une autre gorgée, plus pour me donner une contenance que par soif. Le goût sucré de la fraise glisse sur ma langue tandis que Samaël m'observe d'un air curieux. Lorsque ses yeux noirs descendent vers mes lèvres, je sens le feu me monter aux joues.

Je déglutis péniblement, et il déclare d'une voix rauque, tout en fixant ma gorge :

— Tu comptes t'excuser pour ton retard, un jour ?

Je lève les yeux au ciel, mais je ne peux pas cacher le sourire nerveux qui prend la liberté de se former sur mes lèvres.

— Excuse-moi de t'avoir fait poireauter, et d'avoir presque brisé ton petit cœur fragile en te laissant imaginer que je ne viendrais pas, capitulé-je avec emphase.

Samaël hausse un sourcil, l'air plus amusé que contrarié, et il me demande :

— C'est quoi ton signe astro, déjà ? Charogne ascendant garce ?

Incapable de me retenir, j'éclate de rire malgré moi. Samaël, fier de sa blague, m'adresse un sourire en coin qui pourrait faire fondre tous les glaciers, l'un après l'autre et en un temps record. J'ignore combien de temps nous restons plantés là, lui à me sourire, moi à rougir. Mais une chose est sûre, assez pour me faire une raison : que je le veuille ou non, Samaël Belmonte me plaît.

— Un truc dans le genre, admets-je en me mordant la lèvre du bas.

Samaël sourit franchement en me prenant le milk-shake des mains. Lorsque, sans hésiter, il boit à la paille juste après moi, quelque chose se produit dans mon estomac. Il libère des papillons, genre des Ornithoptera alexandrae. Mes orteils se recroquevillent dans mes baskets quand il sort la pointe de sa langue pour récupérer la crème glacée qui ourle sa lèvre supérieure. Je constate inutilement qu'il a des dents blanches, alignées, parfaites.

— Toujours partante pour visiter le refuge ?

Aussitôt, je détourne mon regard de sa bouche pour le river sur ses yeux. Ils sont légèrement plissés et taquins. Ils reflètent sans ambiguïté sa satisfaction de m'avoir surprise en train de le reluquer.

— Oui, allons-y, lancé-je d'une voix sourde, un peu gutturale.

Non loin du Musée napoléonien, juste avant le pont Umberto I, se dresse le refuge Cuori Pelosi, un bâtiment étroit au style architectural classique. Façade en travertin, fenêtres voûtées, porte d'entrée imposante. De l'extérieur, l'endroit a fière allure. Pourtant, ce qui nous attend à l'intérieur est à mille lieues de cette première impression. Dès que nous franchissons la double porte, la première chose qui me frappe, après l'atmosphère sombre et désolante, ce sont les aboiements et les pleurs des chiens en cage.

— Bonjour, jeunes gens, nous accueille une dame derrière un comptoir.

Dans son dos, une vitre nous sépare d'un long couloir étroit, mal éclairé, qui semble ne jamais se terminer. La poitrine comprimée, je reste sur le pas de l'entrée, incapable de prêter attention à Samaël, qui discute avec la dame de l'accueil. Lorsqu'il se tourne vers moi et me tend la main, je la prends par automatisme, un peu vacillante. Nous entrons dans le couloir, et les appels de détresse des chiens abandonnés redoublent, créant une symphonie déchirante.

Les papillons dans mon ventre s'envolent, et certains y laissent leurs ailes, tels des poids lourds.

Une odeur d'humidité mêlée à celle du détergent flotte dans l'air, entre les cages en métal alignées contre les murs. Samaël et moi avançons en silence, et nous observons les petites boules de poils qui nous regardent avec des yeux emplis d'espoir.

— C'est… tellement déprimant, murmure Samaël en s'approchant d'un chiot qui remue la queue. Quand je pense que la plupart ont été abandonnés… L'humain est une merde.

Ses doigts effleurent les barreaux de la cage, et le chiot recule brusquement, terrifié. Je vois l'émotion dans le regard de Samaël. Un mélange de tristesse, de colère et de compassion.

— S'il y a bien des êtres sur cette terre que je ne pourrais jamais blesser, ce sont les animaux, poursuit-il. Ils sont si purs, si loyaux, tellement meilleurs que nous.

Le sentiment d'impuissance face à ces petits êtres malheureux retenus captifs est écrasant. Nous étions venus ici avec l'idée de faire une bonne action, mais nous voilà confrontés à la cruauté du monde.

— J'ai envie de tous les adopter, confié-je dans un souffle.

Samaël hoche la tête solennellement, avant de déclarer avec conviction :

— On devrait le faire.

Je lève les yeux au ciel mais il a l'air sérieux, et malgré l'impossibilité de la chose, son dévouement me touche profondément. J'aime penser que les humains sensibles à la cause animale sont foncièrement bons.

— La dame de l'accueil m'a dit qu'ils avaient déjà été nourris, mais qu'on pouvait revenir quand on voulait pour les nourrir nous-mêmes, ou même en promener quelques-uns.

— C'est génial, réponds-je sincèrement. Je reviendrai.

— Moi aussi.

Dehors, le soleil de fin de journée brille, mais il semble presque indécent comparé à l'atmosphère lugubre qui règne au refuge Cuori Pelosi. Samaël propose qu'on aille boire un verre, mais les cinq appels manqués de mon beau-père me contraignent à refuser. Il a l'air déçu, et je le suis tout autant. Il propose de me raccompagner, et je refuse encore. Mais il insiste, et je finis par céder. Peut-être parce qu'une petite part de moi désire plus que tout prolonger encore un peu ce moment avec lui, malgré ce que cela implique : lui montrer où je vis, loin des villas luxueuses où habitent la plupart des étudiants d'Artemisia et Rainaldi, loin de la propriété prestigieuse dans laquelle il vit, lui aussi.

Nous montons dans le bus et, quand je surprends Samaël grimacer en humant l'air, je devine qu'il n'a pas l'habitude de prendre les transports en commun.

— Alors, ça fait quoi de se mêler aux petites gens ? le taquiné-je.

Il me jette un regard amusé, mais ses lèvres se tordent en une moue de dégoût.

— Ça sent toujours comme ça dans les bus ?

— La mort, la transpiration et l'ail ? Oui.

Sa main enroulée autour de la barre se trouve juste au-dessus de la mienne. Nos doigts sont si proches que je peux presque deviner la chaleur de sa peau, presque la sentir me réchauffer.

Non, me brûler.

Lorsque le chauffeur marque le premier arrêt en freinant sec, mon corps est projeté contre celui de Samaël. Ma tête se retrouve bloquée sous son menton, son torse plaqué contre ma poitrine. D'abord tétanisée, il me faut un moment pour reprendre mes esprits. Mais quand je tente de reculer, ses mains se posent fermement sur ma taille et me maintiennent contre lui.

— Ne bouge pas, s'il te plaît, murmure-t-il dans un souffle.

Samaël inspire profondément, son nez enfoui dans mes cheveux. Je sens son torse se soulever lentement contre le mien, tandis que sa voix devient encore plus grave, presque écorchée.

— Tu sens bon. T'es mon petit sapin vert.

Mon cœur s'emballe et je souris comme une idiote, les joues en surchauffe. Sa main posée juste au-dessus de ma hanche n'arrange rien à mon état. Elle envoie des décharges électriques dans tout mon corps, faisant palpiter chaque nerf en réaction à sa proximité. Et c'est encore pire lorsque j'inspire brusquement, et que l'odeur de son gel douche, végétal et mentholé, envahit mes narines, me faisant prendre conscience encore davantage de chaque centimètre de nos peaux en contact. Samaël descend sa main sur la barre, et d'un geste lent, calculé et audacieux, il emprisonne mes doigts sous les siens. Entre sa main sur ma taille, mes doigts sous les siens, et mon nez littéralement dans son cou, je me sens à la fois à ma place… et extrêmement nerveuse. Mais je ne bouge pas. Et je ne retire surtout pas ma main, parce que j'aime trop ça.

— … La pêche et le miel, murmure-t-il soudain.

Décontenancée, trop perdue dans l'analyse de chaque friction entre nos corps, je parviens à articuler d'une voix faible :

— Q… quoi ?

Alors que j'écarte légèrement le visage pour fixer ses yeux, je suis piégée par son regard mi-clos qui m'observe avec une intensité si démesurée que je manque d'air. Mes poumons sont à deux doigts de lâcher lorsqu'il répète, plus doucement cette fois, comme on confie un lourd péché :

— Ton parfum… Tu sens la pêche et le miel.

Hébétée, subitement fiévreuse, j'entrouvre la bouche, attirant sans le faire exprès l'attention de Samaël sur mes lèvres.

*Est-ce qu'il va m'embrasser ? Bon sang, pitié, j'espère que oui.*

Ses pupilles se dilatent, mon ventre se contracte. Lentement, il penche la tête vers moi, son front est à quelques centimètres du mien. Mon souffle s'accélère, et instinctivement, je me hisse sur la pointe des pieds, avide de franchir les derniers millimètres qui nous séparent… avant de retomber lourdement sur mes talons lorsque le bus freine brutalement, et me ramène à la réalité.

Je tourne la tête vers la vitre et je reconnais la Via Fabriano, ainsi que l'immeuble délabré dans lequel je vis.

Mal à l'aise, regrettant aussitôt d'avoir accepté qu'il me raccompagne, je me détache doucement de lui.

— Je descends ici.

Je me détourne, espérant fuir cette situation avant qu'elle ne devienne encore plus gênante, mais Samaël me suit immédiatement, sans hésitation.

— Je descends avec toi, déclare-t-il.

Il est déjà à mes côtés avant que je ne puisse protester. Dans notre dos, le bus s'éloigne tandis que je risque un regard furtif vers Samaël. Ses yeux parcourent les environs et s'arrêtent sur les murs couverts de graffitis, puis sur les poubelles qui débordent, alors que leur odeur nauséabonde flotte dans l'air.

Réaliser à quel point mon monde ne ressemble en rien au sien me frappe comme une gifle. Et ça me rend amère, sarcastique, et sur la défensive.

— Voilà, c'est ici que j'habite. Tu peux te moquer maintenant.

Sa réaction est immédiate. Ses sourcils se froncent sévèrement, tandis qu'il me dévisage de son regard infiniment sombre et nerveux.

— Si tu crois vraiment que ça me fait jubiler de savoir que tu vis dans ce quartier de merde, t'as vraiment rien compris, Malena.

Sa voix est chargée de reproches. Je sens une vague de culpabilité m'envahir. Est-ce que je l'ai vexé ? Merde, on dirait bien. Les mots restent coincés dans ma gorge, incapables de sortir. Samaël soupire lourdement puis, d'un geste vif, il attrape ma main et m'attire contre lui avec une douceur étrangement ferme.

— Bordel, Malena. Quand vas-tu enfin comprendre que je te kiffe ?

Son souffle chaud frappe mon visage tandis que ses doigts lâchent ma main pour caresser mon bras. J'inspire brusquement en réalisant qu'il est sur le point de m'embrasser. Encore. Son visage s'incline et pendant un instant, j'oublie tout, jusqu'à ne désirer qu'une chose : qu'il me dévore.

— Hé, gamine !

La voix rocailleuse de mon beau-père déchire l'air depuis le balcon, et brise l'instant en mille morceaux. Mon corps se fige, et je vois dans les yeux de Samaël une lueur d'incompréhension se transformer en colère sourde. Mon beau-père marque une pause pour roter bruyamment, en savourant son intervention.

— Ramène ton cul ! Y a de la vaisselle à faire !

Je baisse les yeux, honteuse.

— C'est qui, ce trou du cul ? demande Samaël, sa voix dégoulinant d'une rage à peine contenue.

Je déglutis, incapable de faire face à la réaction de Samaël. Ma gorge est aussi sèche que du papier sulfurisé. Chaque mot me brûle l'œsophage alors que je murmure, le plus sèchement possible :

— Mon beau-père.

Je tourne les talons, voulant mettre fin à cette situation embarrassante au plus vite, mais Samaël me retient doucement par le coude, et me ramène vers lui. Son regard est intense, empli de questions pour lesquelles il n'obtiendra pas toutes les réponses.

— Il est saoul ?

Son visage, habituellement si parfait, se tord d'inquiétude, et je m'efforce de ne rien laisser transparaître. Je réponds d'un ton plat et résigné, feignant l'indifférence pour sauver la face.

— Il est tout le temps saoul.

Samaël inspire profondément, et ses narines se dilatent de colère.

— Ça ne me plaît pas, Malena.

L'irritation monte en moi, en même temps qu'une vague de honte encore plus oppressante.

— Ça tombe bien, c'est mon beau-père, pas le tien, répliqué-je d'un ton sec et acerbe.

Son regard s'adoucit mais reste grave. Samaël Belmonte semble sur le point de dire quelque chose, mais je ne veux ni l'entendre ni supporter son regard plein de pitié plus longtemps.

— Merci pour la journée. Et le milk-shake fondu, ajouté-je rapidement avec un sourire forcé, avant de me détourner et de marcher vers le HLM en ruine.

Chaque pas vers mon immeuble me semble plus lourd que le précédent, tandis que je sens le regard de Samaël brûler mon dos.

# 7

## Malena

***De nos jours.***

— Mademoiselle Angeli. Mademoiselle Angeli !

La voix suraiguë de Di Luco m'arrache brutalement à mes pensées. Je me redresse en sursaut, la joue droite endolorie d'avoir trop longtemps reposé sur mon poing.

— M'avez-vous entendue ? demande Di Luco.

Je secoue la tête, confuse, et l'enseignante répète avec lassitude.

— Vous travaillerez en binôme avec monsieur Belmonte. Votre sujet porte sur le Symbolisme.

Juste après cette annonce, la sonnerie de l'intercours retentit, ne me laissant pas l'occasion de protester.

Et merde.

Alors que les autres élèves de la classe se précipitent vers la sortie pour le cours suivant, qui a lieu à l'étage inférieur, je m'approche de Samaël. Adossé à sa chaise, l'air parfaitement détendu et pas pressé de quitter la salle de cours, c'est comme s'il avait prévu ma réaction. Sans même m'adresser un regard, il fait claquer son chewing-gum et déclare :

— Avant que t'ouvres inutilement ta grande gueule, Angeli, sache que je suis presque aussi ravi que toi qu'on fasse équipe. Alors si c'est pour me reprocher ce foutu hasard, va directement te plaindre à la prof. Moi, j'y suis pour rien.

Son air détaché me révolte plus que je ne veux l'admettre.

— Je ne suis pas une gamine. Je ne vais pas demander à changer de binôme. On fera avec.

Un sourire ironique étire ses lèvres, et il redresse lentement la tête pour me fixer de ses yeux sombres et perçants.

— À l'aube de tes dix-huit ans, tu fais enfin preuve de maturité, Malena. Félicitations.

En élargissant son rictus, Samaël savoure ces quelques mots destinés à me faire me sentir insignifiante. Mon amour-propre me hurle de répondre, de riposter, mais ça reviendrait à lui donner satisfaction. Alors je préfère me mordre l'intérieur des joues.

— Rendez-vous samedi à la bibliothèque Angelica. 17 h.

— J'ai entraînement de foot, riposte-t-il.

— Jusqu'à quelle heure ?

— 19.

Je soupire lourdement.

— Tu peux pas le louper ?

— Je joue en deuxième division, crache-t-il, condescendant au possible.

Je sais qu'il joue en quasi-pro. Une voiture vient le chercher tous les lundis, mercredis, et jeudis pour ses entraînements qui ont lieu en dehors de Rainaldi. Mais je refuse qu'il s'imagine que je suis impressionnée ou quelque chose comme ça, alors je préfère jouer les ignorantes.

— OK, Djokovic, bah viens après ton entraînement, alors.

— Djokovic est un joueur de tennis, pas de foot, espèce d'idiote.

Évidemment, je le sais, mais c'est juste pour l'emmerder.

— Ouais, bref. Tu viens après ?

— Ce sera toujours ouvert ? me demande-t-il sans entrain.

— Ils ont une salle d'étude qui ferme à 22 h.

Je m'éloigne et me dirige vers la sortie, mes cours plaqués contre ma poitrine, et je lance par-dessus mon épaule :

— Ah oui ! Et n'oublie pas de venir avec ton cerveau. Enfin, si t'en as un.

***

Dans l'air flotte l'odeur du café fraîchement torréfié, en provenance des cafés voisins. Assise sur la petite marche de l'entrée de la bibliothèque, mes écouteurs enfoncés dans les oreilles, je patiente, le regard perdu sur les pavés piétinés par les passants. Il est 19 h 42, et nous avions rendez-vous à 19 h 30. La possibilité qu'il ne vienne pas me traverse l'esprit, et je lui écris aussitôt.

**Malena** :
[Tu fous quoi ?
Je t'attends.]

Sa réponse est immédiate.

**Samaël** :
[Détends-toi, meuf. Je suis là.]

Je lève les yeux et le découvre face à moi, vêtu d'un complet Nike bleu marine, son sac de sport négligemment jeté sur son épaule. Ses cheveux encore humides et ses yeux légèrement rougis trahissent la douche rapide qu'il vient de prendre, et le joint qu'il a probablement fumé en chemin. C'est carrément criminel d'être aussi beau gosse, même dans ces vêtements de sport.

Alors que je réalise que je suis en train de le dévorer du regard, je me rends compte qu'il en fait tout autant. Ses yeux parcourent mon tee-shirt qui affiche fièrement « I love the man written by a woman », puis glissent sur mon jean taille basse *cut-off*, et enfin s'attardent sur mes Dunk roses, usées par le temps.

— On entre ? lui proposé-je, pressée d'échapper à son examen.

Il redresse le menton.

— Faut d'abord que je bouffe un truc.

Je lève les yeux au ciel.

— Tu mangeras après.

Alors que j'esquisse un pas vers l'entrée, il ne bouge pas d'un iota.

— J'peux pas me concentrer si j'ai la dalle.

Sur ce, il se met en marche.

— J'connais un snack tout près.

N'ayant pas beaucoup d'autres options, je le suis.

Quand nous arrivons au bout de la rue, l'enseigne lumineuse en néon rouge « L'Oasis Grill » me brûle les rétines. Sans attendre de voir si je le suis ou pas, Samaël pousse la porte, déclenchant le tintement d'une clochette. J'entre après lui et le rejoins devant le comptoir. Le patron, un homme typé maghrébin d'une quarantaine d'années, s'avance pour lui serrer la main avec enthousiasme.

— Comment va notre star du foot ?

Samaël répond en lui donnant une tape amicale sur l'épaule, affirmant qu'il va bien. Lorsque le restaurateur remarque son œil au beurre noir, Samaël esquisse un sourire, et prétend s'être pris un mauvais coup au foot. Je me sens subitement coupable d'en être à l'origine.

Il enchaîne en passant sa commande : un burger au poulet, des frites, une arancini tomate et petits pois, et un Estathé pêche.

Il va vraiment avaler tout ça ?!

— Tu veux quelque chose ? me demande-t-il.

J'arrache mon regard de la broche kebab qui tourne lentement sur elle-même, et je secoue la tête pour dire non.

— Un milk-shake à la fraise pour elle, ajoute-t-il malgré tout.

J'ouvre légèrement la bouche, surprise, puis la referme. Je refuse de me sentir spéciale à l'idée qu'il se souvienne de ma boisson préférée. Mais c'est malheureusement le cas.

— Très bien, c'est noté. Allez vous installer, les amoureux, je vous apporte ça dans cinq minutes.

*Les amoureux ? Donnez-moi un seau, j'vais vomir.*

Mais ni Samaël ni moi n'avons l'énergie de le contredire.

Belmonte choisit une table au fond, collée au carrelage blanc des murs, qui renvoie l'éclat froid des néons. Un écran plat fixé au mur diffuse un vieux clip de 50 Cent, et *Window Shopper* se mélange au crépitement de l'huile dans les friteuses.

Lorsque les plats arrivent, Belmonte, qui a commandé pour un régiment, engloutit tout sans effort, affamé comme s'il ne s'était pas nourri depuis des jours. Franchement, c'est injuste d'être aussi bien foutu en se goinfrant de la sorte. Lorsque de la sauce dégouline sur ses doigts et qu'il se nettoie en les léchant, je sens une vague de chaleur déferler en moi.

Quand je finis par lever les yeux, je me rends compte qu'il me regarde, armé d'un sourire en coin.

— Tu me mates ? lâche-t-il, plus amusé qu'étonné.

M'efforçant de ne pas rougir, je dissimule mon embarras en prenant une gorgée du milk-shake à la fraise.

— Jamais de la vie.

Il ricane, puis me défie.

— C'est ça, tant que t'y es, ose dire que je suis moche, Malena.

— Tu es tellement prétentieux.

— Réaliste, me corrige-t-il.

— Narcissique ? suggéré-je.

Il éclate de rire, mais grimace aussitôt à cause de son cocard. Je mords l'intérieur de mes joues pour me retenir d'ouvrir la bouche, mais la culpabilité m'étreint.

— Désolée… pour ça, dis-je en pointant son œil droit.

Il balaye l'air d'un geste de la main, manifestement pas rancunier. Un peu mal à l'aise, je décide de changer de sujet.

— Bon, je vais commencer le devoir sans toi.

J'ouvre mon vieux PC Asus, je me connecte au Wi-Fi de l'Oasis Grill, et je m'immerge dans le travail, en tentant de détourner mes pensées de Samaël Belmonte, la star du foot à qui on a trop répété qu'il était beau gosse.

— J'ai déjà commencé à rédiger la frise chronologique des courants artistiques, annoncé-je.

Samaël, tout en engloutissant quatre frites à la fois, se penche de mon côté pour jeter un œil à l'écran.

— Le fauvisme vient avant l'expressionnisme, corrige-t-il d'un ton assuré.

Sceptique, je lance une recherche rapide sur Google. Et merde, il a raison. Je modifie la chronologie, sous son regard satisfait et arrogant.

— Faute d'inattention, me dédouané-je.

Peu convaincu, il émet un petit reniflement avant de répliquer :

— T'as fait une autre faute d'inattention plus bas. Le cubisme précède le futurisme, bien qu'ils se terminent tous les deux en 1914.

Je vérifie à nouveau. Et voilà, il a encore raison. Ça m'agace. Ça ne devrait pas puisque c'est dans mon intérêt de réussir ce devoir. Voyant que ça me contrarie plus que de raison, Samaël se met à me provoquer.

— Tu m'as bien demandé de venir avec mon cerveau, non ?

— J'ignorais qu'il fonctionnait vraiment, rétorqué-je, piquée.

Il penche la tête, l'air faussement attendri.

— Malena, excuse-moi de te le dire comme ça, mais j'ai de meilleures notes que toi.

Alors que je le défie du regard, persuadée qu'il bluffe, il m'interroge :

— Ta moyenne en maths ?

— 17, dis-je triomphante, pensant l'impressionner.

— Pas mal, admet-il en sifflant d'admiration. Mais je suis à 18,5.

Mon sourire suffisant s'évanouit.

— Et en sciences ? m'empressé-je de lui demander, avide de me rassurer.

— 17 en chimie, 19 en physique.

Je déglutis, le moral plombé.

— Mais… tu ne participes jamais pendant les cours… je… comment… tu…, bégayé-je de façon pathétique et incrédule, alors que Samaël hausse un sourcil. Je pensais que j'étais la meilleure élève de la classe.

Avec une camaraderie à laquelle je ne suis pas habituée venant de lui, il me bouscule d'un coup d'épaule.

— Sans rancune ? lance-t-il avec un clin d'œil sarcastique, avant d'engloutir trois autres frites d'un coup.

Je l'ignore, et me reconcentre sur notre devoir à rendre pour la dernière semaine de novembre. Alors que je tape dans la barre Google « définition du Symbolisme », Samaël intervient, la bouche pleine.

— Réactionnaire au Naturalisme et contraire au Réalisme, le Symbolisme est un mouvement artistique qui se veut rêveur, moins terre à terre. Les adeptes du Symbolisme rejettent la science et la mécanisation du monde. Des bobos, quoi.

Je le regarde, bouche bée.

— Comment…

— Je ne participe peut-être pas activement aux cours, et je me fais peut-être parfois branler pendant certains d'entre eux, mais ça ne m'empêche pas de rester concentré, répond-il d'un ton neutre.

Sur ces paroles répugnantes, son téléphone vibre sur la table. « Pupella » s'affiche à l'écran, mais Samaël le retourne sans répondre.

J'essaie de me concentrer sur l'huile sur toile intitulée *Le Sommeil,* affichée sur mon PC. Mais cette tâche s'avère plus compliquée que prévu parce que l'interruption de Pupella m'a brutalement ramenée à ce week-end, dans la chambre de Samaël. Au bout d'un moment, je craque et lâche la question qui me brûle les lèvres.

— Pourquoi tu m'as demandé de t'embrasser ?

Cette question sort avant que je ne puisse la retenir. *Trop tard.* J'entends Belmonte inspirer profondément tandis que les secondes s'égrènent. Alors que je commence à croire qu'il ne va pas me répondre et qu'il va choisir de m'ignorer, il lâche simplement et sans détour :

— Parce que j'en avais envie.

Cette honnêteté brute et soudaine me déstabilise. Il a l'air… sincère. Mais avec Samaël, on ne sait jamais. Il est passé maître dans l'art de la manipulation. Ce ne serait pas la première fois qu'il me mène en bateau. Il a déjà réussi à me piéger une fois. Le faire une seconde fois, ce serait du gâteau pour lui.

— Mais tu as changé d'avis, dis-je, le regard toujours fixé sur l'écran, feignant l'indifférence.

Avant qu'il ne me suspecte de je ne sais quoi, je me défends.

— Je cherche juste à comprendre ta schizophrénie.

Un long soupir las s'échappe de ses lèvres avant qu'il ne réponde.

— J'ai changé d'avis parce que j'avais envie que tu le fasses par désir, pas par peur des représailles.

Je lève enfin les yeux vers lui, un sourire forcé et ironique au coin des lèvres.

— Oh, c'est trop noble de ta part, Samaël. Tu pourrais faire passer un pasteur pour un moins que rien.

— Je suis sérieux, réplique-t-il, l'air insulté.

— J'ai dit pasteur ? Excuse-moi, je voulais dire un saint, corrigé-je avec sarcasme.

N'en pouvant plus de rester à ses côtés à l'écouter me baratiner, je me lève brusquement, et manque de peu de renverser ma chaise.

— Tu sais quoi, j'préfère continuer à bosser seule chez moi pour ce soir.

Je rassemble rapidement mes affaires, puis lui lance :

— Rendez-vous la semaine prochaine, même heure, à la bibli Angelica. Et mange sur ton trajet, cette fois.

Je me dirige vers la sortie sans attendre sa réponse, et j'accueille l'air extérieur comme une bénédiction. Mais à peine ai-je franchi la porte que je sens une main agripper mon tee-shirt, et m'arrêter net. Je me retourne, prête à en découdre, mais il me devance.

— C'est quoi ton putain de problème, Angeli ? grogne-t-il en me fusillant de son regard sombre.

— Lâche-moi, Belmonte, craché-je en essayant de dégager mon vêtement de sa prise.

Il me fixe du regard, et ses traits se détendent à peine. Puis d'une voix rauque, presque désespérée, il lâche :

— Sors avec moi.

*Si je m'attendais à ça ? Pas une seule foutue seconde.*

Le dégoût m'envahit mais je refuse de lui montrer à quel point. Trois ans ont passé et pourtant, la plaie est toujours béante. Alors, je me contente de ricaner, comme si ça ne me touchait pas.

— C'est bien la dernière chose que je ferais sur cette foutue planète.

Son visage se ferme. Il a l'air vexé, presque choqué par mon rejet.

— Toutes les filles veulent sortir avec moi, lance-t-il en écartant les bras.

Je lève les yeux au ciel, puis agite mes poings sous mes yeux d'un air faussement chagriné.

— Ouin-ouin, pauvre Samaël, ironisé-je. Tu veux mon pouce pour le sucer ?

Son regard se durcit.

— T'es pas différente des autres, Malena. Ce n'est pas parce que tu portes des tee-shirts avec des slogans que toi seule comprends, ou que tu écoutes des sons que même mon daron trouvait *has been* dans sa jeunesse, que tu vaux mieux que les autres.

Son ton incisif est comme un scalpel qui m'ouvre en deux. Mais je refuse de montrer qu'il m'a atteinte. Je garde mon visage impassible, comme si ses mots glissaient sur moi sans laisser de traces.

— Je ne me sens pas mieux que les autres. En revanche, je crois que j'ai le droit d'avoir des critères en matière de mecs, répliqué-je froidement.

— Tu peux me dire quel putain de critère je ne remplis pas sur ta liste ? demande-t-il en riant comme un fou, sur un ton de défi.

Je cherche, je creuse, mais la vérité, c'est qu'il coche toutes les cases sur le papier. Grand, brun, athlétique, regard de braise, mâchoires bien dessinées… Ce salopard est le fantasme incarné.

— Équilibré ?

Il hausse un sourcil, sceptique.

— Je le suis, quand tu ne me rends pas fou avec tes conneries. Quoi d'autre ?

Je n'ai rien de plus à dire, alors je tente d'éluder.

— Laisse tomber, on est trop différents, toi et moi.

— En quoi c'est une mauvaise chose ? rétorque-t-il avec insistance.

Je soupire, exaspérée, tandis que son téléphone se met à sonner. Pupella, probablement.

— Tu devrais répondre à ta petite amie, lui dis-je en désignant la poche qui contient son téléphone d'un mouvement sec du menton.

Belmonte ne bouge pas, son regard toujours fixé sur moi.

— Tu n'as qu'un mot à dire, un seul, et je la quitte. Là, maintenant, tout de suite.

Je le regarde, incrédule.

— Tu romprais par téléphone ? Classe.

Je me détourne pour partir, mais il se plante devant moi, et m'empêche de passer.

— Pourquoi j'ai toujours l'impression de dire ce qu'il ne faut pas avec toi ? me demande-t-il, presque désespéré.

— Parce que c'est le cas, rétorqué-je en essayant de le contourner.

Il se déplace, et me bloque encore.

— Écoute, je sais que j'ai une réputation… douteuse avec les filles, admet-il enfin. Mais ce serait différent avec toi, Malena. Je te le promets.

— Pourquoi ? Parce que je suis différente des autres, c'est ça ? ironisé-je. Je croyais que je ne l'étais pas.

Il baisse les yeux un instant, avant de les relever.

— J'ai menti. Tu sais très bien que tu es différente.

— Super, félicitations, tu m'as cernée. Maintenant, tu veux bien me laisser passer ? Il faut à tout prix que je rentre chez moi pour noter ça dans mon journal intime. Tu sais, celui où je ne parle que de toi, ajouté-je avec sarcasme.

Il attrape mon bras, et son regard est plus intense que jamais.

— Dis-moi ce qui ne te plaît pas chez moi, et je le changerai.

Je plisse les yeux, prête à le piquer là où ça fait mal.

— Ton impuissance, peut-être ? rétorqué-je, faisant référence à cette soirée où je l'avais surpris avec Pupella, alors que j'étais cachée dans son placard.

Sa magnifique mâchoire se contracte et son visage se ferme.

— Je ne suis pas impuissant, réplique-t-il durement. Je bande sans problème.

— Mais tu ne jouis pas facilement, le provoqué-je avec un rictus mauvais.

— Tu préfères les mecs à éjaculation précoce, c'est ça ?

Je le fixe, et mon sourire s'évanouit.

— Non. Je préfère les mecs qui ne sont pas *toi*.

Samaël reste figé un instant. Les mots que je viens de prononcer flottent entre nous, telles des lames aiguisées qui se plantent dans sa peau. Son visage, habituellement si sûr de lui, se durcit. Puis il cligne des yeux, comme si ce que je venais de dire lui avait fait plus mal que prévu. Un silence pesant s'installe, et je réalise que je suis peut-être allée trop loin. Peut-être…

Sans un mot, Samaël lâche mon bras et recule d'un pas. Ses yeux se détournent de moi tandis qu'une froideur inhabituelle prend la place de son arrogance naturelle. Un sourire amer étire ses lèvres, mais il ne monte pas jusqu'à ses yeux.

— Très bien, Malena, finit-il par murmurer d'une voix grave. T'as gagné. J'en ai marre de ce jeu de merde.

Sur ces mots prononcés avec haine, il jette son sac sur son épaule, tourne les talons, puis s'éloigne d'un pas rapide et déterminé. Pas de réplique acerbe, pas de tentative pour me retenir ou me défier une dernière fois.

Je reste plantée là, figée, le regard fixé sur son dos qui s'efface dans la nuit. Une part de moi attend qu'il se retourne, qu'il dise quelque chose, n'importe quoi. Mais il continue à s'éloigner, et bientôt, il n'est plus qu'une silhouette dans l'ombre.

Mes jambes semblent lourdes lorsque je me dirige vers mon scooter que j'ai garé au pied des marches de l'Arcadia. L'air s'est rafraîchi, et le silence autour de moi contraste avec le vacarme assourdissant à l'intérieur de moi.

Je grimpe sur la selle, en songeant que je devrais être soulagée. Après tout, je voulais qu'il me laisse tranquille, qu'il arrête de m'importuner avec ses avances. Alors pourquoi ce poids sur ma poitrine ?

— *Pourquoi tu m'as demandé de t'embrasser* ?

— *Parce que j'en avais envie.*

Est-ce qu'il disait la vérité ? Et si cette fois, il ne cherchait pas à se moquer de moi ?

Je baisse les yeux sur ma Dunk droite, là où ce satané cœur dessiné au Tipp-Ex me nargue.

# 8

## Malena

***Trois ans plus tôt.***

Assise dans l'herbe, adossée au tronc rugueux d'un chêne vert, je m'efforce de plonger dans les pages de *Stupeur et Tremblements* d'Amélie Nothomb, pour le cours de littérature de monsieur Rizzo Van den Broeck. Il faut à tout prix que je le termine aujourd'hui pour pouvoir rendre ma critique littéraire au prochain cours, comme convenu. *Enjoy the Silence* de Depeche Mode s'efface doucement, remplacé par les premières notes de *Still Loving You* des Scorpions, lorsque soudain une ombre couvre les pages de mon livre. Lentement, je relève le menton et mon cœur se met à cogner fort contre mes côtes, comme si elles étaient les barreaux de sa prison.

En contre-plongée, dans son uniforme impeccable signé Rainaldi, Samaël Belmonte ressemble à une espèce de statue vivante. Immuable, comme un diamant dans une vitrine, hors de portée et envoûtant. À mi-chemin entre un fantasme et un cliché, tout chez lui crie la perfection.

Il me parle mais je ne suis pas très douée dans l'art de lire sur les lèvres. Alors que je fronce les sourcils, il sourit, s'accroupit et me retire doucement mes écouteurs.

— Tu lis quoi ?

En guise de réponse, je lève mon livre au niveau de ma tête pour qu'il puisse lire le titre sur la première de couverture.

— Je dois le terminer aujourd'hui.

Il abaisse le bouquin, et ses yeux se rivent de nouveau aux miens.

— Si tu veux, je peux te passer mon devoir. Tu n'auras qu'à le reformuler. Ça ne me dérange pas.

Je plie le coin de la page soixante-et-un, et referme le format poche de *Stupeur et Tremblements*.

— Non, j'ai un cerveau, je peux le faire moi-même, refusé-je catégoriquement.

Il sourit. Toujours plus fort, toujours plus beau, c'en est irréel.

— Très bien, comme tu veux.

Sur ce, il se laisse tomber à côté de moi, le dos droit et l'avant-bras négligemment posé sur son genou relevé. Je décide de ne pas en faire cas, et fais mine de me replonger dans mon livre. Mais sa présence me déconcentre, et je me rends compte que cela fait une minute que je fixe la même phrase sans en saisir le sens. Tout ça à cause de lui, et du poids de son regard insistant qui refuse de me lâcher.

— Tu vas passer toute ta pause déjeuner à me regarder lire ?

— Si ça ne te dérange pas, oui. J'aimerais beaucoup.

Le rouge me monte aussitôt aux joues, tandis que je m'évertue à jouer les insensibles.

— Fais-toi plaisir.

Et c'est ce qu'il fait.

Chaque seconde de son intérêt pour moi est une bataille. Je lutte pour ne pas céder à l'envie de le regarder en retour. Je tiens bon… jusqu'à ce qu'il arrache une petite camomille sauvage et me la lance dessus. Je la regarde tomber sur mon livre, sans broncher. Mais ça ne le démotive pas, au contraire. Sans se démonter, il se met à fouiller dans ma trousse posée dans l'herbe pour en sortir un tube de Tipp-Ex. Mais je m'obstine à rester concentrée – enfin, à essayer. Je suis toujours sur la même page depuis au moins cinq minutes.

Soudain, je sens une légère pression sur ma basket, et je craque. Je relève les yeux, et découvre Samaël, concentré, en train de dessiner quelque chose sur le bout de ma Dunk droite. Mon cœur rate un battement.

*Si c'est une bite, je le tue.*

Curieuse, je me penche et découvre un petit cœur maladroit, aux contours tremblants. Mon pouls s'emballe. Lentement, je redresse le menton, et croise le regard un peu paniqué de Samaël. Ses joues et les pointes de ses oreilles sont roses tandis qu'il ouvre la bouche, puis se résigne en se frottant la nuque. Il semble nerveux, presque vulnérable. C'est la première fois que je le vois dans cet état.

Le cœur battant à tout rompre, je ramène mes jambes contre ma poitrine et replonge illico le nez dans mon livre, sachant pertinemment que mon devoir de littérature est fichu.

Parce que Samaël Belmonte vient de dessiner un cœur sur ma basket, et que je sens que je vais passer le reste de la journée à y penser.

Nous restons là, assis dans l'herbe, silencieux, jusqu'à ce que la cloche de la chapelle résonne, signalant la fin de la pause. Durant tout ce temps, Samaël n'a rien dit sur ce week-end, sur le refuge, sur mon beau-père, ni sur le presque baiser dans le bus.

Durant tout ce temps, je n'ai pensé qu'au cœur esquissé sur ma chaussure.

# 9

## Malena

***De nos jours.***

Le samedi suivant arrive vite, trop vite à mon goût. Je me retrouve de nouveau devant la bibliothèque Angelica et, exactement comme l'autre fois, Samaël est en retard. Mais qu'est-ce qu'il fout ? Alors que le ciel commence à montrer les premières lueurs du crépuscule, je sors mon portable pour consulter les derniers SMS que je lui ai envoyés… tous restés sans réponse.

**Malena, 19:30** :
[Je suis là.]
*Vu.*

**Malena, 19:49** :
[Tu comptes arriver un jour ?]
*Vu.*

**Malena, 19:55** :
[T'es sérieux ????]
*Vu.*

Les doigts crispés autour de mon téléphone, je fixe l'écran et les « Vu », qui me narguent silencieusement.

— J'y crois pas, l'enfoiré ! marmonné-je entre mes dents serrées.

Hors de question que je fasse ce travail de groupe sans lui, et qu'il s'attribue le mérite de mes efforts.

Résolue, je m'éloigne de la bibliothèque et me dirige vers mon scooter garé à quelques mètres, sur le trottoir d'en face. Tout en marchant, je sors mon téléphone et consulte distraitement Instagram. À peine l'application ouverte, une photo de Lolita Cerretani apparaît en tête de mon fil d'actualité. Déguisée en poupée Bratz, elle tire la langue à l'objectif, une sucette posée dessus. Derrière elle, je vois une foule floue mais identifiable. C'est encore l'un de ces rassemblements où tout le gratin de Rainaldi et d'Artemisia exhibe sa vie dorée en s'abreuvant de champagne Ruinart, pour noyer des problèmes qu'ils n'ont probablement pas.

Je parie que ce salopard de Belmonte est à cette fête, lui aussi.

Décidée à en avoir le cœur net, je clique sur la story de Lolita, et commence à faire défiler les photos, jusqu'à tomber sur un cliché de Samaël. La story date d'il y a cinq minutes et laisse voir cet enfoiré, confortablement installé dans un fauteuil, au bord d'une piscine gigantesque. Un joint fumant pend au coin de ses lèvres, et même à travers l'écran, ses yeux rouges et mi-clos, alourdis par le THC, trahissent son état de défonce. Et malgré tout, ce sale petit con reste… désespérément baisable.

*Argh, je les hais, lui et sa belle gueule, lui et son fric, lui et ses privilèges de gosse de riche.*

Furieuse, je lis la légende sous le post de Lolita :

Pupella's party 🪩 🎀

Une montée d'adrénaline me traverse tandis que j'enfourche mon scooter. Parfait, je connais l'adresse, j'y suis déjà allée deux fois. Une fois il y a trois ans – et c'était une terrible erreur – et une autre fois pour ravitailler son connard de mec en pleine nuit.

Entourée de cyprès tellement hauts qu'on croirait qu'ils touchent les nuages, la maison des Barberini, un imposant manoir rénové à la façade en pierre blanche, scintille sous les derniers rayons du soleil. D'ici quelques minutes, la nuit va tomber. Je franchis le portail en fer forgé, suffisamment ouvert pour que je puisse passer avec mon scooter. L'entrée, grandiose avec son allée pavée, mène à un parvis bordé d'angelots aux ailes déployées, sculptés dans la pierre. Leur apparence classique contraste avec l'éclairage minimaliste moderne, et les immenses baies vitrées aux encadrements noirs.

*Voilà à quoi ressemble ta baraque quand ton daron, c'est le number one des bookmakers des paris sportifs en ligne.*

J'entends *FENTANYL* de Sfera Ebbasta et Lazza provenir de derrière le manoir, lorsque je gare mon deux-roues près d'un buis parfaitement taillé. Sans plus attendre, d'un pas vif, je descends l'escalier en pierre qui longe l'angle gauche de la bâtisse. Rapidement, j'aperçois la foule rassemblée autour d'une piscine ovale dont le bassin, illuminé par des LED rouges, évoque un bain de sang.

Enzo Santoro me bouscule, manquant de peu de renverser sa bière sur moi. Je recule d'un bond, et fronce le nez de dégoût en remarquant qu'il est déguisé en Borat. *Tellement beauf, ce type.* Alors que je l'écarte de mon chemin, il titube, éméché. Je regarde rapidement les étudiants autour de moi. Une infirmière-vampire sexy, une version de *Mercredi Addams* façon PornHub, *Mario Kart* version zombie… Pourquoi tout le monde est déguisé comme si on était le 31 octobre ?

À l'instant même où je me pose cette question, Samaël entre dans mon champ de vision. Nos regards se croisent aussitôt, et je devine qu'il m'observe depuis un moment déjà, probablement depuis mon arrivée. Sans réfléchir, les nerfs à vif, je marche d'un pas décidé vers lui. Une dizaine de mètres nous séparent, ce qui me laisse le temps d'étudier sa silhouette affalée dans un fauteuil en rotin. Il porte un pantalon cargo parachute vert fluo, des fausses traces de sang sur le torse, et un masque de *Dipsy* des *Teletubbies*, relevé sur son front. Le pire dans tout ça ? Il n'a même pas l'air ridicule. Juste sexy. Presque badass.

— Mais que vois-je ? El Chapo en personne, se moque-t-il lorsque j'arrive à sa hauteur.

J'ignore sa remarque puérile et croise les bras sous ma poitrine.

— Je t'ai attendu, craché-je.

Il sourit et ma rage redouble. Non, elle triple.

— On est samedi soir, Malena. Certains ont une vie en dehors du bahut. Des amis.

— Tu aurais pu me prévenir.

— Et manquer de te faire poireauter pendant…

Il jette un œil à sa Rolex en or, celle que j'aurais dû garder et revendre sans scrupule.

— Presque une heure ? constate-t-il avant de relever la tête. Sûrement pas.

Sans réfléchir, je saisis un verre posé sur la table basse et le renverse sur lui. Il se lève brusquement, bien moins défoncé que je ne l'avais imaginé. Plutôt agile et habile, à vrai dire. Manifestement agacé, il me repousse des deux mains, et je recule légèrement.

— T'as deux secondes pour aller me chercher de quoi m'essuyer, Angeli.

Son regard, plus noir que l'abîme, transperce le mien, comme deux lames de couteau suisse. Il croit m'impressionner ? Loin de là. Je brandis mon majeur sous son nez, mais il l'écarte d'un geste sec de la main.

— Pauvre fille, lâche-t-il, après m'avoir évaluée de la tête au pied avec un profond dédain.

J'aimerais sincèrement que ce ne soit pas le cas, mais ses mots et son regard m'atteignent plus que je ne voudrais l'admettre.

*Foutu fils de riche qui croit que tout lui est permis.*

Alors qu'il me contourne en me bousculant d'un coup d'épaule, je réagis instinctivement. Je fais volte-face et tente de le pousser dans la piscine, mais c'est comme s'il avait anticipé mon geste. Sa main s'enroule autour de mon poignet, et en un clin d'œil, il inverse nos positions… puis me jette à l'eau.

Mon corps bascule en arrière, mes bras fendent l'air dans un réflexe désespéré, puis l'eau glacée m'engloutit et me coupe temporairement du monde extérieur. Mes pieds tapent le fond du bassin, et je remonte à la surface, haletante, l'air frais me frappant le visage. Rapidement, des sifflements masculins fusent autour de moi. Je baisse les yeux vers mon tee-shirt blanc, trempé et sans soutien-gorge en dessous. Il ne laisse aucune place à l'imagination. Il est si transparent que mon tatouage, situé entre ma clavicule et mon sein gauche, est parfaitement visible. Malgré l'envie de me couvrir, je résiste, incapable de ravaler mon orgueil.

*Qu'ils regardent, tant pis.*

Sans me presser, déterminée à ne surtout pas paraître humiliée par la situation, je plonge sous l'eau et nage tranquillement vers le bord de la piscine. Au moment où j'émerge, Samaël s'accroupit et décroche mes doigts du rebord.

— J'ai essayé d'être gentil avec toi, Malena.

Je le fusille du regard tandis qu'il se redresse, un rictus mauvais aux lèvres.

— J'ai vraiment essayé, insiste-t-il.

Chaque mot tombe comme un couperet, tranchant et implacable. Alors que je tente de sortir de l'eau à nouveau, il repousse mes doigts avec la pointe de sa basket et ajoute :

— Mais tu as décidé, dès le premier jour de notre rencontre, que j'étais un connard indigne de toi. Alors à partir de maintenant, je vais me comporter comme tel.

Sur ces quelques derniers mots crachés comme du venin, il se détourne et m'expose son dos indécemment musclé. Incapable de m'en m'empêcher, au lieu de le pourchasser ou de le noyer dans la piscine, je reste là sans bouger, à me demander comment tout a pu devenir aussi moche entre nous.

***

## SAMAËL

Alors que je me dirige vers l'intérieur de la maison pour aller chercher une serviette et de la vodka, je l'entends sortir de l'eau. Mon cœur tambourine dans ma poitrine à l'idée qu'elle réplique. Je n'attends que ça, putain. J'en crève d'envie. Hélas, ça n'arrive pas.

— Hé, la narcotrafiquante, tu joues à action-vérité avec nous ? crie Arden par-dessus *Sex on the Beach* de PARTYNEXTDOOR qui sort des enceintes à un volume max.

Furieux, je me tourne brusquement vers lui et le fusille du regard. Ce connard ricane, parfaitement conscient de ce qu'il fait. Alors que je m'attends à ce que Malena refuse et se casse de cette fête où elle n'était de toute façon pas invitée, elle me prend par surprise en acceptant.

Je rebrousse chemin immédiatement. *Tant pis pour la vodka.*

— Je joue aussi, déclaré-je.

Lorsque je m'installe dans le fauteuil en face de Malena, je lui crache :

— T'as pas autre chose à faire, genre dealer ta merde dans ta cité ?

M'ignorant royalement, elle se tourne vers Arden et examine sa blouse blanche d'hôpital.

— T'es déguisé en médecin ?

— Gynécologue, la corrige-t-il avec un clin d'œil obscène, qui me fait aussitôt serrer les poings.

Et ça empire quand je le surprends en train de reluquer ouvertement les jolis seins de Malena exposés à la vue de tous. Son tee-shirt avec le slogan « Think like a man » est si transparent qu'on voit clairement les contours de ses petits tétons roses. J'avais déjà remarqué qu'elle avait une grosse poitrine, mais j'avais mal évalué la taille de son bonnet. Je dirais qu'elle fait un bon D, au moins.

*Comme si ma bite et mon obsession pour elle avaient besoin de connaître ce putain de détail.*

— Qui commence ? lance Arden.

— Moi, déclare Lolita en rejetant ses cheveux par-dessus ses épaules.

Lorsqu'elle croise les jambes, sa mini-jupe en jean remonte suffisamment pour nous dévoiler la couleur de son string. Il est zébré noir et rose. Si son père la voyait sapée comme ça, il ferait probablement une attaque. Ou peut-être que ma cousine a déniché cette jupe de traînée dans le dressing de sa mère. Quand j'y pense, c'est même très probable. Dans la famille, tout le monde sait, même si personne n'en a jamais parlé, que tante Andrea faisait du pole dance pour se payer des sacs Chanel avant de se caser avec Gabriel.

— Arden, action ou vérité ? demande Lolita, ses lèvres étirées en un sourire qui promet le pire.

— Vérité.

Tout le monde rouspète.

— J'ai la flemme de bouger mon cul, se défend-il. Allez, pose-moi une question, Loli.

— Ta catégorie préférée sur YouPorn ? enchaîne-t-elle sur un ton faussement innocent.

— Les MILF, répond-il sans broncher.

*Menteur.* Je sais que ce salaud kiffe la catégorie Bully et les petites brunes, surtout celles qui ressemblent étrangement à notre cousine.

— Malena, action ou vérité ? continue-t-il, tandis que son regard perçant se pose sur elle.

— Action, répond-elle sans hésitation.

— Embrasse quelqu'un autour de la table, ordonne Arden, un sourire carnassier aux lèvres.

Je m'attends à ce qu'elle refuse, mais à ma grande surprise – encore – elle commence à scruter chaque visage autour d'elle, évaluant ses options. Enzo Santoro, Arden Scorsese, Lolita Cerretani… et moi. Mon torse se soulève brusquement quand elle se lève, armée d'une confiance qui me fout les jetons. Alors qu'elle me fixe avec détermination, ses yeux plantés dans les miens, je sens ma mâchoire se contracter comme jamais, et je me mets soudain à avoir une trique de malade.

*Bordel de merde.*

À un pas de moi, Angeli humecte ses lèvres, carrément aguicheuse. Et alors que je suis certain qu'elle va me choisir, elle se détourne à la dernière seconde.

La scène qui suit me prend de court. Malena enjambe les cuisses de ma cousine et lui roule une pelle d'un autre monde. Lorsque Lolita glisse ses mains sous le tee-shirt trempé de Malena, je vrille totalement. Mon pouls s'emballe, et je suis à deux doigts de sortir ma queue pour me branler, à la fois excité et putain de jaloux à en crever.

Avant de me laisser emporter et de perdre le contrôle, je décide de me calmer en allumant le joint coincé derrière mon oreille. Il est assez chargé pour éteindre mon érection de malade. Enfin, en théorie.

— Samaël, lance soudain Malena en se relevant des cuisses de ma cousine. Action ou vérité ?

— Choisis, dis-je d'une voix rauque, après avoir tordu la bouche pour cracher un nuage de fumée blanche.

— Vérité. C'est vrai que ton père se faisait sucer en public dans les sous-sols de Rainaldi ?

C'est comme ça qu'elle se venge de moi pour l'avoir jetée à l'eau, en manquant de respect à mon daron ?

Je gonfle les narines, serre les dents et réplique sans réfléchir, poussé par la rage.

— Et toi, c'est vrai que ta toxico de mère est en taule ?

Un silence pesant s'installe aussitôt. Je regrette déjà mes mots, bien avant de croiser le regard brillant de Malena.

*Fait chier, merde.*

— Gros, t'étais censé te contenter de répondre à la question, tente Arden, mal à l'aise.

Sans un mot, Malena se lève et déguerpit. Complètement déboussolée, elle réagit à peine lorsqu'un mec déguisé en Hitler la percute en passant.

Je reste planté là, à la regarder s'éloigner pendant dix secondes avant de bondir de mon fauteuil, d'écraser mon joint dans le cendrier et de courir dans sa direction. Arden proteste derrière moi, mais je l'ignore.

Sur mon chemin, Pupella, déguisée en *Winx*, tente de m'arrêter en posant une main sur mon torse.

— Il faut qu'on parle.

Je sais déjà ce qu'elle va me dire : qu'elle m'a pardonné pour l'épisode où je me suis fait pomper sous ses yeux. Elle va me faire jurer de ne plus recommencer, mais nous savons tous les deux que je ne me gênerai pas si l'occasion se présente. *Ouais, aussi prévisible que ça.*

— Plus tard, grogné-je en la contournant.

Je la plante là, et m'engage dans les escaliers que Malena vient d'emprunter. Alors qu'elle les grimpe à toute vitesse, je la rattrape facilement.

— Attends !

D'un geste ferme, j'attrape son bras et tire dessus pour la tourner vers moi. Immédiatement, sa main libre se dirige vers ma joue, mais je l'intercepte en saisissant son poignet au vol. Je bombe le torse et la plaque contre le mur. Je colle ses deux mains, emprisonnées dans les miennes, sur la pierre derrière elle.

— Excuse-moi. Putain, j'aurais pas dû dire ça.

Je laisse tomber mon front contre le sien.

— Lâche-moi, grommelle-t-elle.

Ses yeux se remplissent de larmes, mais je la connais suffisamment pour savoir qu'elle ne les laissera pas couler. Parce qu'elle est trop fière ou trop honteuse pour se laisser aller devant moi. Quoi que ce soit, ça me rend malade de la voir dans cet état.

— Pas tant que tu ne te seras pas calmée.

— Samaël, lâche-moi ou je te tue.

— Tu n'arrives déjà pas à t'extirper de ma prise, bébé.

En réaction à mon sarcasme malvenu, elle me crache au visage. Mais au lieu d'être dégoûté ou de péter les plombs, je perds juste la tête. J'écrase mes lèvres sur les siennes, et l'embrasse comme si elle était une drogue et moi un junkie en pleine rechute. Pendant une seconde, je crois qu'elle me rend mon baiser. La suivante, j'en suis persuadé. Mais à la troisième, elle lève son genou en plein dans mes couilles, et je vois des putain d'étoiles.

— Touche-moi encore une fois et je te saigne comme un porc, Belmonte.

Sur cette jolie promesse, elle me repousse violemment puis court vers son scooter, qu'elle enfourche avant de disparaître dans la nuit.

*Putain de bordel de merde, qu'est-ce qui m'a pris de faire ça* ?

# 10

## Malena

Dimanche, c'est le jour où rien ne se passe, où les heures s'étirent sans fin dans la banlieue pourrie de San Basilio. Sur le balcon, je ramasse les serviettes de bain, rêches et désormais sèches, qui pendent à un fil de fer bancal. Le séchoir est cassé depuis des mois, mais mon beau-père préfère allouer ses ressources financières à l'achat de canettes de bière plutôt que de le remplacer. De même, le frigo reste désespérément vide. Son bourdonnement incessant se mêle au bruit des voitures et des pots d'échappement des motos, qui filent à toute vitesse dans la rue en contrebas.

La sonnette retentit soudain, brisant le silence assourdissant de l'appartement. Ça doit être madame Nkulu, la voisine d'en face. Elle passe souvent avec du courrier égaré, généralement des factures. Ou peut-être que c'est Maurizio Greco, le proprio. Je jette un œil à mon beau-père, endormi sur le canapé défoncé du salon. Il n'est même pas 10 h et il est déjà ivre mort. J'espère que ce sac à merde a payé le loyer.

En priant pour que ce ne soit pas le proprio, j'ouvre la porte, en tirant distraitement sur le bas de mon tee-shirt Looney Tunes trop large. Mais ce n'est pas lui qui se tient sur le seuil.

C'est Samaël.

Le choc me fige sur place, comme une momie. Samaël Belmonte, ici, devant ma porte. Je cligne des yeux, comme si ma vision me jouait des tours.

*Qu'est-ce qu'il fout là* ?

— Salut, dit-il d'une voix trop claire.

Et surtout trop réelle pour être le fruit de mon imagination. Je me ressaisis illico.

— Tu n'as rien à faire ici, grogné-je. Dégage.

Alors que je veux refermer la porte, il la bloque avec son pied.

— Attends, s'il te plaît. Je veux just…

Il est interrompu par ma petite sœur, Alessia, qui se faufile sous mon bras.

— C'est des donuts ? demande-t-elle presque en bavant, tout en fixant la boîte que Samaël tient dans ses mains.

Ravi de cette opportunité, Samaël sourit et ouvre la boîte, en appâtant Alessia qui vendrait son âme pour un peu de sucre. Malgré moi, je jette un coup d'œil aux six donuts qui ont l'air délicieux. Surtout celui avec le glaçage arc-en-ciel. Mon estomac gargouille.

*Hors de question de céder.*

— Alessia, recule, lui ordonné-je.

J'essaye encore de fermer la porte, mais cette fois, c'est ma sœur qui m'en empêche en me donnant un coup de hanche.

— Mais on n'a pas encore déjeuné, et ils ont l'air trop bons, se plaint-elle avec une moue de chien battu. En plus, le frigo est vide.

Comme je ne peux rien lui refuser, dans la seconde qui suit, Alessia débarrasse Samaël de sa boîte de donuts, et file dans la cuisine avec.

— Tiens, c'est pour toi.

Une fois que nous sommes seuls, Samaël me tend le gobelet cartonné blanc cerclé d'une ligne rouge. Sans surprise, c'est un milk-shake. Je n'hésite pas une seconde à le lui arracher des mains, parce que, merde, j'ai jamais pu résister à la crème glacée à la fraise. J'aspire une gorgée par la paille, puis je lui lance, glaciale :

— Pourquoi t'es là, Belmonte ?

— Je me suis mal comporté hier.

Je le scrute de haut en bas, furieuse de le trouver presque sincère. Bon sang, je n'en reviens toujours pas qu'il soit là, sur le pas de ma porte. Ses yeux d'un noir abyssal me scrutent avec une intensité déroutante. Il avait ce même regard hier lorsqu'il m'a embrassée. À cette pensée, mon cœur rate un battement, puis s'emballe. Ce traître bat contre ma poitrine comme un oiseau affolé sous trois rails de cocaïne.

Alors qu'il ouvre la bouche pour ajouter quelque chose, j'entends le canapé grincer, signe que mon beau-père se réveille, probablement pour aller se chercher une autre bière dans le réfrigérateur.

N'ayant aucune envie qu'il surprenne Samaël ici, je saisis sa main et l'entraîne avec moi.

— Allons dans ma chambre.

— Déjà ? plaisante-t-il en se laissant faire. C'est plus facile que je ne l'avais espéré.

Une fois que nous arrivons au pied de l'escalier, je me retourne brusquement et lui pince les joues pour le faire taire. Ça lui fait une bouche en cul de poule assez comique.

— Juste, ferme-la, Samaël. Juste cinq secondes. Hoche la tête si t'as compris.

Les yeux rieurs, il acquiesce, et je le lâche, en me retenant de sourire à mon tour.

*Il t'a blessée hier, ne l'oublie pas. Il n'est pas l'agneau, il est le loup.*

Puis nous grimpons à l'étage. Une fois devant ma chambre, j'ouvre la porte, le pousse à l'intérieur, et entre à mon tour.

— Tu as trente secondes pour me présenter tes plus plates excuses, Samaël Belmonte.

Je ferme la porte derrière moi, et m'appuie contre elle.

— Et t'as plutôt intérêt à être putain de convaincant, exigé-je en le fixant droit dans les yeux.

Il sourit avec malice.

— Trente secondes, c'est trop court.

— Il ne t'en reste déjà plus que vingt-trois, précisé-je après avoir aspiré une gorgée de milk-shake.

Il prend une profonde inspiration, expire lentement, puis commence.

— Hier, je me suis comporté comme le dernier des cons. J'ai dit des choses méchantes parce que j'étais en colère contre toi.

Pendant qu'il parle, son regard parcourt chaque recoin de ma chambre, scrutant d'abord le papier peint jauni par le temps. Quelques posters d'Hiroshi Nagai collés de travers servent autant de décoration que de cache-misère aux tâches d'humidité qui refusent de disparaître. Puis, son regard descend vers le sol recouvert d'une moquette d'un parme délavé, morose et usée, qui n'a jamais été agréable sous les pieds.

À cet instant, j'aurais préféré ne pas savoir à quoi ressemble sa chambre parfaite, avec son mobilier en bois impeccable, son écran plat de la taille d'un container, ses draps en soie, le parquet lustré… Ça rend mon espace encore plus insignifiant et miteux en comparaison.

Quand Samaël plonge la main dans mon bac à linge propre et en sort un string ficelle qu'il porte à son nez pour le humer, je sors brusquement de ma léthargie. Je lui arrache le sous-vêtement, ignorant ses lèvres étirées en un sourire carnassier.

Ces mêmes lèvres qui ont capturé les miennes dans un baiser brutal et possessif, hier soir. Sur le moment, j'ai cru basculer dans une réalité virtuelle. Mon corps s'est tendu, puis s'est relâché malgré moi, répondant à son baiser avec une passion que je ne pensais pas pouvoir éprouver à nouveau pour lui. Puis j'ai repris mes esprits et je me suis rappelé qui il était vraiment. Les souvenirs se sont empilés, et ça a été la douche froide.

— Pourquoi t'es pas venu à la bibliothèque ?

— Parce que tu m'avais contrarié la semaine dernière.

— Parce que je t'avais contrarié ? Sérieusement, t'as quel âge mental ?

Samaël s'appuie contre le mur près d'un poster de U2, et laisse échapper un soupir exaspéré.

— Je sais, c'est pour ça que je suis là. Je suis venu pour m'excuser… et aussi parce qu'on a pris du retard sur l'exposé en HDA[2].

— Sans déc ?

— Remballe tes sarcasmes, Angeli, je suis là pour régler ça. J'ai pris mon Mac, ton vieux PC est trop lent.

— Excuse-moi de ne pas avoir de parents riches pour me racheter un nouvel ordinateur. Comme tu l'as si bien souligné hier, mon unique parent encore de ce monde est en taule.

Il déglutit, il a l'air d'éprouver de vrais remords.

— Pardonne-moi d'avoir dit ça.

— Dit quoi ? La vérité ?

Il secoue la tête.

— D'avoir voulu te blesser intentionnellement.

[2] HDA : « Histoire de l'art ».

Soudain, il semble si mal à l'aise que je décide de l'épargner en changeant de sujet.

— Tu veux te racheter ?

Il hoche vigoureusement la tête et je lui refourgue le milk-shake dans les mains.

— Commence à bosser sans moi pendant que je fais tourner quelques machines en bas.

Sans lui laisser le choix, je le laisse là et je sors de ma chambre. Une fois hors de sa vue, je prends quelques secondes pour évaluer la situation… invraisemblable.

Samaël chez moi. Non, Samaël dans ma chambre.

Dans la cuisine, mon beau-père descend une bière avant d'en décapsuler une autre toute fraîche, tandis que ma sœur, la bouche barbouillée de vermicelles multicolores, engloutit un énième donut.

Pendant qu'une machine de linge blanc tourne, je repasse mon uniforme d'Artemisia. Il date de la quatrième. La jupe est trop courte, et la veste est devenue trop cintrée depuis que je prends la pilule pour soulager mes règles douloureuses, et que mes seins ont doublé de volume. Hélas, dépenser deux-cent-soixante euros pour un uniforme neuf n'est pas envisageable.

Lorsque je reviens dans la chambre une heure plus tard avec une pile de vêtements fraîchement repassés, Samaël est concentré. Il a un de mes stylos dans la bouche, et ses mains tapent à toute vitesse sur le clavier de son Mac. Je m'approche et regarde par-dessus son épaule. J'y crois pas, il en est déjà à la lecture connotative de l'œuvre *Le Sommeil*. À cette allure, on aura terminé ce devoir bien avant la date butoir.

Détendu comme s'il ne venait pas de pondre environ quatre mille mots en moins de soixante minutes, Samaël s'empare du milk-shake posé près de la petite lampe à lave de mon bureau, et le boit tranquillement.

— D'après mes recherches, le tableau s'inspire d'un des vers de *L'Énéide*, déclare-t-il.

Je hoche la tête, impressionnée.

— Fais une pause, je prends le relais, annoncé-je.

Sans se faire prier, il se lève et me cède sa place à mon bureau. Alors que j'essaye de faire abstraction de sa présence, j'entends le lit s'affaisser dans mon dos.

— Sérieux, t'es pas un peu vieille pour avoir un doudou ?

Je me retourne aussitôt et me lève d'un bond en le voyant manipuler Marcelino entre ses doigts.

— Rends-le-moi, exigé-je en tentant de lui arracher ma peluche des mains.

Mais ce salaud lève le bras, et hisse Marcelino hors de ma portée. Et, pas de bol, même assis, Samaël reste trop grand pour que je l'atteigne. Refusant de déclarer forfait aussi facilement, je saute pour essayer de l'attraper, et je m'essouffle. Au bout d'un moment, Belmonte doit avoir pitié de moi puisqu'il baisse le bras et me le rend. Alors que je saisis mon doudou, nos doigts se frôlent, déclenchant une décharge électrique jusque dans ma culotte. Et sans que je puisse le contrôler, mon regard se pose sur sa bouche. Je suis comme hypnotisée, c'en est indécent.

Cette même bouche était sur la mienne il y a encore quelques heures à la fête de Pupella.

Lorsque je relève les yeux vers les siens, ses pupilles dilatées m'indiquent qu'il pense à la même chose que moi. Je déglutis, tente de reprendre le contrôle, et me détourne. Mais sa main attrape mon bras, et me force à me retourner vers lui.

— Q… qu'est-ce q… que tu…

Je n'ai pas le temps de comprendre grand-chose qu'il se lève brusquement, et me surplombe. Lentement, ma tête bascule en arrière pour pouvoir le regarder dans les yeux. Non pas parce qu'ils sont aussi beaux qu'une nuit dépouillée de sa lune et de ses étoiles, mais parce que je refuse de baisser le menton face à Samaël Belmonte.

— Si je t'embrasse là, tu vas me saigner comme un porc ? murmure-t-il.

Sa voix chargée de désir me prend de court.

— Oui, dis-je d'une voix rauque, à peine audible.

Le beau brun sourit, un éclat de défi dans les yeux.

— Alors, je vais faire en sorte que ça en vaille le coup.

# 11

## Samaël

Les sensations qui s'emparent de moi ne me sont pas inconnues. Elles ont l'habitude de surgir lorsque Malena est dans les parages. Toutefois, ces troubles familiers semblent gagner en intensité à chaque millimètre qui me rapproche de la bouche bandante de cette peste.

Mon cœur bat la chamade, prêt à exploser dans ma poitrine lorsque j'encercle son visage de mes mains. Elle ne me repousse pas, et je prends ça pour une invitation à la dévorer, comme je rêve de le faire depuis que Dieu – ou je ne sais quelle force supérieure – l'a mise sur ma putain de route. Je pose mes lèvres sur les siennes et je l'embrasse. D'abord doucement, juste pour me convaincre que c'est réel, puis avec une force inouïe qui nous surprend tous les deux. Malena entrouvre ses lèvres roses et j'enfouis aussitôt ma langue dans sa bouche. J'avale son gémissement et elle avale le mien, tandis que je la hisse dans mes bras. J'agrippe ses fesses dénudées sous son tee-shirt trop large et trop long, que je rêve de lui arracher depuis qu'elle m'a ouvert la porte de son appartement.

Nous basculons sur le lit, et Malena me chevauche. À aucun foutu moment sa bouche ne se sépare de la mienne. Plutôt crever. Sa chatte recouverte de son string minuscule frotte ma queue érigée comme un poteau dans mon boxer, à chaque coup de langue, à chaque plainte étouffée, à chaque délicieux effluve miel-pêche.

— Arrête, stop. On peut pas… tu n'es… pas libre, murmure-t-elle contre mes lèvres.

J'enserre plus fort sa nuque et gronde, dans un souffle.

— Bien sûr que je le suis. Pour toi, je peux être tout ce que tu veux.

Elle s'arrache de mon étreinte.

— Samaël.

Son regard me condamne.

— C'est la vérité, grondé-je.

C'est peut-être dégueulasse dit comme ça, mais je suis prêt à me rendre chez Pupella pour rompre sur le champ et une bonne fois pour toutes, si Malena me laisse continuer à la dévorer.

Je m'apprête à le lui avouer lorsque l'escalier craque, et que son beau-père entre dans la piaule sans frapper.

— C'est qui lui ? crache-t-il dans ma direction, tout en s'adressant à Malena.

— Mon binôme pour le cours d'Histoire de l'art, dit-elle d'une voix neutre.

L'ordure de service esquisse un rictus avant de poursuivre.

— Laisse la porte ouverte, et rappelle-toi que si tu tombes enceinte, je te fous à la porte, gamine. Je refuse d'avoir une troisième bouche à nourrir sous ce toit.

*Fils de pute.* Je contracte le poing, à deux doigts de me lever pour le lui balancer en pleine poire. Mais ma relation avec Malena commence seulement à s'améliorer, et je ne veux surtout pas ruiner mes chances déjà plus minces qu'une feuille de brick.

— Tu nourris personne sous ce toit. C'est moi qui fais les courses pendant que tu dépenses dans la bière ce que l'État te donne.

— Répète-ça, espèce de petite salope ingrate.

L'ivrogne s'avance, prêt à lever la main sur elle. Mon sang bat jusque dans mes tempes lorsque, sans hésiter, je m'interpose en poussant Malena derrière moi.

— Éloigne-toi d'elle, grondé-je.

Son enculé de beau-père éclate d'un rire gras, puis lâche un énorme rot suivi d'un bruit de gorge. Les yeux écarquillés comme s'ils cherchaient à s'échapper de sa maudite tête, le saoulard s'éloigne en se tenant l'estomac. Une porte se ferme brutalement au fond du couloir, et comme les murs ont l'air aussi épais que du carton, on l'entend vider son estomac dans la cuvette.

— Tu ferais mieux de partir, murmure Malena.

Je me retourne pour la regarder en face et rétorque :

— Je suis bien là, avec toi.

— On va pas reprendre là où on en était.

— C'est pas la raison pour laquelle j'ai envie de rester.

*Et crois-moi, ma jolie, j'en suis le premier étonné.*

— Quoi, tu veux travailler sur le Symbolisme ? demande-t-elle mollement avec une moue blasée.

Je secoue la tête et joue la carte de l'honnêteté.

— Non plus, je ne tiens pas à finir cet exposé trop vite. J'ai encore besoin d'excuses pour te voir en dehors d'Artemisia.

Surprise par ma confession, Malena rougit violemment. Je l'ai rarement vue aussi intimidée. C'est… terriblement mignon venant d'elle. Et surprenant.

— N'importe quoi, ricane-t-elle, le regard fuyant.

— C'est pourtant la vérité, répliqué-je, déterminé à assumer, coûte que coûte.

Angeli fronce les sourcils.

— Dans la bouche d'un mec qui trompe sa copine, ta parole n'a pas beaucoup de valeur.

— Je m'occupe de Pupella demain, promets-je, très sérieux.

— Pourquoi pas aujourd'hui ?

— Parce qu'aujourd'hui, j'ai vraiment envie d'être avec toi.

Ma garce préférée lève les yeux au plafond.

— Qu'est-ce que tu ne comprends pas dans « on ne va pas reprendre là où on en était » ?

Je lui donne une pichenette sur le front.

— J'allais te proposer d'aller au cinéma.

— Au cinéma ?

— Oui, au cinéma.

Elle a l'air sceptique.

— Je ne suis pas ce genre de fille.

— Le genre qui aime regarder des films ? tenté-je de décoder.

— Le genre qui flirte avec le mec d'une autre, me corrige-t-elle.

Je vois.

— On n'a qu'à y aller en tant qu'amis. Pour l'instant, précisé-je.

Elle éclate de rire, manifestement peu convaincue, et me voilà contraint de lui faire une promesse.

— Je ne tenterai rien.

Je tends mon petit doigt en signe de pacte, et elle hésite un instant avant de lier son auriculaire au mien. Ce contact, pourtant fugace et ordinaire, me noue les tripes. *J'ai vraiment un grain.* Angeli sourit, peut-être enfin pleinement consciente de l'effet qu'elle me fait.

— Très bien. Je vais prendre une douche. Attends-moi ici.

Arrivée à la porte, elle me jette un regard lourd d'avertissement par-dessus son épaule et ajoute :

— Et surtout, tu ne touches à rien.

Conciliant, je lève les mains en signe de reddition et jure solennellement. Malena claque la porte derrière elle, et je me laisse tomber sur son lit, face à la vieille Panasonic accrochée au mur. En planant comme un drogué dans son parfum miel-pêche, j'allume la télé et zappe distraitement, jusqu'à tomber sur un vieil épisode de *Complete Savages*, celui où *TJ* et *Kyle* jouent avec la roulette du frigo.

Lorsque l'épisode se termine et que le générique de fin défile, Malena revient dans la chambre, enveloppée d'une serviette. Alors qu'elle en utilise une autre pour sécher ses longs cheveux bruns soyeux, elle me surprend en train de la mater.

— T'es flippant.

Adossé à la tête de lit, je souris en glissant un avant-bras derrière ma tête.

— Et toi, t'es bonne.

Ma réplique me vaut un regard assassin.

— Tourne-toi, faut que je m'habille.

Je me redresse et me détourne, puis j'entends le bruit de ses pas se diriger vers sa commode. N'y tenant plus, je jette un coup d'œil par-dessus mon épaule. La serviette de bain tombe au sol, et j'observe Malena avec fascination : son cul rebondi, sa taille fine, ses épaules étroites, sa peau lisse et laiteuse. Parfaite. Lorsqu'elle se penche pour enfiler un tanga, la fente délicate de ses lèvres se révèle à moi, et me revoilà avec une érection monumentale.

Je fais preuve d'un effort surhumain pour me détourner, et je m'efforce de penser à autre chose qu'à sa jolie chatte.

Je jette mon dévolu sur ma grand-mère, Rose Altieri, cette ivrogne en Chanel qui siffle une bouteille de Gin par semaine. Elle ne s'est jamais remise de la mort de mon grand-père. Malena la trouverait cool, surtout lorsqu'elle tire les cartes. On dirait madame Irma avec trois grammes dans le sang.

— C'est bon, j'suis prête.

Je me retourne et la découvre dans un jean moulant et un crop top « Queens Don't Cry ». Je me demande bien d'où lui vient cette obsession pour les tee-shirts aux slogans grotesques.

— Allons-y.

# 12

## Malena

Non loin de la chapelle Paolina se trouve l'un des plus anciens cinémas avec guichet, à l'entrée du Latium. Il propose des films des années 2000 et cet après-midi, on a le choix entre *Big Fish*, *Sin City*, *30 ans sinon rien* et *Step Up*. On se décide pour *Sin City*, puisqu'aucun de nous deux ne l'a encore vu.

Au guichet, Samaël insiste pour payer ma place, m'écartant du coude chaque fois que j'essaie de tendre mon billet de dix à la caissière.

— On sort en tant qu'amis, t'as pas à payer pour moi, lui reproché-je alors qu'il récupère nos places et me suit.

— Le club de foot dans lequel je joue me rémunère bien.

— C'est pas la question, m'exclamé-je.

Indifférent, il se dirige vers les distributeurs de soda et m'en propose.

— Fanta ?

J'acquiesce, et il choisit le plus grand gobelet parmi les quatre formats disponibles. Lorsqu'il le remplit et y plante une paille avant de passer aux pop-corn, je laisse échapper avec étonnement :

— On va partager un gobelet ?

— Quoi, les amis ne font pas ça ? demande-t-il, faussement innocent.

— Non, ils ne font pas ça.

Samaël hausse les épaules, prend un énorme seau de pop-corn caramel beurre salé, puis il me provoque :

— T'avais pas d'amis jusqu'ici, alors comment tu pourrais le savoir ?

Alors que je m'apprête à répliquer, indignée, il sourit, se penche et m'embrasse dans le cou, comme s'il ne pouvait pas résister. Rouge tomate, il me faut plusieurs secondes pour reprendre mes esprits… et réaliser qu'il s'est déjà éloigné vers la caisse.

Déroutée, je le rejoins et lui fais remarquer :

— Le film n'a même pas encore commencé que tu brises déjà ta promesse.

— C'était un bisou amical, se défend-il.

— Tu fais souvent des bisous dans le cou à tes amis ? À Arden ?

— Tous les jours, me nargue-t-il.

Nous franchissons les portes de la salle 3. La seule source de lumière dans cette quasi-obscurité provient des bandes-annonces projetées sur l'écran géant. Je balaye rapidement du regard les allées, toutes vides de présence humaine. En même temps, qui va s'enfermer dans un cinéma un dimanche ensoleillé ?

On s'installe à nos places et le film commence. Mais au bout d'un quart d'heure, je suis déjà larguée. Je n'ai rien suivi, trop distraite par la présence de Samaël à mes côtés. À chaque fois que nos doigts se frôlent dans le seau à pop-corn, une décharge électrique me traverse de la racine des cheveux jusqu'aux orteils.

Je sens parfois son regard posé sur moi, brûlant, insistant, et qui me met dans tous mes états. Quand il s'étire en écartant les cuisses, son genou cogne le mien, et une onde de chaleur m'envahit. J'essaie de garder les yeux fixés sur l'écran, mais tout ce sur quoi j'arrive à me concentrer, c'est l'odeur végétale de son gel douche, et la chaleur de sa jambe contre la mienne.

Alors que je sens son attention rivée sur mon profil, je me surprends à retenir mon souffle, à la fois vulnérable et… excitée.

— Arrête, murmuré-je, les yeux désespérément fixés sur l'écran.

Un silence s'étire, et je peux presque sentir le poids de son regard sur moi, comme une caresse invisible mais appuyée. Au bout d'un moment, sa voix grave rompt le silence.

— J'arrêterai quand tu arrêteras d'être aussi belle.

Son aveu me fait l'effet d'un coup de poing dans l'estomac. Mon cœur rate un battement, et je sens un brasier se déclencher sous ma peau. Dieu merci, l'obscurité de la salle masque mon visage cramoisi. Alors que je veux rétorquer quelque chose, toute pensée cohérente me fait défaut.

— Tu dis n'importe quoi, répliqué-je d'un ton détaché, pas vraiment convaincant.

*Et horriblement* pick me.

— Je te regarde tout le temps, insiste-t-il. En classe, dans les couloirs…

Il marque une pause et souffle :

— À chaque fois que tu ne me vois pas.

Mon cœur tambourine dans ma poitrine, et la tension dans l'air s'épaissit à chaque seconde qui passe. Je ne sais pas comment gérer ce qu'il est en train de dire, pas plus que l'effet qu'il a sur moi.

— J'ai envie de t'embrasser, Malena.

Je ferme les yeux un instant, et tente de reprendre le contrôle, mais son désir me submerge à un point tel que j'ai l'impression de suffoquer.

— Samaël, répliqué-je d'une voix rauque et mal assurée.

— Ose dire que tu n'en meurs pas d'envie, toi aussi.

Je me tourne pour le fusiller du regard, mais ses yeux mi-clos, emplis d'une excitation contenue, me désarment complètement. Ce qu'il provoque en moi est à la fois terrifiant et enivrant. J'essaie de lutter, de me convaincre que ce n'est rien. Mais la vérité, c'est que je me noie dans ses paroles.

— Ça me rend fou d'être là, près de toi, et… de me retenir.

Son torse se soulève brusquement tandis que sa pomme d'Adam se fait saillante lorsqu'il déglutit péniblement, la mâchoire contractée. Tout à coup, je réalise qu'il n'exagère peut-être pas. Et soudain, l'envie de l'embrasser se transforme en un besoin. Un besoin obsédant.

Vital.

Mes yeux, avides, s'égarent au niveau de ses lèvres pleines, et je commence à me pencher vers lui… quand son portable posé sur sa cuisse vibre en affichant le nom de Pupella. Aussitôt, la température de mon corps chute et je me rencogne dans mon siège.

— Je te l'ai dit, je ne suis pas ce genre de fille.

# 13

## Malena

Le lendemain, tout Rainaldi et Artemisia ne parlent que de la rupture entre Samaël et Pupella. La nouvelle se répand comme une traînée de poudre, et je ne sais pas comment me sentir. Soulagée qu'il ait tenu parole ? Ou bien terrifiée par ce que cela pourrait signifier pour nous deux ? Le passé continue de me laisser un goût amer, mais malgré ça, je suis incapable de maintenir mes distances avec Samaël. Revenir à hier, quand je pouvais encore prétendre le détester, me semble désormais impossible depuis que le désir s'est de nouveau immiscé entre nous. Plus violent, plus primitif encore qu'il y a trois ans.

— Angeli, gronde la voix de Samaël derrière moi.

Je l'ignore, et accélère le pas dans le couloir désert qui longe la bibliothèque. J'ai réussi à l'éviter toute la matinée et une bonne partie de l'après-midi… jusqu'à maintenant.

— Arrête-toi, tu sais que tu ne pourrais pas m'échapper, même si tu le voulais.

Ses paroles ne devraient pas m'exciter autant. Pourtant un sourire gagne aussitôt mes lèvres. Je pousse la porte des toilettes des filles, parfaitement consciente qu'il va me suivre d'une seconde à l'autre.

— Te voilà.

Mon souffle se coupe net lorsqu'il entre, me plaque contre le mur, et m'embrasse avec une urgence qui me coupe le souffle. Ses lèvres exigeantes et voraces prennent possession des miennes, avec une faim qui semble insatiable. Quand l'air nous manque, Samaël recule. Son regard brûlant est planté dans le mien, et il murmure d'une voix rauque.

— Je rêve de faire ça depuis dimanche.

Autrement dit, depuis à peine vingt-quatre heures. Sans plus attendre, il m'embrasse à nouveau, plus durement cette fois, comme s'il cherchait à ancrer en moi cette obsession qui le consume.

— Putain, non. Depuis que t'as débarqué à Artemisia, se corrige-t-il d'un ton féroce.

Ses lèvres quittent les miennes pour atterrir sur mon cou, et y déposer une traînée de baisers brûlants. Soudain, sa voix devient plus grave, plus sombre, comme sortie tout droit de l'Érèbe.

— Satan lui-même n'est pas aussi tentant que toi, Malena. Avec toi, j'ai l'impression d'avoir quatorze piges et de bander tout le temps.

Je plante mes dents dans ma lèvre inférieure pour me retenir de sourire comme une idiote.

— Charmant, ironisé-je, bien plus touchée par cette confession que je ne le laisse paraître.

Sa langue lape ma gorge avant de mordre dans ma chair, et de m'arracher un soupir.

— Arrête avec ce mot, réplique-t-il contre ma peau. On sait tous les deux que tu n'as pas envie que je sois charmant.

Sur ces mots, il empoigne mes fesses nues sous ma jupe avec une force qui m'arrache un petit cri, que ses lèvres étouffent aussitôt en m'embrassant plus fort et plus passionnément que jamais.

— Est-ce que… je vais… trop loin ? grogne-t-il tout bas, alors que le contrôle lui échappe à chaque syllabe.

Je secoue la tête, le suppliant silencieusement de continuer. Son regard enflammé se rive au mien, et il tire sur la ficelle de mon string, scindant mon sexe en deux. Un nouveau gémissement s'échappe de ma gorge, tandis que je m'arc-boute contre le carrelage froid dans mon dos.

— Tu me rends fou, Angeli.

Après cette confession, il plonge à nouveau dans mon cou et inspire profondément, avant de reculer brusquement. Ses paumes se plaquent contre le mur, de part et d'autre de mon corps.

— Je te rejoins dans ta chambre ce soir, à mon retour à l'internat.

— Pourquoi, où tu vas ? soufflé-je en m'efforçant de reprendre mes esprits.

Un échec.

— J'ai entraînement de foot, m'explique-t-il, tout aussi essoufflé que moi par notre séance de pelotage.

— Ah oui… c'est vrai, on est lundi.

— Tu connais mon emploi du temps ? demande-t-il, visiblement excité par cette idée.

— Je suis juste… observatrice.

— C'était pas ma question, se moque-t-il.

Comme je ne dis rien, il glisse une mèche rebelle derrière mon oreille, sans me cacher le plaisir que cela lui procure de m'avoir cloué le bec. *Salaud.*

Rapidement, son regard plongé dans le mien se fait plus sérieux.

— Tu m'ouvriras ?

— Si une sœur te surprend dans les dortoirs des filles…

— On l'invite, et on la laisse regarder, rétorque-t-il avec un sourire carnassier.

Je ris, nerveuse.

— T'es complètement ravagé.

Ses prunelles deviennent sauvages, et brûlent d'un désir qui semble le consumer.

— La faute à qui, hein ? murmure-t-il en me désignant d'un mouvement du menton.

Sur cette accusation, il s'éloigne à reculons vers la sortie. Son regard noir, embrasé et animal, me laisse tremblante, à bout de souffle… et sur ma faim.

***

Je suis assise à mon bureau avec mes synthèses de chimie étalées devant moi. Elles me narguent. Les formules que je dois connaître sur le bout des doigts pour mon test de demain refusent de s'ancrer dans ma mémoire. Incapable de me concentrer plus d'une seconde, je les relis sans cesse. Mais les lignes se mélangent comme si un cacheton de LSD était en train de fondre sur ma langue. *Flatline* de Justin Bieber, qui résonne depuis la chambre de Lolita Cerretani, ne m'aide pas. Mon regard dérive pour la énième fois vers mon téléphone posé à côté de moi, mais l'écran reste obstinément noir. Aucune notification. Pas de message.

Je soupire, agacée par mon propre comportement, et mon stupide cerveau qui refuse de coopérer. Je secoue la tête, essayant de me raisonner. Mais c'est dur quand le simple fait de penser à lui, quelque part dans le bâtiment en face du mien, fait battre mon cœur à toute vitesse.

Et s'il ne venait pas ? Peut-être qu'il a changé d'avis. Et moi, je suis là comme une idiote à attendre désespérément Samaël Belmonte, le seul mec que je m'étais juré de ne plus jamais…

**Brrr**

Mon téléphone vibre sur le bureau, ce qui me fait sursauter. Le souffle court, je me penche vers l'écran.

**Samaël** :
[Je suis là.]

Mon estomac se noue et mon pouls s'emballe. Je me lève précipitamment de ma chaise de bureau. L'idée qu'il est juste derrière ma porte fait monter l'adrénaline en moi à une vitesse fulgurante. Je traverse la chambre à pas rapides, en luttant pour garder un semblant de calme… et de dignité. Mon Dieu, mon cœur bat si fort que j'ai du mal à respirer.

Quand j'ouvre enfin la porte de ma chambre, une vague de déception m'envahit. Il n'y a personne. Le couloir est désert.

Je plisse les yeux et scrute les coins sombres du couloir, mais rien. Pas un chat. Vexée et terriblement déçue, je me penche sur mon téléphone pour lui écrire. Mes mains tremblent légèrement.

Au moment où je commence à taper sur le clavier, j'entends la fenêtre au-dessus de mon bureau s'ouvrir brusquement derrière moi. Je me fige, prête à hurler, mais une main se plaque aussitôt sur ma bouche pour m'en empêcher.

— Chut, c'est moi.

Samaël libère ma bouche et me retourne face à lui. Un hoquet m'échappe lorsqu'il me plaque contre la porte, après l'avoir refermée d'un geste rapide en passant son bras par-dessus ma tête.

— Tu as… escaladé la façade ?

L'unique fossette de sa joue droite se creuse et me coupe le souffle.

— J'allais pas prendre le risque de me faire repérer par les sœurs qui rôdent dans les couloirs, et qu'elles m'empêchent de venir ici.

— Et tu as préféré risquer ta vie ?

Samaël esquisse un sourire diabolique.

— Quand ça en vaut la peine, chaque risque mérite d'être pris, Angeli.

À ces mots, qui devraient me faire lever les yeux ciel, il fond sur ma bouche. Son baiser est intense et affamé, comme s'il attendait ce moment depuis une éternité. Tout comme moi. En réalité, notre dernier baiser date de cet après-midi. Trop avide de sa chaleur, de sa présence puissante et du goût de ses lèvres, j'en oublie de craindre qu'on nous surprenne. Je suis prise au piège, et pourtant, je ne veux pas m'en échapper.

Le syndrome de Stockholm le plus rapide de toute l'histoire de l'Humanité.

Sans effort, il me soulève dans ses bras et m'entraîne au centre de la pièce, tandis que ses mains explorent chaque centimètre de ma peau, comme s'il n'avait plus la force de se retenir. Je m'abandonne totalement à lui. Mon cœur bat à un rythme effréné. Démesuré.

Alarmant.

Lorsque son talon heurte le pied de mon lit, nous tombons dessus avec fracas en riant comme des débiles, jusqu'à ce qu'un bruit dans le couloir nous pétrifie instantanément. Samaël se redresse sur ses avant-bras tandis que j'écarquille les yeux, terrifiée à l'idée qu'une sœur entre, et nous découvre dans cette position compromettante. Quand les pas s'éloignent, nous reprenons enfin notre souffle. Samaël me regarde, tandis qu'un léger sourire flotte sur ses lèvres pleines.

— Tu faisais quoi avant que je vienne ? me demande-t-il.

— Je ne me masturbais pas en pensant à toi, si c'est ce que tu voulais savoir.

— Ce n'était pas ma question, mais dommage.

Je lève les yeux au ciel.

— J'essayais de réviser.

Il se redresse et jette un coup d'œil à mon bureau.

— L'interro de chimie de demain, devine-t-il. T'es prête ?

Lorsque je secoue la tête pour dire non, il me fait une proposition.

— Fais ce que t'as à faire, ça ne me dérange pas de te regarder étudier.

Hum, comment lui dire – sans passer pour une groupie – qu'il me déconcentre déjà quand il n'est pas dans les parages, alors à quelques pas, en train de m'observer…

— Ça ne sert à rien, dis-je, préférant garder ce détail pour moi. Il est trop tard. Je me lèverai plus tôt demain pour réviser.

— Alors, je te laisse te reposer.

Je le retiens par le tee-shirt.

— Non, attends. Reste.

Samaël sourit, satisfait. Puis il s'installe sur mon lit, s'adosse à la tête de lit, et tapote la place vide à côté de lui, m'intimant de le rejoindre. Sans me faire prier, je me glisse à ses côtés. Il passe un bras derrière ma nuque, et attire ma tête sur son torse. Mince, son cœur bat super vite. Et il sent terriblement bon. Et sa peau est très chaude, comme une bouillotte humaine. Et…

— Arden organise une fête vendredi. Tu viens avec moi ? propose-t-il, m'arrachant efficacement à mes pensées.

— Tu viens seulement de rompre avec Pupella. C'est pas un peu prématuré ?

— On s'en branle.

— Samaël, dis-je gravement.

Il pousse un soupir de lassitude.

— J'ai rompu au moins une dizaine de fois avec Pupella.

— Et tu t'es remis au moins neuf fois avec elle, complété-je, plus sèchement que je ne l'aurais voulu.

Il me pince affectueusement la joue – celle qui n'est pas actuellement écrasée contre son torse.

— Parce que je n'avais pas de meilleure option jusqu'ici.

— Trop flatteur, ironisé-je.

Il se redresse en me faisant rouler de manière à ce que je me retrouve à califourchon sur lui. Avec un sourire irrésistible jusqu'aux oreilles, il jubile.

— Attends, t'as peur que je me remette avec elle ?

— N'importe quoi, le rabroué-je.

Mais mes joues brûlantes me décrédibilisent.

— Avoue, insiste-t-il.

— Détends-toi, Samaël, ça fait juste deux jours qu'on ne s'entretue pas.

Amusé, il poursuit avec un enthousiasme contagieux.

— Attends, on ne viendrait pas de battre notre record ?

Je lui donne une petite tape punitive sur le torse, avant qu'il ne s'empare de ma main et la porte à sa bouche pour en embrasser tendrement le dos. Ses yeux pénétrants ne lâchent pas les miens. Il a le genre de regard qui peut brûler des cœurs, et les réduire en cendres. Il est si intense que j'ai du mal à le soutenir, alors je tourne la tête.

— Bon, allez, je bouge, déclare Samaël. Repose-toi.

Il me pousse sur le côté, descend du lit et me jette un dernier regard enflammé.

— J'aime bien quand t'es jalouse, Angeli.

Il se dirige vers la porte cette fois – maintenant que les sœurs ne peuvent plus l'empêcher de venir dans ma chambre puisque c'est déjà fait.

— Dans tes rêves, je ne suis pas jalouse, Belmonte.

Mais nous savons tous les deux que c'est faux.

# 14

## Malena

Les autres jours de la semaine se déroulent de la même manière. Samaël me dévore du regard pendant les cours, et me coince dans des recoins pour me peloter discrètement dans les couloirs dès que l'occasion se présente. Ces moments sont furtifs, mais à chaque fois plus irrépressibles et urgents que les précédents. Et surtout, j'adore quand il me respire à pleins poumons et susurre dans un souffle : « Miel et pêche, mon nouveau parfum préférée ».

— ...vos corps sont des membres du Christ, récite Sœur Scamarcio en élevant la voix.

Lorsqu'elle sort son nez crochu de la Bible pour abattre violemment sa paume sur son bureau en hurlant : « Mademoiselle Cerretani, concentrez-vous, bon Dieu ! », la lime à ongles rose bonbon de Lolita lui échappe des mains sous le coup de la surprise.

Sœur Scamarcio s'avance jusqu'au bureau de la fautive, alors qu'un rictus cruel étire ses lèvres fines.

— Si Marie venait frapper à votre porte en pleine nuit pour vous demander des vêtements, auriez-vous quelque chose qui lui conviendrait ?

— Si elle aime les mini-jupes et la lingerie Victoria's Secret, elle sera assurément servie, intervient son voisin de banc.

— Monsieur Giuliano Di Filippo ! s'indigne Scamarcio. Ce n'était pas à vous que je parlais.

Alors qu'elle se tourne vers Lolita pour exiger une réponse, Arden Scorsese réplique :

— Si Marie n'est pas contente, elle n'aura qu'à venir sonner chez vous, Sœur Scamarcio. Vous aurez certainement de quoi la vêtir.

Arden ponctue son insolence d'un clin d'œil, et le visage de la vieille professeure vire au rouge écrevisse. Un ange passe puis elle se met à hurler, complètement furieuse.

— Chez la directrice ! Tout de suite, espèce de bon à rien !

Tout le monde éclate de rire, mais personne ne voit qu'Arden cherchait avant tout à défendre sa cousine. Alors qu'il quitte la salle sous les acclamations, comme une star de Formule 1, mon téléphone vibre dans mon sac à dos. Je le sors et le pose sur mes cuisses.

**Samaël** :
[Viens avec moi à la fête d'Arden.]

Je lève les yeux pour croiser son regard, puis je tape ma réponse :

**Malena** :
[Encore sur ça. Déjà accro ?]

**Samaël** :
[Peut-être bien, ouais.]

**Malena** :
[Trop chou.]

**Samaël** :
[Fais pas la maline, Malena. Viens, c'est tout.]

Je souris, incapable de me retenir.

**Malena** :
[Je verrai si j'peux me libérer.]

**Samaël** :
[OK, Charles Windsor.]

En retenant un petit rire, je lève les yeux pour croiser le regard de Samaël, mais je tombe sur celui de Pupella. Mon sourire s'efface à mesure que ses yeux injectés de sang me transpercent, chargés d'une haine qui me glace les os. Je m'attarde sur ses paupières gonflées, et sur les quelques traces de larmes récentes qui ont effacé son fond de teint par endroits. Un sentiment de culpabilité s'insinue en moi. Manifestement, elle a du mal à digérer sa rupture avec Samaël.

***

Lorsque je sors du bus sur la Via Morrovalle en traînant ma valise derrière moi, Giuseppe Carmine m'attend déjà, adossé nonchalamment à sa Polo, si rabaissée qu'on dirait qu'il en a littéralement scié les ressorts pour la faire descendre aussi bas.

— Combien t'en veux ? lui demandé-je en arrivant à sa hauteur.

Sans même prendre la peine de lever les yeux, il continue de taper son SMS et marmonne distraitement :

— Trois.

Je glisse ma main dans la poche intérieure de ma veste pour en sortir trois petits sachets soigneusement emballés. L'échange fric-beuh se fait dans le silence et l'indifférence la plus totale. La transaction est rapide, mécanique, comme une routine bien rodée.

Sans un mot de plus, je me détourne et je traîne à nouveau ma valise derrière moi, accompagnée du bruit des roulettes qui raclent les pavés inégaux.

Lorsque j'arrive à l'appartement, l'odeur familière du lino usé mélangée à celle de l'humidité, qui crée des veines épaisses sous le papier peint, me prend à la gorge. J'abandonne ma valise à l'entrée et me dirige vers la cuisine ouverte sur le salon. Une armée de mouches tourbillonne autour de l'évier, qui déborde de vaisselle sale. Alessia est affalée sur le canapé à dessiner des tenues dans son cahier Top Model, à côté de son père qui ronfle devant un match de foot. Elle ne m'a pas entendue entrer à cause du bourdonnement du vieux ventilateur, qui peine à rafraîchir l'air stagnant.

— Hé, la vendue, la salué-je en m'approchant.

Quand elle me remarque enfin, elle escalade le canapé et se précipite vers moi pour un câlin. Alors que sa tête se plaque contre mon ventre et que ses bras se serrent autour de mes hanches, elle me demande avec innocence :

— Pourquoi je suis une vendue ?

Je repousse doucement son front du plat de ma main.

— Parce que tu me l'as mise à l'envers pour quelques donuts.

Elle éclate de rire, et je fais de mon mieux pour avoir l'air enthousiaste en déclarant :

— Bon, je vais à une fête ce soir. Tu veux m'aider à me préparer ?

Ses yeux s'illuminent instantanément et elle tape des mains, ravie. Je savais que ça lui ferait plaisir. Avant, lorsque Jordane vivait encore ici, Alessia adorait faire ça : la regarder se coiffer, se maquiller, se prendre en selfie devant le miroir…

Il me reste environ une heure pour me préparer lorsque je sors de la douche, le corps enveloppé d'une serviette rugueuse qui me rappelle à quel point je hais Giovanni. En m'installant à la coiffeuse qui appartenait à Jordane, je regarde Alessia fouiller dans les affaires qu'elle a laissées, il y a deux ans : quelques fringues, des soutifs, une paire de bottes, et une trousse remplie de maquillage.

—Tout doit être périmé, râlé-je.

— Le blush et la poudre bronzante, ça ne périme pas. Et puis, regarde, tadaam ! s'écrie-t-elle en sortant un tube de mascara Kiko encore emballé.

Vu le pop qu'il fait lorsqu'elle le dévisse, il doit encore être liquide.

— Alors, c'était qui le mec trop mignon, l'autre jour avec les donuts ? Ton amoureux ?

— Un gars de ma classe.

*Attendez, pause.*

— Mignon, tu viens de dire ? Tu t'intéresses aux garçons ?

Alessia hausse les épaules avec un sourire.

OK.

— Moi, je suis sûre que lui, il est amoureux de toi.

Je pouffe de rire face aux affirmations de ma demi-sœur.

— C'est la façon dont il te regarde, poursuit-elle, très sérieuse.

Trop sérieuse pour une gosse de huit ans.

— Moi, j'crois que tu regardes trop de films, lui dis-je en secouant la tête, amusée.

Et beaucoup trop de tutos make-up.

— Et toi pas assez, visiblement.

Sur ce, elle me tire la langue dans la glace avant de se positionner devant moi pour appliquer le mascara sur mes cils.

— Jordane a appelé tout à l'heure, annonce-t-elle soudain. Elle a dit que bientôt, je pourrais venir habiter chez elle.

Un vrai sourire éclot sur mon visage. C'est la meilleure chose qui puisse arriver à Alessia.

— C'est génial.

Elle hausse les épaules en me regardant dans la glace avec distance.

— Quoi ? Tu trouves pas ça génial ?

Nouveau haussement d'épaules.

— Si, mais… Papa va rester tout seul ?

Je prends une grande inspiration avant de lui répondre.

— C'est un adulte, Alessia. Il saura s'en sortir tout seul. Et puis, tu pourras toujours lui rendre visite si tu en as envie.

L'idée ne m'enchante pas, mais je l'indique pour la rassurer, et ça fonctionne.

— Oui… J'imagine qu'on viendra ici le voir.

# 15

## Samaël

Assis à la table basse située près du jacuzzi, je mordille nerveusement la pulpe de mon pouce en faisant vibrer mon genou. Le temps me paraît bien long, coincé entre Lolita qui cherche désespérément Faël du regard – quelque part à l'intérieur de la baraque – et Arden, qui la bouffe des yeux dès qu'elle regarde ailleurs. Je n'ai qu'une hâte : que Malena se pointe. Sa présence a la faculté d'agir sur moi comme un putain de shoot d'adrénaline.

Je checke mes SMS, au cas où elle m'aurait envoyé un message. J'aurais préféré qu'on arrive ensemble, mais elle a insisté pour qu'on ne le fasse pas. Tout ça à cause de Pupella, qu'elle veut à tout prix épargner. Comme si mon ex se serait donné cette peine…

— Ils sont où tes parents, déjà ? demandé-je à Arden, essayant en vain de détourner son attention de Lolita.

Sans la quitter des yeux, mon cousin grommelle entre ses dents.

— Biennale de Venise pour l'exposition d'architecture.

Quand Faël fait enfin son apparition, Lolita ajuste son décolleté avant de se précipiter à l'intérieur de la maison. Arden la dévisage, et la rage suinte de tous ses pores.

— Putain, regarde-la. Elle lui colle au cul et lui, il s'en branle complet.

Lorsqu'il me propose de tirer une taffe sur son joint, je secoue la tête. Il en a plus besoin que moi.

— Ces pétasses sont toutes les mêmes, peste-t-il en tordant la bouche pour expulser la fumée blanche.

La jalousie et son béguin pour notre pseudo cousine lui font dire des choses qu'il ne pense pas. Toutefois, je ne relève pas et le laisse extérioriser sa haine comme il l'entend, quitte à l'écouter insulter la petite princesse chérie d'oncle Gabriel.

— Tu sais quoi ? J'vais baiser Ninna Roccelli, déclare-t-il au bout d'un moment.

Je fronce les sourcils et m'assure que j'ai bien entendu.

— Attends, tu veux te taper sa meilleure amie ?

Avec un regard sinistre et sombre qui ferait pâlir Satan lui-même, il affirme :

— Ouais, et je vais lui faire du sale.

— Mec, tenté-je de le tempérer, en vain.

Mais je le connais suffisamment pour savoir que ce n'est pas juste une idée comme ça qui vient de lui traverser l'esprit, et qui disparaîtra demain quand il sera moins défoncé. Le plan est déjà échafaudé.

Alors que j'ouvre une nouvelle fois la bouche pour tenter de le raisonner, il me coupe dans mon élan.

— Ta dealeuse est arrivée.

Je tourne aussitôt la tête, et je la vois se frayer un chemin vers nous parmi la foule agglutinée près de la piscine. Et parce que rien ne m'échappe chez cette fille, je remarque immédiatement quelque chose de différent chez elle. À mesure qu'elle s'approche, je cherche ce que c'est… et je trouve. Elle est maquillée, et ses cheveux n'ont pas leur ondulation habituelle. Bordel, naturelle, c'est déjà une machine de guerre, mais là, c'est un putain d'avion de chasse. J'écarte légèrement les cuisses en la reluquant alors qu'elle progresse vers moi. Chaque foutu muscle de mon anatomie est tendu à l'extrême.

Elle porte un tee-shirt court noir avec « born to raise hell » écrit en lettres rouges, qui souligne son ventre plat, et un mini short en jean avec des déchirures, qui dévoile ses jolies jambes. Et enfin ses Dunk, ses précieuses Dunk qu'elle ne lâche jamais. Celles sur lesquelles j'ai dessiné un cœur il y a trois ans, un cœur qu'elle n'a jamais effacé. Le mien se serre dans ma poitrine, comme à chaque fois que je me fais la réflexion. Un sourire débile menace d'étirer mes lèvres, avant de mourir instantanément quand je surprends quelques regards masculins se porter sur elle. Putain, ça me démange de me lever, et de traverser le jardin pour aller l'embrasser devant tout le monde. Comme un putain de cabot qui marque son territoire. Mais je sais qu'elle me castrerait sans doute si je me risquais à ce genre de manœuvres.

— Salut, nous dit-elle, à mon cousin et à moi.

En guise d'accueil, Arden lui tend une bière, qu'il a sortie du bac à glace à ses pieds. Elle le remercie d'un hochement de tête, puis se tourne vers moi et m'accorde enfin un regard. Ma colonne vertébrale est traversée par un courant électrique.

Merde, je suis vraiment piqué.

Mon cœur cogne si fort dans ma poitrine que j'ai l'impression que si *Oasis* de VillaBanks ne retentissait pas si fort dans les baffles, Malena pourrait carrément l'entendre faire des bonds.

— Salut, lui dis-je d'une voix rauque.

Trop rauque. Ça m'agace, alors je m'éclaircis la gorge, essayant de paraître détendu. Je tapote la place vide à côté de moi, l'invitant à s'asseoir. Elle s'exécute, non sans répandre son parfum miel-pêche, qui me rend complètement dingue. Sérieusement, ce truc doit être bourré de phéromones. C'est la seule explication à mon obsession.

Au lieu de lui exposer cette théorie à la con, je lui fais remarquer :

— Tes cheveux sont différents.

Malena arbore son expression détachée habituelle, presque blasée, mais ses doigts, qui triturent nerveusement l'étiquette de la bière qu'Arden lui a filée, la trahissent.

— T'es observateur, réplique-t-elle, mutine mais rougissante.

Je lui pique la bouteille et en prends une gorgée.

— C'est pas une bonne chose ? Les filles aiment ça en général, lâché-je en observant son visage au-dessus du goulot.

Angeli lève les yeux au ciel en se pinçant les lèvres pour ne pas sourire, et ça m'encourage. Je me penche discrètement vers elle, feignant de m'installer plus confortablement.

— Ah oui, j'avais oublié. Toi, t'es différente, pas comme les autres filles, la taquiné-je.

Elle lève ses jolis yeux au ciel une nouvelle fois, mais finit par avouer.

— Alessia a insisté pour me les lisser.

— En tout cas, ça te va bien, dis-je avec sincérité, en laissant tomber la provoc.

Mon compliment la fait rougir davantage, une réaction pourtant rare chez elle, mais que je réussis à provoquer pour la deuxième fois en ce début de soirée. Incapable de me retenir plus longtemps, je pose une main sur sa cuisse, avide de la toucher. Mais elle la repousse aussitôt en jetant un regard paniqué autour d'elle.

— C'est bon, personne ne fait attention, tout le monde est déjà bourré, murmuré-je, un peu agacé qu'elle accorde autant d'importance au regard des autres.

Si ça ne tenait qu'à moi, elle serait déjà sur mes genoux avec ma langue dans sa bouche.

Alors que je veux remettre ma main sur son genou, elle me pince la hanche pour me tenir à distance. Je réprime un gémissement, partagé entre la douleur et une espèce de frustration brûlante qui ne cesse de croître. Sans me décourager, je passe un bras dans son dos, et joue avec les pointes de ses cheveux.

J'ai besoin de la toucher, c'est plus fort que moi.

Di Filippo, que je n'avais même pas remarqué, se ramène et lance, un brin surpris :

— Vous êtes ensemble ?

Mon cœur rate un battement. Je suis à deux doigts de dire « oui » afin de clarifier les choses une bonne fois pour toutes. Après tout, c'est ce qu'on est, non ? Mais avant que je ne puisse ouvrir la bouche, Malena réagit immédiatement en niant en bloc.

— Nan, on est juste amis.

Le coup de poing est brutal, direct au plexus. Juste amis, mon cul. Mon estomac se noue, ma gorge se serre. La rage monte, implacable, accompagnée du goût métallique de la déception sur ma langue. Ça fait bien longtemps que j'ai compris que ce que je ressentais pour elle, ce n'était pas juste une putain d'attirance. Mais visiblement, ce n'est pas réciproque. Et je me sens con. Genre, le roi des cons au royaume des cons.

Je masque le dégoût qui me tord les tripes en descendant une autre gorgée de bière, espérant que ça suffira à faire passer cette pilule amère. Combattre le mal par le mal, tout ça. Je finis par vider la chope d'un trait, me forçant à ignorer les regards inquisiteurs que Malena me lance à la dérobée. Je n'ai pas envie de parler, encore moins de m'expliquer.

Arden tend une nouvelle bière à Malena, mais elle décline d'un geste sec.

— Je bois pas. T'as pas des softs ?

— Dans la cuisine, lui indique-t-il en haussant les épaules.

Alors que je me lève pour l'accompagner, elle secoue la tête, et me coupe net dans mon élan. Enzo Santoro, cette grande gueule toujours à l'affût de la moindre occasion pour foutre la merde, me tire la langue en haletant, dans une imitation grotesque d'un clébard en rut.

— Nique ta mère, ragé-je.

— J'préfère niquer Malena, ricane-t-il, avant d'inhaler le gaz de son ballon gonflé à l'azote.

Mon sang ne fait qu'un tour. Je me lève d'un bond, le regard noir, la rage bouillonnant sous ma peau.

— Répète et je te défonce, craché-je en tapant violemment du plat de ma main dans le ballon de gaz, qui atterrit contre la tête d'Arden.

Santoro éclate de rire, mais son rire sonne creux et faux. Il tente de jouer les durs, mais son teint qui ne cesse de blêmir m'indique qu'il se chie dessus. Alors que j'agrippe le col de son polo Givenchy et le tire vers moi, Arden se lève en soupirant, et s'interpose.

Par-dessus l'épaule de mon cousin, je regarde fixement Santoro, le souffle court, prêt à le tuer. Mais cette petite merde sans couilles finit par détourner le regard en jouant les désinvoltes.

— Parle encore d'elle comme ça, fils de pute, et t'es bon pour ramasser tes dents par terre.

Santoro ose un rictus tremblant, mais n'émet pas le moindre commentaire. C'est bien, il tient à la vie.

— C'est bon, Samaël, laisse tomber, il a compris, tente de me calmer Arden.

Il me repousse pour m'éloigner d'Enzo, et me conseille en baissant la voix afin que je sois le seul à l'entendre.

— On sait tous les deux pourquoi t'es comme ça. Arrête de jouer les drama queens pour une chatte. L'amour à sens unique, j'connais et…

— C'est bon, ferme-la, le rabroué-je, pas prêt à entendre la vérité.

D'un brusque coup d'épaule, je l'écarte de mon chemin et marche d'un pas rapide vers l'intérieur de la baraque.

Quand j'entre dans la cuisine, mes yeux la repèrent instantanément. Adossée au frigo, elle se fait lourdement draguer par Giuliano.

*Trois ans plus tard, ce connard n'a toujours pas lâché l'affaire* ?

J'étudie leur échange, le corps tendu. Il est évident que Malena n'est pas intéressée… et regarder un autre que moi se faire rembarrer par elle me procure un putain de baume au cœur. Quand Angeli lève les yeux dans ma direction, elle sourit, l'air réellement heureuse de me voir. Si seulement elle savait à quel point elle me fait mal, à quel point elle alimente la rage qui me bouffe de l'intérieur.

— Donc t'es célibataire, persiste Di Filippo, dos à moi.

— Hum-hum, confirme-t-elle, sans entrain.

Je me crispe quand il pose une main sur le frigo, au-dessus de la tête de Malena, et que son regard glisse sur elle avec insistance. Ma mâchoire se serre, mais je me retiens encore. Mon côté maso me pousse à écouter cette petite merde jusqu'au bout.

— Tu sortirais avec moi, alors, affirme-t-il, sûr de lui.

— Pas même si t'étais le dernier mec sur Terre, réplique Malena d'un ton neutre.

Je souris, satisfait, mais mon sourire disparaît aussitôt quand je vois Giuliano serrer les poings.

— Ah ouais ? Pas même si je te forçais ? dérape-t-il.

Malena essaie de le repousser mais il la maintient en place, sa main agrippant sa hanche. Le sang bat violemment à mes tempes tandis que je m'avance. Mes pas résonnent lourdement sur le sol. Giuliano tourne la tête, réalisant enfin que j'étais là, et que j'ai assisté à toute la scène.

— Éloigne-toi d'elle, grogné-je.

Il ricane, mais son rire est moins assuré.

— Sinon quoi ? C'est pas ta meuf, rétorque-t-il.

Cette piqûre de rappel me fait littéralement disjoncter. Je le pousse avec une telle violence qu'il perd l'équilibre et s'effondre lourdement au sol.

— Maintenant, dégage, craché-je, en lui filant un coup de pied au cul pour qu'il se relève plus vite. Et ne regarde plus jamais dans sa direction.

Giuliano se redresse en titubant, puis se barre sans demander son reste.

— C'était quoi ça ?

Je me retourne vers Malena. Elle n'a pas bougé d'un pouce, toujours adossée au frigo, sa canette de Coca appuyée contre ses lèvres. Ses yeux me dévisagent, cherchant des réponses que je peine à formuler.

Comment lui dire, sans l'effrayer, que tout ce que je veux, c'est évincer tous les mecs de la planète, la serrer contre moi et l'embrasser jusqu'à en perdre le souffle ? Lui faire comprendre qu'on n'est pas « juste amis » ?

Comme je ne trouve aucun moyen de le faire dans l'immédiat, je me contente de rester là, à la regarder, le cœur lourd comme un fardeau.

— Samaël, insiste-t-elle en brisant le silence pesant. On n'est pas dans une comédie dramatique. T'es pas le chevalier servant de mon histoire, se moque-t-elle avec un sourire en coin.

— Pourtant, t'avais tout de la princesse en détresse, répliqué-je d'un ton plus dur que je ne l'aurais voulu.

Sa réaction est immédiate ; ses sourcils se froncent et une étincelle de rage prend vie dans ses yeux.

Ça te plaît pas, bébé ? *Pourtant, c'est la vérité.*

— T'attendais quoi pour lui foutre un coup de genou dans les couilles ? lancé-je, plus acide que nécessaire.

Contrairement à l'impression que ça donne, je ne cherche pas à être méchant gratuitement. Je l'ai vue, cette seconde où Malena a flanché sous la menace de Di Filippo. Je ne la blâme pas pour ça. Ce n'est pas de la faiblesse, c'est juste humain. Instinctif. Moi, tout ce que je cherche, c'est lui faire comprendre qu'elle a besoin de moi, qu'elle n'est pas aussi forte qu'elle le croit sans moi. Et ouais, c'est tordu, ouais, c'est dégueulasse, mais c'est la putain de vérité aussi.

— J'allais le faire. Tu m'as juste… devancée, répond-elle, hésitante.

— J'ai juste agi en tant qu'ami, répliqué-je en appuyant bien sur le dernier mot.

Angeli tique, et ses yeux se plissent légèrement. *Ah, ça y est, elle a capté.*

— Attends, tu m'en veux pour tout à l'heure ? Mais j'allais quand même pas…

— Et pourquoi pas ? la coupé-je.

Elle écarquille les yeux, surprise par la tournure que prend cette conversation. Je profite de son mutisme pour enfoncer le clou. Je lui prends doucement sa canette des mains et la pose sur le bar derrière moi, puis je m'appuie contre le comptoir pour la regarder droit dans les yeux.

— Pourquoi pas ? répété-je en détachant bien chaque syllabe.

— Parce que ce n'est pas vraiment ce qu'on est, murmure-t-elle, tandis que l'incertitude perce dans sa voix.

Mon estomac se contracte à ses mots. C'est une sensation désagréable qui me noue les tripes. Mais je refuse de lâcher l'affaire.

— Alors qu'est-ce qu'on est, toi et moi ? demandé-je en m'approchant d'elle, et en réduisant ainsi l'espace entre nous.

Sa respiration s'accélère à mesure que je m'avance. Quand je penche la tête vers elle, elle renverse le cou pour me fixer du regard. Ses yeux sont retenus captifs par les miens.

— On est…

— Si jamais tu dis « amis », la menacé-je d'une voix rauque, avant qu'elle n'ait le temps de finir.

— … Attirés. On est attirés l'un par l'autre.

*Putain.*

Son aveu me frappe en pleine gueule, tandis que mon pouls se lance dans une course effrénée. La rage, le désir, tout s'enflamme en moi. Et pourtant, la seule façon d'apaiser ce tourbillon qui menace de me consumer, c'est aussi la putain de cause de ce tourbillon.

Et je craque.

Je l'attrape par la taille et l'attire contre moi. Nos corps se heurtent l'un à l'autre dans une urgence désespérée. Sans plus attendre, je prends ses lèvres d'assaut, et je l'embrasse avec une passion brute qui dépasse l'attirance physique.

Malena répond à mon baiser avec autant de ferveur. Ses mains s'accrochent à ma nuque comme si elle avait peur que je m'échappe.

Bordel, je ne veux aller nulle part ailleurs. Pas même au putain de paradis.

— C'est plus que ça, murmuré-je contre ses lèvres entre deux baisers. Et tu le sais.

Malena tressaille, et je surprends le choc qui traverse ses jolis yeux vert-noisette. Je veux ajouter quelque chose, mais un rire nasillard me coupe dans mon élan. Malena et moi, nous nous retournons vers sa source.

Pupella.

Lorsqu'elle s'éloigne après nous avoir jeté un regard mauvais, je me tourne vers Malena, qui a baissé les yeux. Je relève son menton d'un doigt.

— Ne culpabilise pas. Ça devait bien arriver un jour.

Elle hoche la tête, moyennement convaincue, et l'air toujours coupable.

— Je crois que je vais rentrer, déclare-t-elle au bout d'un moment.

— À cause de Pupella ?

Elle secoue la tête.

— Nan. Parce que vos soirées de bourges sont nases.

En une enjambée, je me retrouve face à elle, sa poitrine écrasée contre mon torse.

— Je peux la rendre plus intéressante.

Les joues rosies, elle tente pourtant de jouer l'indifférente.

— Ah, bon ? Comment ?

Avec une intention claire, j'appuie mon bassin contre son ventre plat, je penche la tête, et j'approche ma bouche de son oreille.

— En rentrant avec moi. Chez moi.

— Et tes parents ? s'étonne-t-elle.

Je hausse les épaules.

— Ils sont sympas.

— Tu veux me présenter à Papa et Maman ? ricane-t-elle.

Elle a l'air de trouver l'idée absurde. Un peu vexé, mais toutefois très sérieux, je hoche la tête pour confirmer.

— Et tu me présenteras en tant que… ?

— Ma petite amie ? suggéré-je.

Malena éclate de rire.

— Ce n'est pas ce que je suis.

Comment on dit déjà ? Remuer le couteau dans la plaie ?

— Mon plan cul ? tenté-je, en m'efforçant de cacher ma déception.

— On ne baise même pas.

*Et c'est pas l'envie qui m'en manque.*

Agacé de me prendre continuellement des vents, je finis par lâcher :

— Je te présenterai en tant qu'amie. Juste une amie. Ça, ça te va ? Ou c'est trop intime pour toi ? Je peux aussi te présenter comme ma dealeuse. Au fond, c'est aussi ce que tu es.

Mon ton amer lui fait froncer les sourcils.

— C'est quoi ton problème ?

*Toi. C'est toi mon putain de problème.*

— J'sais pas, je te propose de venir chez moi et j'ai l'impression de t'avoir demandé de me filer un rein. Si tu préfères retourner dans ton ghetto merdique, vas-y.

Les mots m'échappent, plus cruels que ceux que j'avais prévus. Tout ça parce que je suis frustré de cette situation qu'elle refuse de qualifier comme ce qu'elle est vraiment.

Alors que Malena me dévisage avec dédain, je regrette instantanément. J'ouvre la bouche pour m'excuser, mais le mal est déjà fait.

— Va te faire foutre, Samaël.

Elle me repousse et traverse la cuisine d'un pas décidé.

— Où tu vas ?

— J'me casse dans mon ghetto. On se fait chier, ici.

# 16

## Malena

Je suis réveillée par mon portable qui vibre sous mon oreiller.

Encore un message de Samaël.

Je ne prends même pas la peine de le lire. Ça doit être le sixième qu'il m'envoie depuis hier, tous laissés sans réponse.

J'abandonne mon téléphone sur le matelas et me traîne jusqu'à la salle de bains. Je suis accueillie par la lumière crue des néons, qui projette mon reflet dans le miroir. Je fixe des yeux cette version de moi, qui me renvoie l'image d'une fille au regard fatigué et abattu. Mes doigts glissent machinalement sur ma lèvre inférieure, là où une coupure commence tout juste à cicatriser. La peau, encore tendre, me rappelle ce qui s'est passé la veille.

— C'est Papa qui a fait ça ?

Je sursaute légèrement, je n'avais pas entendu Alessia entrer. La tête appuyée contre l'encadrement de la porte, ses grands yeux innocents rivés sur ma lèvre blessée, elle me donne l'impression d'être sur le point de pleurer. Je détourne le regard, incapable de soutenir le sien.

— T'en fais pas pour ça, lui dis-je en haussant les épaules.

— Je l'ai entendu hurler hier soir. C'était contre toi, devine-t-elle.

Le silence remplit aussitôt la pièce. Giovanni m'a giflée parce que j'avais oublié de sortir les poubelles, et que j'étais « maquillée comme une pute ». Mais la vraie raison, celle qu'une gamine de huit ans n'a pas besoin de connaître, c'est qu'il n'y avait plus une seule bière dans le frigo, et que quelqu'un devait bien payer pour ça.

— Je le déteste quand il est comme ça, souffle-t-elle tristement.

Je me demande pendant combien de temps encore Alessia va s'accrocher à l'espoir qu'un jour, son père sera quelqu'un de bien. La possibilité que ce jour ne vienne jamais me rend amère. D'habitude, je la laisse entretenir cette illusion, pour la protéger d'une réalité trop dure pour elle. Mais aujourd'hui, je n'ai pas la force de l'épargner, pas le cœur non plus à lui fabriquer des mensonges rassurants.

— Il est toujours comme ça, rectifié-je.

Alessia me confronte à ses yeux larmoyants dans le miroir, comme si elle me suppliait de revenir sur mes paroles, de l'encourager à croire encore un peu en ce père qui n'en a jamais vraiment été un. Mais les mots ne viennent pas, juste la nausée.

— Il est sorti de bonne heure ce matin, reprend-elle, comme pour se convaincre elle-même. Je crois qu'il cherche du boulot.

Je réprime un rictus, et me retiens de dire ce qu'il en est vraiment. Il est probablement en train de faire la tournée des bars, comme toujours.

— Peut-être, murmuré-je finalement, plus pour elle que pour moi.

Tout sourire, Alessia se détourne, prête à quitter la pièce. J'en profite pour fourrer ma brosse à dents dans ma bouche, espérant que le goût de menthe balaiera un peu l'amertume qui m'envahit. Mais soudain, la voix de ma sœur retentit depuis le rez-de-chaussée.

— Eh ! Il y a le garçon aux donuts en bas !

Je m'étouffe aussitôt en avalant du dentifrice.

— Q… quoi ?! m'écrié-je entre deux quintes de toux.

— Il est en bas, dans la rue ! répète-t-elle avec enthousiasme.

Je me rince la bouche à la va-vite, tout en essayant de comprendre ce qui se passe. Mais qu'est-ce qu'il fout là ?

— Je lui ouvre ?! crie Alessia, sa voix montant d'un cran.

— N… gn, marmonné-je à travers un nouveau hoquet de toux.

— Hein, quoi ?!

Je me reprends en urgence et hurle :

— Non !!!

— Trop tard !

Je sens mon cœur s'emballer, et davantage encore lorsqu'Alessia ajoute, surexcitée :

— Il monte !

Incapable de refréner les battements affolés dans ma poitrine, j'arrange rapidement mes cheveux, puis tire sur le col de mon tee-shirt Rolling Stones pour le renifler. Ouf, il sent encore la lessive.

Lorsque je sors dans le couloir pour me pencher par-dessus la balustrade de l'escalier, il est déjà là.

Et merde.

Il doit sentir ma présence car il lève aussitôt la tête pour croiser mon regard. Sans attendre d'y être invité, il monte rapidement les marches, et mon souffle se bloque. Je n'ai même pas le temps de reculer ou d'aller m'enfermer dans ma chambre qu'il se trouve déjà devant moi, planté à quelques centimètres de mon corps tremblant. J'ouvre la bouche pour dire quelque chose, mais je la referme lorsque je surprends ses yeux se poser sur ma lèvre fendue. La colère envahit aussitôt ses prunelles.

— Putain. Qui t'a fait ça ? me demande-t-il d'une voix grave et tranchante.

Je jette un coup d'œil rapide à Alessia, qui nous observe en silence depuis la première marche de l'escalier. Ses grands yeux curieux et craintifs sont rivés sur nous.

— Samaël…, l'avertis-je, en le suppliant du regard de se taire.

Mais il ne détourne pas les yeux, loin de lâcher l'affaire. Tandis que je me perds dans la contemplation de sa mâchoire, contractée sous la pression de la colère qui le consume à petit feu, j'ajoute plus fermement :

— Pas ici.

D'un mouvement du menton, je lui indique ma chambre.

— Malena, proteste-t-il entre ses dents serrées.

Je saisis sa main et la presse.

— S'il te plaît, insisté-je d'un ton urgent.

Il hésite, et son regard noir descend un instant au bas des escaliers où Alessia se tient toujours. Lorsqu'il détourne le regard pour soupirer un grand coup, je le tire jusqu'à ma chambre. J'ai à peine le temps de refermer la porte derrière nous qu'il me plaque contre elle pour prendre mon visage entre ses mains.

— C'est ton beau-père ? gronde-t-il d'une voix tendue.

Je soupire, et l'air s'échappe lentement de mes poumons.

— Putain, je vais le tuer, lâche-t-il brusquement. Il est où ?

— Parti se saouler au bar, supposé-je d'un ton las.

Belmonte me relâche et recule d'un pas.

— Où ? insiste-t-il.

— J'en sais rien, là où on l'accepte encore, réponds-je d'un ton neutre, que je m'efforce de rendre convaincant.

Ça ne fait qu'amplifier la rage dont Samaël semble prisonnier. Je ne l'avais jamais vu dans un tel état de fureur.

— Putain, pourquoi ? Pourquoi il a fait ça ? s'énerve-t-il, cherchant une explication rationnelle à ce qui n'en a pas.

Alors qu'il commence à faire les cent pas dans ma chambre, je décolle mon dos de la porte en soupirant.

— C'est important ?

Samaël s'arrête net pour me jeter un regard noir.

— Bien sûr que ça l'est ! Merde, Malena, tu t'entends ?

Je me sens pathétique, hypocrite même. J'agis exactement comme Alessia, sauf qu'à sa décharge, elle, c'est une gamine. Mais j'en ai marre de me sentir humiliée et de ressasser toute cette merde.

— Ah, les hommes et leur complexe du sauveur, tenté-je de minimiser.

Plus furieux que jamais, Samaël revient se planter devant moi, et me cloue à la porte.

— T'es conne ou tu le fais exprès ? Ça n'a rien à voir avec ça ! s'insurge-t-il.

— Ce n'était qu'une gifle, Samaël. Arrête de dramatiser, dis-je en croisant les bras.

*Ouais, la reine des hypocrites.*

— Tu minimises, me reproche-t-il d'une voix sourde, et le regard empli de pitié.

J'en veux pas de sa pitié.

— Je suis plus forte que ça, déclaré-je, refusant de montrer la moindre faiblesse.

— C'est quoi ces conneries ? C'est pas une question de force, putain, gronde-t-il, alors que sa voix se brise légèrement.

Notre proximité est telle qu'à chaque brusque inspiration, ma poitrine rencontre son torse.

— Je ne vais pas m'effondrer à cause d'une malheureuse gifle, dis-je en respirant bruyamment.

Samaël serre la mâchoire, et s'approche jusqu'à réduire à néant le mince espace entre nous. Il pose son front contre le mien, et ce simple contact envoie des décharges électriques dans tout mon corps.

— Je le sais, mais ça me rend malade qu'il…

Il ne finit pas sa phrase. Il plisse les yeux, comme s'il essayait de chasser les images qui envahissent son esprit.

— Alors arrête d'y penser, soufflé-je, presque dans un murmure.

Quand il rouvre brusquement les yeux, je suis prise au piège de ses iris obscurs et envoûtants.

Avec une tendresse inattendue, Samaël passe son pouce sur ma lèvre, et effleure la coupure.

— T'as mal ?

— Même pas, nié-je en secouant la tête.

— Me raconte pas de conneries, souffle-t-il, ses yeux perçants plongés dans les miens.

— J'ai pas mal, je te dis.

Il laisse échapper un lourd soupir, et ses épaules s'affaissent légèrement, comme écrasées par le poids de tout ce qu'il ne peut pas changer.

— Pourquoi t'es venu ici ?

— J'aime pas la façon dont on s'est quittés hier. Et t'as ignoré tous mes SMS, dit-il sur le ton du reproche.

— Je dormais.

— Moi j'ai pas réussi à fermer l'œil.

Moi non plus, mais je ne vais certainement pas l'admettre.

— Malena, souffle-t-il d'une voix crispée.

Ses doigts glissent doucement le long de ma joue, et je sens ma résistance s'amenuiser. Nos visages sont proches, si proches que je sens son souffle brûler mes lèvres. J'attends qu'il m'embrasse mais il n'en fait rien. L'attente est insupportable, et j'ai l'impression d'être sur un fil sur le point de se rompre.

Mon cœur bat la chamade, tandis que mes yeux n'arrêtent pas de faire des allers-retours entre ses prunelles d'un noir abyssal et sa bouche.

— Pourquoi tu… tu…

Je crois que mes hormones ont pris mon cerveau en otage, et me rendent incapable de construire une phrase cohérente.

— Pourquoi je ne t'embrasse pas ? clarifie-t-il en dévoilant sa fossette.

Je hoche la tête, et son demi-sourire s'évanouit aussitôt, laissant place à une expression plus sérieuse.

— Parce que les amis ne font pas ça, Malena.

On dirait que la température de la pièce chute de dix degrés, et chaque mot qui sort de sa bouche tombe comme un glaçon sur ma peau brûlante.

— Je croyais que tu venais t'excuser, pas commencer une nouvelle dispute.

— Je n'essaye pas de me disputer avec toi, conteste-t-il.

Je redresse le menton bien haut.

— Alors qu'est-ce qu'on fait, Samaël ?

Il émet un petit bruit de gorge moqueur.

— On attend que tu sois un peu plus courageuse que ça, mais je t'avoue que je commence à perdre patience.

Sur ce, il s'écarte d'un pas, et je sens une vague de panique m'envahir.

— Je suis fatigué de te courir après, Malena.

L'idée qu'il se lasse me tord les tripes. Le passé est ce qu'il est, difficile à oublier, et j'ai pris l'habitude de masquer mes sentiments avec un détachement calculé. Mais ce soir, ce masque m'étouffe.

— Pour un footeux, tu manques d'endurance.

— Excuse-moi de te le dire en ces termes, mais tu n'es pas le clown que tu penses être, Angeli.

Vexée par ses paroles, je tente de lui donner une petite tape sur le torse, mais il est plus rapide que moi. Il saisit mon poignet avec une détermination farouche, et me tire brusquement vers lui.

— Comment tu fais pour paraître aussi indifférente ? Apprends-moi, Malena.

Sa bouche, qui murmure contre mon oreille, provoque un violent frisson en moi.

— Je…

— Tu quoi ? rugit-il.

Ce changement de ton me prend au dépourvu. Alors que je tente de retirer mon poignet de sa main, il resserre sa prise. Nous nous affrontons du regard pendant une seconde – peut-être même moins – avant que je ne me hisse sur la pointe des pieds, et me montre enfin courageuse en écrasant mes lèvres sur les siennes. Lorsque je m'écarte légèrement, je n'ai pas le temps de retomber sur mes talons qu'il saisit fermement ma nuque, et me rend mon baiser. Sa langue experte et autoritaire explore ma bouche avec une ardeur féroce, et je gémis en m'accrochant à son tee-shirt.

À chaque fois que l'un de nous deux reprend sa respiration, l'autre initie un nouveau baiser, plus sauvage que le précédent. Jusqu'à ce que Samaël tombe sur mon lit et que je le chevauche. Ses mains se posent sur mes cuisses et remontent jusqu'à ma taille, tandis que l'érection dans son pantalon enfle contre ma culotte trempée, et m'arrache des râles incontrôlables à chaque friction.

— Ne jouis pas, m'ordonne-t-il. Pas comme ça.

Il échange nos positions et, en une fraction de seconde, je me retrouve le dos cloué au matelas, Samaël penché au-dessus de moi, en appui sur ses avant-bras.

— Q… qu'est-ce que tu fais ? paniqué-je.

Belmonte me décoche un clin d'œil.

— Je réalise l'un de mes plus grands fantasmes.

— Q… quoi ?

— Demande-moi combien de fois je me suis masturbé en imaginant ma tête entre tes cuisses, Malena, gronde-t-il, les pupilles dilatées.

Je déglutis et m'étrangle.

— C… combien ?

— Trop de fois.

Après cet aveu, il remonte mon tee-shirt jusqu'en haut de ma poitrine et je ne proteste pas. Un soupir lui échappe, et ses yeux se plissent lorsqu'il fait glisser son regard de mes seins à ma culotte. D'un geste fébrile, il écarte mon string, dévoilant ainsi mon intimité à la lumière du jour. Je devrais me sentir gênée d'être ainsi exposée, mais la façon dont Samaël me contemple m'en empêche. C'est comme s'il n'avait jamais rien vu d'aussi beau.

— Beaucoup trop souvent, siffle-t-il en rivant ses yeux pleins de fougue entre mes cuisses.

# 17

## Samaël

Les yeux fixés sur sa magnifique chatte toute rose, je peine à stabiliser mon pouls.

Putain, elle surpasse mes fantasmes.

La façon dont elle me regarde, à la fois paniquée et excitée, me fait penser qu'elle n'a probablement jamais pratiqué ce genre de préliminaires. L'idée d'être le premier me réjouit. Non, ça me rend fou de joie, putain.

— Tu me fais confiance ?

Malena hoche la tête pour me donner son feu vert. Pressé, je me débarrasse de mon tee-shirt pour être plus à l'aise. Mon pouls menace d'exploser à tout moment.

— On n'est pas amis, toi et moi, lâché-je à bout de souffle, avant de me pencher et de faire tournoyer ma langue autour d'un de ses tétons dressés.

Je le suce dans un pop, avant de passer à l'autre pour lui accorder la même attention. J'entends sa respiration s'accélérer tandis que je descends lentement sur le matelas, et que mes avant-bras glissent sous l'arrière de ses cuisses pour l'attirer franchement vers moi. Le silence entre nous est lourd, chargé d'une intensité palpable. Loin de nos chamailleries et de nos provocations incessantes.

— Et on ne le sera jamais, conclus-je d'un ton bourru.

Quand mon visage atteint son nombril, je sors la langue pour tracer une ligne lente et brûlante jusqu'à son pubis. Je m'arrête pour déposer un baiser délicat, et savoure chaque infime seconde de cette intimité qu'on partage. Je n'ai jamais pris autant mon temps, jamais autant lutté pour garder le contrôle, jamais autant prié pour ne pas éjaculer dans mon boxer avant même d'avoir goûté une chatte.

— T'as pas idée de ce que tu me fais, Malena, avoué-je d'une voix enrouée par le désir, qui me consume jusqu'à la moelle.

Je prends une brusque inspiration et me rapproche un peu plus de la folie. Mon visage à quelques centimètres de son sexe, je la respire profondément, avant d'écarter sa petite chatte serrée de mon pouce. Son clitoris pulse et, sans plus attendre, j'appuie le plat de ma langue contre elle, puis la lape de bas en haut dans un mouvement lent et appuyé.

— Samaël, halète-t-elle, le souffle court.

Je relève la tête pour la contempler. Les yeux mi-clos, la bouche entrouverte, prête à être cueillie, Malena semble aussi impliquée que moi. Bon sang, c'est putain de rassurant. Je baisse la tête à nouveau et léchouille paresseusement son clitoris, me retenant in extremis de la dévorer comme un affamé.

— Mon Dieu, souffle-t-elle.

Déjà, ses cuisses commencent à trembler, et son bouton rose palpite sous ma langue.

— Pas si vite, la supplié-je.

Je suis loin d'en avoir eu assez. Complètement enragé de désir, je plonge mon visage entre ses cuisses, et la dévore avec une faim insatiable. Malena étouffe ses gémissements du dos de sa main, tandis que de l'autre, elle tire sur mes cheveux, m'agrippant comme si sa vie en dépendait, et me tient étroitement contre elle.

— Putain, tu me rends fou, sifflé-je entre deux coups de langue.

Elle gémit plus fort lorsque j'enfonce mon majeur en elle.

— Complètement fou, répété-je, excité comme je ne l'ai jamais été.

Malena s'arc-boute. Son dos se cambre lorsqu'elle jouit dans un petit cri étouffé, qui va assurément me hanter jusqu'à la fin de mes jours.

Et me faire bander jusqu'à la fin de mes jours.

Lorsque je me redresse et suce le doigt luisant qui était plongé en elle, ses yeux se révulsent. Je la contemple, si belle et si douloureusement vulnérable après la jouissance.

Bon sang, je suis tellement fou d'elle que c'en est terrifiant.

Quand elle revient totalement à elle, Malena se redresse et défait le bouton de mon jean.

— Tu l'as déjà fait ? lui demandé-je d'une voix hachée.

Elle hoche brièvement la tête en baissant ma braguette. J'ignore pourquoi, mais je sens qu'elle ment.

Dans des gestes précipités, je me débarrasse de mon jean et de mon boxer – après avoir sorti une capote de la poche arrière. De son côté, Angeli envoie valser son tee-shirt au pied du lit, près de mes fringues.

— T'es tellement belle, soufflé-je en scannant son corps, de ses orteils peints en rouge à sa clavicule.

Mes yeux se posent sur le petit papillon tatoué au-dessus de son sein gauche. Discret et ravissant. L'autre jour, à la fête de Pupella, je l'avais déjà remarqué sous son tee-shirt trempé.

— Il a une signification particulière ?

Mon besoin de tout savoir sur elle n'a aucune limite.

— La liberté, dit-elle dans un souffle. Un papillon… c'est… libre. Difficile à capturer. Du moins, sans le blesser.

Avide, je pose les lèvres dessus et l'embrasse délicatement.

— C'est sexy.

Alors que je me redresse afin de prendre le recul nécessaire pour en étudier les contours et les mémoriser, Malena me demande :

— Et toi, t'as des tatouages ?

Elle scrute chaque centimètre de ma peau exposée, tandis que je secoue la tête en calant le carré d'aluminium entre mes dents.

— J'ai peur des aiguilles, déclaré-je en déchirant l'emballage.

Elle rit, moqueuse, et je lui flanque une petite claque punitive à l'arrière de sa cuisse, juste sous sa fesse droite. Quand je déroule le préservatif sur mon érection, l'envie de rire lui passe. Je retire son string en le faisant glisser le long de ses jambes puis, doucement mais fermement, je saisis ses cuisses en les tirant vers moi, et l'incite à ceinturer ma taille. Malena s'exécute, avec une lueur de panique dans ses jolis yeux hazel.

— On n'est pas obligés de…

— Samaël, me coupe-t-elle.

Et il ne m'en faut pas plus pour céder.

D'une main fébrile, je saisis mon sexe et le place à l'entrée de sa magnifique chatte. Je pousse doucement, juste au cas où elle serait effectivement vierge, et j'inspire brusquement. Une pellicule de sueur recouvre déjà mon front et ma nuque. Malena est chaude, serrée et trempée. Bordel de merde, je vais tenir deux secondes. Grand max, trois.

Enfin, si j'ai de la chance.

Lorsque je tente une nouvelle poussée, je me raidis en rencontrant l'obstacle de son hymen.

— Malena, sifflé-je en me retirant. T'es vierge.

— Ne t'arrête pas, supplie-t-elle, sans me démentir.

La crainte dans ses jolis yeux de me voir arrêter atteint directement ma virilité, déjà en émoi. Je me renfonce légèrement entre ses cuisses, tout en me penchant pour l'embrasser. D'abord doucement, puis avec fougue, sans me contenir.

— Putain, tu me plais, Malena. Trop pour que ça soit rationnel.

Après cet aveu, je continue à la pénétrer de quelques centimètres. Mon gland est désormais enfoui en elle pour de bon.

— Samaël, s'étrangle-t-elle, les yeux écarquillés.

À cause de mon intrusion ou de ma confession ?

J'inspire une grande goulée d'air, à deux doigts de perdre la tête à cause de ma queue turgescente qui palpite en elle.

— Je ne dirai pas ce que tu redoutes tant de m'entendre te dire, la rassuré-je d'une voix crispée. Pas pour l'instant.

Elle ouvre la bouche, probablement pour dire quelque chose qui ne va pas me plaire, alors je la fais taire en la déflorant d'un franc coup de reins. Ses ongles s'enfoncent dans mon dos, et un gémissement m'échappe sans que je puisse le retenir.

— Putain.

Je me contiens difficilement, et mesure les mouvements de mon bassin. Je sais que ça fait toujours un peu mal la première fois pour les filles, alors j'essaie de rendre ça aussi supportable que possible pour elle. Quand une larme déborde de son œil droit, je la cueille de mon pouce.

— Tu veux que j'arrête ?

Elle secoue la tête et noue ses mains derrière ma nuque, en m'intimant de l'embrasser. À mesure que je vais et viens en elle et que ma langue s'entortille de façon obscène à la sienne, les mots que je retiens deviennent de plus en plus difficiles à taire.

Putain, je suis amoureux de Malena Angeli. Et pas qu'un peu.

# 18

## Samaël

Le week-end file comme une flèche. J'ai passé le samedi sous la couette de Malena, et j'aurais pu y rester pour le restant de mes jours si sa petite sœur casse-pieds ne s'était pas manifestée vers 13 h parce qu'elle avait la dalle. On s'est fait livrer McDo, ce qui m'a fait gagner des points auprès de sa gloutonne de sœur. Ensuite on a été contraints de regarder le dernier *Moi, moche et méchant*. Le beau-père de Malena ne s'est jamais pointé, mais j'aurai une autre occasion de lui régler son compte, tôt ou tard.

Et nous voilà déjà dimanche.

Juché sur un tabouret du bar de l'îlot central, je touille mes Trésor Kellogg's ramollis par le lait. Ça fait cinq minutes que je les regarde flotter à la surface de mon bol avec un sourire idiot en pensant à Malena. Plus exactement à sa peau douce et tiède contre la mienne, brûlante. À ses soupirs sexy qui remplissaient la chambre et m'étourdissaient, à deux doigts de me faire perdre la boule. À sa façon de planter ses ongles dans mes fesses quand j'allais et venais en elle.

— Coucou, mon chéri ! me lance ma mère, coupant net mes souvenirs cochons.

Mon père arrive derrière elle, l'enlace par la taille et lui mordille tendrement le cou, avant de remarquer ma présence et de prendre un air grave.

— Pourquoi tu n'es pas habillé, Sam ?

Alors qu'il détaille ma tenue – boxer Ralph Lauren et claquettes chaussettes – j'observe la sienne : costume Prada et chemise, le tout impeccablement ajusté. Du haut de ses quarante-cinq ans, mon daron est toujours aussi beau gosse et en forme. Pareil pour ma mère, canon dans sa robe fourreau de créateur.

— Samaël, soupire-t-elle, agacée. Grand-mère Rose nous attend pour midi en ville. On a prévu de déjeuner ensemble, je te l'ai rappelé hier.

Je n'en ai aucun souvenir. Probablement parce que Malena accapare toutes mes pensées, sans exception, depuis que j'ai accédé au paradis en m'enfonçant entre ses cuisses hier.

J'affiche une moue faussement peinée et toussote dans mon poing.

— Désolé, Maman. Je crois que je vais passer mon tour pour cette fois. Je suis malade, on dirait.

Aussitôt, elle accourt vers moi pour poser une main contre mon front, et je prie pour qu'il soit brûlant.

— C'est vrai qu'il est chaud, constate-t-elle avec inquiétude.

Dans son dos, mon père, pas dupe, lève les yeux au ciel.

— Qu'est-ce qu'on fait, Louca ? On annule ? lui demande-t-elle, alarmée, en sollicitant son avis.

— Mais non, pas la peine ! protesté-je aussitôt. Je vais prendre un bain et me reposer. Allez déjeuner avec grand-mère, ne vous tracassez pas pour moi.

Ma mère capitule, déçue et chagrinée, et je fais mine de l'être tout autant. En réalité, mes doigts me démangent déjà d'écrire à Malena pour lui dire de rappliquer.

— Appelle le médecin si tu vois que ça ne va pas mieux, mon poussin. D'accord ?

— D'accord, la rassuré-je.

Je sais que je devrais culpabiliser de lui mentir et de l'inquiéter pour rien, mais à vrai dire, je ne pense déjà plus qu'à Malena, nue dans mon lit.

Ma mère embrasse mon front avant de s'éclipser de la cuisine, son sac Hermès Birkin sous le bras. Alors que mon père s'élance à sa suite, je le retiens.

— Euh, P'pa ?

Il se détourne, et je tente d'avoir l'air innocent en lui demandant :

— Vous savez à peu près à quelle heure vous comptez rentrer ?

Il hausse un sourcil, un sourire en coin.

— Pourquoi ? Tu comptes ramener une fille, mon fils ?

*Putain, mais pourquoi est-il toujours aussi perspicace ? Les darons de son âge ne sont pas censés être un peu plus naïfs ?*

— On fera en sorte de rentrer en fin d'après-midi, déclare-t-il avec un hochement de tête entendu, avant de disparaître.

Lorsque la porte d'entrée claque, je n'y tiens plus et lui écris.

**Samaël** :
[Mes parents ne sont pas là. Viens chez moi.]

**Malena** :
[Pour quoi faire ?]

**Samaël** :
[Parce que t'es ma meuf et que j'ai envie de te voir.]

**Malena** :
[Ah bon, depuis quand ?]

**Samaël** :
[Depuis que je sais quel goût délicieux a ta chatte, Malena. Et aussi à quel point t'es belle quand tu jouis autour de ma queue.]
[C'est suffisant pour toi ou je continue ?]

# 19

## Malena

Mes yeux écarquillés fixent l'écran tandis que mon bas-ventre se contracte.

**Samaël** :
[Depuis que je sais quel goût délicieux a ta chatte, Malena.
Et aussi à quel point t'es belle quand tu jouis autour de ma queue.]
[C'est suffisant pour toi ou je continue ?]

Sans plus attendre, je file sous la douche, je m'habille en vitesse et, moins d'une demi-heure plus tard, je suis devant le portail grand ouvert des Belmonte-Altieri. Au guidon de mon scooter, je m'engage dans l'allée puis l'abandonne sous un arbre.

— T'as fait vite, remarque Samaël en apparaissant dans l'encadrement de la porte d'entrée. À croire que t'étais pressée de me revoir, Malena.

En prenant mon temps, bien décidée à ne pas lui donner raison bien que ce soit le cas, je le rejoins. Alors que je m'apprête à lui envoyer une réplique cinglante, il saisit ma nuque. Puis il fait basculer ma tête en arrière et m'embrasse avec une passion brute, qui ne me laisse pas d'autre choix que de m'abandonner à cette étreinte. Lorsqu'il me relâche, je ne suis même plus sûre de savoir comment je m'appelle.

— Excuse-moi, t'allais dire quoi, Angeli ? me provoque-t-il.

J'affiche un sourire suffisant tandis qu'il s'écarte, et m'invite à entrer. Je passe devant lui et, comme la première fois que je suis venue ici, la beauté des lieux me laisse coite. Samaël doit le remarquer car il se presse soudain contre moi, m'entoure de ses bras, et se penche à mon oreille pour susurrer :

— Promis, on en aura une aussi belle.

— Q… quoi ?

Entre l'odeur délicieuse et entêtante de son gel douche, qui m'indique qu'il sort juste de la salle de bains, et sa promesse absurde, je ne suis pas certaine d'avoir bien saisi ses propos.

— Je disais qu'on aurait une aussi belle maison que celle-ci. Plus tard, quand tu seras ma femme, précise-t-il.

Troublée par cette confession, je n'ai même pas le réflexe de rire. Samaël profite de mon état de choc pour prendre ma main et m'entraîner à l'étage, dans sa chambre.

Cette fois, à la lumière du jour, j'ai tout le loisir de la détailler, jusqu'au cadre photo posé sur son bureau, qui attire soudain mon attention. Le cliché le représente, lui et ses co-équipiers. Tous portent le maillot de l'AS Roma Nova. En tant qu'attaquant, Samaël se trouve au premier rang, aux côtés de son cousin Arden.

Curieuse, je me tourne vers lui.

— Tu veux faire carrière dans le foot ?

Samaël s'approche, ses mains enfouies dans les poches de son bas de jogging gris qui, au passage, flatte sa virilité et sa musculature.

— Non, dit-il d'un ton plat, presque indifférent.

— Ah, non ?

— Tu as l'air étonnée.

— Bah, tu joues en deuxième division…

Il sourit, visiblement ravi par ma remarque.

— Tu t'en souviens.

— J'ai une bonne mémoire, dis-je avec un léger sourire.

Détendu, il hausse les épaules, avant de répondre.

— J'aime le foot, je suis doué, mais je ne suis pas aussi mordu que… Arden, par exemple.

Je le fixe du regard, intriguée, sans vraiment comprendre où il veut en venir.

— Alors, tu veux faire quoi ?

Il me lance un regard un peu plus sérieux.

— J'aimerais m'inscrire en fac de droit l'année prochaine.

Je le regarde, surprise, et une foule de questions traversent mon esprit.

— Le droit ?

— Ouais. Pourquoi ?

Je marque une pause, choquée par cette révélation.

— Moi aussi.

Si cette information concernant ses projets me prend de court, ce n'est pas le cas de Samaël quand je lui annonce les miens.

— Je sais, dit-il, pas vraiment surpris.

Je plisse les yeux, perplexe.

— Comment tu le sais ?

Il sourit malicieusement, comme s'il savourait une blague que lui seul comprend.

— En troisième, monsieur Van den Broeck nous avait demandé ce qu'on voulait faire plus tard. T'avais répondu « avocate ».

Je reste bouche bée quelques secondes, avant de bredouiller, stupéfaite :

— Et tu… t'en souviens ?

— Moi aussi, j'ai une bonne mémoire, Angeli.

Et là, c'est à mon tour de sourire, sans pouvoir m'en empêcher.

— Donc, on va se retrouver dans la même… université ?

— C'est le projet, ouais.

Sans me laisser le temps d'assimiler la portée de ces informations, il me tire doucement vers lui, dégage une mèche de cheveux de mon front, puis se penche près de mon oreille.

— T'as vraiment cru que tu allais te débarrasser de moi aussi facilement, Malena ? me susurre-t-il. Désolé, chérie, mais je suis bien trop accro.

À ces mots, il pose ses lèvres dans mon cou, juste là, dans le creux entre mon oreille et mon épaule, et se met à mordiller doucement ma chair. Un frisson de désir m'envahit et picote ma peau, si bien que je m'agrippe à ses biceps pour tenter de me stabiliser. Conscient de l'effet que produisent ses confessions sur moi, il poursuit.

— J'ai passé la nuit et la matinée à repenser à hier.

Incapable de rester indifférente plus longtemps, je décide d'assumer.

— Moi aussi, murmuré-je, à bout de souffle.

Je viens à peine de l'admettre que ses lèvres fondent sur les miennes pour un baiser torride, autoritaire et incendiaire. Je ne saurais dire qui de lui ou de moi y met le plus d'ardeur, mais après un moment à nous dévorer sans répit, je le pousse pour qu'il tombe assis au bord de son lit. Je me positionne entre ses cuisses écartées, et à aucun moment nos bouches ne se séparent. Avide, insatiable, j'agrippe sa nuque de mes doigts et me montre entreprenante avec lui, comme je ne l'ai jamais été.

Samaël semble apprécier, car il pousse un grognement qui se répercute jusque dans ma culotte.

Excitée par l'effet que je lui fais, je ne réfléchis pas et m'agenouille devant lui.

— Malena, panique-t-il en se relevant. Qu'est-ce que tu fous ?

Je renverse mon cou et plante mes yeux dans son regard noir exalté.

— À ton avis ?

Alors que je tente de baisser son jogging en agrippant l'élastique, il m'arrête et attrape fermement mon poignet.

— Si tu fais ça, je vais devenir fou.

— Merci pour l'avertissement, mais c'est justement le projet, Belmonte.

L'instant qui suit, je me dégage de sa prise et baisse franchement son bas de jogging, pour découvrir aussitôt qu'il ne porte pas de boxer en dessous. Son sexe long, épais et tendu surgit devant mon visage, et je ne perds pas une seconde pour enrouler ma main autour, et l'amener à ma bouche.

— Oh, putain de bordel, gémit Samaël.

Je ne reconnais pas sa voix tant elle est rauque et vulnérable.

Tout en le suçant avidement, je remonte son tee-shirt pour révéler ses abdominaux parfaits et délicieusement contractés.

— Putain, Malena, dit-il, le souffle court. C'est tellement bon.

Je creuse les joues et le prends plus profondément, tandis qu'il pose une main derrière ma tête pour accompagner mes mouvements.

— T'es faite pour ma queue, Angeli.

Après cette déclaration obscène, il remonte mon tee-shirt et dénude mes seins.

— Je vais éjaculer sur ta poitrine, d'accord, bébé ?

Je hoche la tête pour consentir, tout en suçotant son gland proéminent. Je le lèche sur toute sa longueur. Puis, de la pointe de ma langue, je suis la trace d'une veine épaisse qui serpente autour de son sexe. Sa peau est chaude, tendue et lisse. Alors que je m'apprête à le reprendre aussi loin que possible dans ma gorge, Samaël agrippe mes cheveux, m'écarte et répand son sperme dans mon décolleté en poussant un juron.

— C'est… c'était… incroyable, confesse-t-il, encore impressionné.

Et troublé.

Une fois remis de ses émotions, il me relève en saisissant ma gorge, puis m'embrasse brusquement.

— Maintenant, je veux que tu te mettes à poil et que tu t'assoies sur mon visage, Malena.

Je déglutis, les yeux ronds, persuadée d'avoir mal compris.

Mais lorsque Samaël se laisse tomber sur le lit en s'allongeant avec les mains croisées derrière la tête, l'air impatient et affamé, je n'en suis plus si certaine.

— Q… quoi ?

— Viens. Poser. Ton. Cul. Sur. Mon. Visage. Malena. Tout de suite.

Rouge d'embarras, mais aussi terriblement excitée, je retire mes vêtements et m'approche du lit. J'ai à peine le temps de poser un genou sur la literie que Samaël m'attrape par le bras et m'attire brusquement à lui. Aussitôt, je me retrouve les deux genoux enfoncés dans le matelas, et mes cuisses de part et d'autre de ses épaules. Mais il me retourne brusquement et me fait pencher en avant.

— Samaël ! paniqué-je en tournant la tête pour le regarder par-dessus mon épaule. Mais q… qu'est-ce que tu…

Il saisit mes fesses, les écarte et glisse sa langue de mon petit trou jusqu'à ma chatte.

— Oh, mon Dieu !

En appui sur ses jambes fermes et musclées, je tremble tandis qu'il me dévore par l'arrière.

— Baise mon visage, Malena.

Voyant que je ne bouge pas, trop déstabilisée par cette position qui m'expose entièrement, il prend les devants. Ses mains agrippent fermement mes hanches pour me guider. Elles me font monter et descendre sur sa langue tendue. Mon clitoris palpite de plus en plus fort à chaque contact avec sa langue experte. Après cinq tractions, où Samaël soulève mes fesses et les rabaisse sur son visage avec une détermination vorace, je jouis violemment.

Mais avant même que je n'aie le temps de reprendre mon souffle, il me pousse en avant, couvre mon corps du sien et murmure d'une voix rauque :

— T'es à moi, Malena. Rien qu'à moi.

À ces mots, il empoigne son érection et la glisse contre mes plis, humides de sa salive et de mon excitation, pour se lubrifier. Lentement, il fait glisser son gland entre mes fesses, en stimulant cette zone que je ne savais pas aussi érogène. Samaël m'aguiche avec sa queue déjà redevenue dure. Il me caresse et me provoque sans répit. Lorsqu'il feint de me pénétrer là où je suis encore vierge, l'idée ne me rebute pas.

— Pas encore. Trop tôt, murmure Samaël d'une voix grave, tendue et essoufflée, comme s'il se parlait à lui-même.

La déception qui m'envahit me laisse sans voix. Et elle doit être palpable, car Samaël ajoute aussitôt :

— Mais bientôt je prendrai ce cul, Malena. Sois-en sûre.

J'ai à peine le temps d'assimiler ses paroles qu'il fait coulisser son sexe plus bas. Il presse son gland contre mon entrée, et déjà, je gémis d'anticipation. Il n'est même pas encore en moi, et pourtant, je le sens partout, dans chaque minuscule partie de mon corps, jusque dans mes cellules. Samaël se retire, puis s'enfonce doucement, juste de quelques centimètres. Il répète cette manœuvre deux fois avant de me provoquer.

— C'est ça que tu veux, bébé ?

N'en pouvant plus de son petit jeu pervers, je tends le bras dans mon dos, enroule ma main autour de sa queue énorme et la glisse en moi. On gémit ensemble, comme deux bêtes sauvages. Le visage tourné au-dessus de mon épaule, je ne quitte pas Samaël des yeux. Ses pupilles sont plus dilatées que jamais, comme s'il était affamé depuis des jours, des semaines, et qu'il se nourrissait enfin. Ses yeux s'attardent partout sur moi, comme s'ils savouraient chaque détail de ce moment, et les imprimaient dans leur mémoire.

— Putain, tu me rends fou, Malena.

Ses coups de reins sont francs, profonds, et suivent un rythme implacable, qui m'arrache des gémissements aigus à chaque pénétration brutale.

— Tellement fou, répète-t-il.

Il enchaîne les va-et-vient, agrippe mes hanches pour accompagner ses assauts, et je jouis à nouveau.

# 20

## Samaël

Adossé à la tête de lit, je ne peux m'empêcher de contempler Malena, à deux doigts de me pincer pour m'assurer que je ne rêve pas. Je n'en reviens toujours pas qu'elle soit là, dans ma chambre, complètement nue et étendue sur mon lit, couchée sur le ventre. Ses fesses bandantes occupent tout mon champ de vision, tandis qu'elle fait défiler le catalogue Netflix sur l'écran plat.

Au bout d'un moment, elle tourne la tête vers moi, en s'appuyant sur ses avant-bras.

— Quoi ? me demande-t-elle en surprenant mon regard rêveur et absent vagabonder sur elle.

Sans détourner les yeux, décidé à assumer, je lâche sans réfléchir :

— T'es vraiment là ?

Elle lève les yeux au ciel, rougissant malgré elle, et c'est terriblement adorable. Lorsqu'elle réalise que son embarras est visible, elle attrape un oreiller et se cache en plaquant son visage contre.

Je me redresse, quitte la tête de lit, et je me penche pour écarter l'oreiller.

— Pourquoi tu te caches, Angeli ?

Butée, elle resserre sa prise sur l'oreiller en refusant de céder. Je lui laisse croire qu'elle a gagné, avant de le lui arracher brusquement. Elle tourne aussitôt la tête pour éviter mon regard, mais je saisis son menton et le tourne vers moi, un sourire taquin aux lèvres.

— Quoi, t'es gênée, Malena ? Pour si peu ?

— La ferme, marmonne-t-elle, sans cesser de rougir.

Lentement, un sourire naît sur mes lèvres, et attire l'attention de Malena. Délicatement, ses doigts se posent sur ma mâchoire, qu'elle caresse avant de poser ses lèvres sur les miennes.

*Bordel, ça me tue qu'elle ait autant envie de moi que moi d'elle.*

Sa langue chaude et douce glisse dans ma bouche, en initiant un baiser à la fois tendre et indécemment sensuel, qui me chamboule totalement.

Notre baiser s'approfondit, et tout autour de moi s'efface. Ses lèvres bougent contre les miennes avec une douceur enivrante, presque insoutenable. Malena explore ma bouche avec une assurance et une faim qui me foutent en vrac. Mes mains glissent sur ses hanches et suivent la courbe parfaite de son corps, qui semble modelé pour s'ajuster au mien.

Elle est partout, sur ma peau, dans ma tête, jusque dans mes putain de veines. Mon cœur cogne violemment contre ma cage thoracique, comme s'il cherchait à s'échapper pour aller se jeter à ses pieds.

*Tiens, cadeau.*

J'ai envie de lui dire ces mots que je retiens depuis des jours, des semaines, des années. C'est comme une urgence, un besoin irrépressible, vital.

Je n'en peux plus. Ça me consume.

Mes doigts trouvent leur chemin jusqu'à ses cheveux. Ils s'y agrippent doucement, et je l'éloigne juste assez pour que nos bouches se séparent. Ses yeux brun-vert un peu perdus cherchent les miens, avides de reprendre là où je nous ai arrêtés.

— Malena, dis-je d'une voix rauque.

Je sens son souffle s'accélérer, comme si elle pressentait la suite.

— Panique pas, d'accord ?

Vulnérable, elle hoche la tête en déglutissant.

Ma gorge se serre, et le poids invisible sur ma poitrine menace de m'écraser. Mais je refuse de me dégonfler. Elle doit savoir.

— Sam…

— Je suis amoureux de toi, la coupé-je d'un souffle.

Elle reste figée, ses lèvres légèrement écartées, ses yeux grands ouverts, comme si elle essayait de comprendre ce que je viens de dire.

— Depuis la troisième, précisé-je.

Le silence s'étire.

— Tu paniques ?

Elle secoue la tête pour nier, mais je la sens troublée. De façon déraisonnable. Alors je la rassure.

— Je n'attends rien de ta part en retour. Maintenant, respire, tu me fais peur.

Un petit rire nerveux s'échappe de sa gorge. Je la sens mal à l'aise. Elle détourne les yeux et, après un moment qui me semble une éternité, elle murmure :

— Je devrais y aller avant que tes parents rentrent.

— Ou tu peux rester et les rencontrer, proposé-je, très sérieux.

Malena me fusille du regard, comme si j'étais devenu complètement fou.

Ce que je suis, par sa faute.

— Ou tu restes et je te cache, tenté-je encore.

Je jette un coup d'œil vers la penderie.

— Il me semble que tu tiens dans ce placard.

Lorsque je fais allusion à cet épisode pas si lointain, mais qui me semble désormais à des années-lumière, ses joues retrouvent des couleurs et virent au rose.

— Très drôle, rétorque-t-elle, tout en commençant à se rhabiller.

Un peu désespéré, je tente une dernière carte pour la retenir.

— Ma mère cuisine super bien. Reste.

Elle renfile son jean en soupirant.

— Samaël…

— Malena, réponds-je d'un ton dur.

— C'est trop… rapide. On ne sait même pas ce qu'on est.

Je me lève, la rejoins, puis la tourne vers moi avant de prendre son joli visage entre mes mains.

— Je vais te le dire, moi, ce qu'on est. T'es la fille dont je suis fou amoureux depuis la troisième. Et maintenant, t'es ma meuf.

Elle ouvre la bouche pour protester, mais je poursuis.

— Je m'en fous que tu ne ressentes pas encore la même chose. Je serai patient. J'attendrai. Je resterai là jusqu'à ce que tes sentiments naissent.

Un silence s'installe, et même si elle ne dit rien tout de suite, je sais que ça viendra.

*Je vais même prier pour.*

— D… d'accord… Oui… Laisse-moi du temps… tout ça, c'est encore… nouveau pour moi. Avoir un petit ami, tout ça…

Je me pince les lèvres en retenant l'immense sourire qui menace de manger mon visage.

— Je suis ton premier mec, Angeli ?

Rougissante, un brin contrariée, elle crache :

— Ouais, tu comptes te moquer ?

Exaspéré, je secoue la tête en soupirant, puis je lui donne une pichenette sur le front.

— C'est fou ce que tu peux être limitée intellectuellement, Malena.

Elle ouvre la bouche, certainement pour m'envoyer une insulte à la figure, mais je la fais taire en saisissant sa mâchoire d'une main, et en pinçant ses joues roses de mes doigts.

— Je suis putain d'heureux de l'apprendre, espèce d'idiote. Maintenant, casse-toi si tu ne veux pas croiser mes parents. Mon père m'a dit qu'ils étaient sur le chemin du retour.

Sur ce, je l'embrasse furtivement avant de la relâcher.

— Enfoiré, c'est maintenant que tu le dis ! s'écrie-t-elle, en stress.

Puis elle se met à chercher partout pour mettre la main sur son tee-shirt. Je le trouve avant elle et, lorsqu'elle tente de me l'arracher brutalement des mains, je me laisse aller au chantage.

— Embrasse-moi d'abord.

Elle fronce les sourcils puis, avec une fausse mauvaise volonté, elle se hisse sur la pointe des pieds et s'exécute. Ses mains s'agrippent à mes cheveux, tandis que les miennes caressent vigoureusement ses fesses moulées dans son jean.

Alors que je tente de lui retirer son pantalon, elle m'arrête, essoufflée, en plaquant une main entre mes pectoraux.

— Stop. Faut que j'y aille. On se voit demain en cours.

J'inspire profondément.

— Ouais, d'accord. À demain.

Une seconde passe, durant laquelle nous nous dévisageons, nos regards embrasés rivés l'un à l'autre. Puis je la plaque doucement contre le mur à côté de la porte. Sa bouche est à quelques centimètres de la mienne. Sans attendre, trop accro, je plonge à nouveau vers elle. Malena réagit immédiatement. Ses bras se glissent autour de mon cou, puis elle se rapproche pour se frotter à l'érection qui déforme mon jogging.

— Samaël…, souffle-t-elle entre deux baisers, sa voix trahissant ses hésitations. Merde, faut vraiment que j'y aille.

— Va-t'en, alors.

À peine les mots se sont-ils échappés de ma gorge qu'elle initie un nouveau baiser. Un baiser qui dure jusqu'à notre arrivée sur le palier. Jusqu'à la première marche de l'escalier, puis la deuxième, la troisième, et toutes les autres.

Putain, je l'aime trop.

*Démesurément.*

# 21

## Samaël

Lorsque Bracco, le prof de sciences-éco, nous relâche dix minutes avant la fin du cours, je me dépêche de quitter la salle pour aller attendre devant celle de Malena, à l'autre bout du couloir. Nous n'avons pas choisi les mêmes options. Elle a préféré prendre latin.

Quand je l'ai su en début d'année, j'étais dégoûté d'avoir opté pour sciences-éco.

À travers le hublot de la porte, je la cherche des yeux et la repère rapidement au troisième rang. Elle est concentrée, et mordille le capuchon de son Bic quatre couleurs. Un sourire attendri étire mes lèvres, avant que mon attention ne soit attirée par la porte du bureau de la directrice, qui s'ouvre pour laisser sortir Pupella.

Qu'est-ce qu'elle foutait là-dedans avec Caldarera ?

Quand mon ex passe devant moi avec un sourire sournois, un mauvais pressentiment me serre l'estomac.

— Profite bien de tes derniers instants avec ta dealeuse. Elle finira bientôt comme sa mère, derrière les barreaux.

Saisi par ses propos, je la retiens en agrippant son coude avec force.

— Pourquoi tu dis ça ? Qu'est-ce que t'as fait ? sifflé-je entre mes dents.

En papillonnant des cils, elle pose son index contre sa bouche, l'air faussement innocente, et mes nerfs menacent de lâcher.

— Hum, j'ai peut-être suggéré à la directrice de fouiller les sacs des élèves de notre classe. Tu trouves pas que ça sent le chanvre, parfois ?

La sonnerie de l'intercours retentit, et Pupella en profite pour se dégager de ma prise et foutre le camp.

*Putain, la salope.*

Lorsque je me tourne vers la salle de Malena, elle est déjà vide.

*Merde, fait chier.*

Je la cherche des yeux en tendant le cou, et je la repère en train de marcher près de la fontaine à eau. Sans plus attendre, je me précipite vers elle et l'attrape sauvagement par le haut du bras pour l'entraîner à l'écart.

— Samaël ! s'exclame-t-elle, surprise. Merde, tu m'as foutu une de ces trouilles. Aïe, tu me fais mal, lâche-moi.

Trop nerveux et pressé par le temps pour parler, je me contente de lui retirer son sac à dos. Je l'ouvre d'un geste vif, et en extirpe un petit paquet enveloppé d'alu, que je fourre dans mon propre sac.

— Hé ! s'offusque-t-elle.

Je risque un œil vers notre directrice, qui ferme son bureau à clé, probablement en route pour gagner notre classe.

— Je te paie après le cours, promets-je en balançant la lanière de mon sac à dos sur mon épaule. Viens, on va être en retard.

Je serre la main de Malena dans la mienne, alors que mon cerveau tourne à plein régime. Elle se laisse entraîner, complètement médusée. Mais le temps nous fait défaut, et ce n'est pas le moment de tout lui expliquer.

En approchant de notre salle de classe, Caldarera, flanquée de Ciro Ranieri, l'un des gardiens de Rainaldi, fait une annonce derrière nous.

— Tout le monde en classe.

Malena lâche ma main et s'empresse d'aller s'installer à son banc. Je l'imite, tandis que des regards inquiets s'échangent comme des balles de ping-pong autour de moi. Les murmures et les chuchotements prennent fin lorsque la dirlo reprend la parole pour annoncer d'une voix autoritaire :

— Nous avons été avertis de la présence de substances illicites dans cette classe.

Aussitôt, je sens le regard de Malena se tourner vers moi. Je lui adresse un bref coup d'œil, essayant de paraître calme, mais mon cœur tambourine comme un forcené dans ma poitrine.

Les murmures s'amplifient, tandis que Pupella affiche un sourire à peine dissimulé, les bras croisés, l'air triomphant.

— Nous allons procéder à une fouille des sacs. Ceux qui n'ont rien à cacher n'ont rien à craindre, poursuit la directrice, avant de tourner légèrement la tête vers le gardien, en lui donnant un ordre qui se passe de mots.

Celui-ci s'avance, un grand sac en plastique à la main.

— Vous allez tous déposer vos sacs devant vous. Nous les vérifierons un à un.

À quelques mètres seulement, je sens le regard paniqué de Malena, mais je garde mon visage aussi impassible que possible.

— C'est quoi ces conneries, pourquoi on fouillerait nos sacs ? intervient Arden.

— Le règlement l'autorise, monsieur Scorsese, répond la directrice sans se démonter. Alors, je vous conseille de coopérer.

Lorsque Ranieri confisque un joint trouvé dans le sac à dos Louis Vuitton d'Arden, ce dernier rouspète.

— Fait chier, c'était mon dernier.

Caldarera le fusille du regard, avant de faire signe au gardien de poursuivre.

Après celui d'Arden, d'autres sacs sont ouverts et fouillés. Le gardien avance dans la rangée, et vérifie chaque sac avec une lenteur qui rend cette procédure interminable. Le silence dans la classe est oppressant. Assourdissant. Pas un bruit ne fend l'air, à part le tic-tac régulier de l'horloge, et le son des fermetures Éclair qui se dézippent, encore et encore.

Lorsque Ranieri atteint mon banc, je peux carrément sentir Malena tressaillir à distance. Elle s'inquiète pour rien, j'ai tout pris.

— Monsieur Belmonte, votre sac, me réclame Ranieri.

Avec un soupir, je pose mon sac sur la table, les yeux rivés sur le gardien qui l'ouvre d'un coup sec. Mon cœur bat si fort que j'ai l'impression que tout le monde peut l'entendre. Mes mains sont moites, mais je garde mon visage aussi impassible que possible. Sans surprise, Ciro Ranieri tombe sur le paquet enveloppé dans du papier d'aluminium. Instantanément, son regard se fait presque vicieux, alors qu'il extrait lentement l'objet de mon sac.

— Madame la directrice, annonce fièrement Ranieri en levant le paquet, comme s'il avait gagné le pompon à la fête foraine.

Caldarera s'avance. Ses talons claquent sur le sol.

— C'est donc vous, monsieur Belmonte, lâche-t-elle d'un ton glacial. Suivez-moi immédiatement. Nous allons nous entretenir dans mon bureau.

Alors que je recule ma chaise et me lève, Malena s'écrie d'une voix brisée.

— Mais… ce n'est pas lui ! Vous vous trompez ! Vous n'avez pas le droit de…

Je la coupe net d'un regard noir.

— Ferme-la, Malena, murmuré-je d'un ton bas et tranchant, assez fort mais pour qu'elle seule puisse l'entendre.

Elle reste figée, interdite, tandis que ses yeux brillent d'une angoisse que je déteste voir sur son visage.

— Samaël, répète la directrice avec impatience. Suivez-moi.

Assis dans le bureau fraîchement rénové de la directrice, je fais nerveusement vibrer mon genou en tapant du pied, le regard rivé sur la porte. L'entretien s'est résumé à un long sermon moralisateur, et une exclusion d'une semaine. Une chance. Si Malena s'était fait choper, elle aurait été exclue définitivement.

Quand la porte s'ouvre enfin, mon père entre en trombe. Il a la mâchoire serrée, le regard dur, et je sais déjà que je vais prendre cher. Il claque la porte plus fort que nécessaire, puis s'avance vers moi à grands pas, lourds et menaçants. Sans dire un mot, il lève la main, prêt à m'en coller une bonne. Je retiens mon souffle, mais son geste se fige à quelques centimètres de mon visage. Mon père laisse retomber sa main dans un soupir, les épaules tendues. Il ne m'a jamais frappé, et je sais qu'il ne le fera jamais. Pourtant, dans ce geste avorté, je sens toute la rage qu'il contient.

Et la déception.

Mon père est un homme imposant, bien qu'il ne me dépasse que de quelques malheureux centimètres. Les gens disent que je lui ressemble comme deux gouttes d'eau. Mais en cet instant, je suis à peu près certain que, même si j'y mettais toutes mes forces, je n'aurais jamais l'aura qu'il dégage. On dirait presque qu'il serait capable, d'un claquement de doigts, de tout réduire à néant. C'est à la fois stylé et terrifiant, je dois dire.

Je jette un coup d'œil vers la directrice. À voir son air déçu, je devine que cette vieille peau aurait adoré que je prenne cette gifle.

Quand mon père se retourne vers elle pour discuter de mon cas, je suis invité à prendre la porte.

Dans le couloir, j'attends, assis sur un banc, et je consulte mon téléphone. Deux messages de Malena m'attendent.

**Malena** :
[Pourquoi t'as fait ça ???]
[Dis la vérité à la directrice.]

Je n'ai pas le temps d'y répondre que mon père sort du bureau, et m'arrache l'appareil des mains pour le glisser dans la poche intérieure de son costard.

— Quoi ? Tu vas me confisquer mon tel comme si j'avais treize piges ? m'étranglé-je.

D'un geste vif, il me met une tape à l'arrière du crâne, sans pitié.

— La ferme, p'tit con. C'est moi qui décide, lâche-t-il d'un ton qui ne laisse pas place à la réplique.

Je ravale mes protestations en voyant la fureur briller dans ses yeux. Il est hors de lui, mais il continue de se contrôler.

— Bon sang, que tu fumes des joints de temps en temps, passe encore, dit-il, la voix vibrante d'une colère contenue. Mais que tu en vendes ? C'est quoi ton problème, Samaël ? À quoi tu joues ? T'es idiot ou quoi ?

Je m'attendais à cette réaction. Pourtant, l'entendre me reprocher des trucs que je n'ai pas faits – enfin, pas exactement comme il l'imagine – me pousse à me défendre.

— C'était pas à moi, avoué-je.

Un ricanement sec lui échappe, sans atteindre ses yeux, plus noirs encore que les miens.

— Tu vas pas me la faire, hein ? rétorque-t-il, la mâchoire toujours crispée. Tu crois que je suis né de la putain de dernière pluie, Samaël ?

— Non, OK, capitulé-je. Ouais, ça m'arrive de m'en griller un de temps en temps, mais la came, c'est pas la mienne.

À peine ai-je terminé ma phrase que mon daron me tape de nouveau à l'arrière du crâne. Pas trop fort, mais assez pour me faire comprendre qu'il est encore plus agacé par mes révélations.

— Tu ne pouvais pas le dire à la directrice ?

Redoutant sa réaction, je me risque quand même à dire :

— J'ai pas fait ça pour moi. J'ai fait ça pour quelqu'un d'autre. Pour la protéger.

Il reste figé un instant. Ses yeux se plissent, dans un mélange de confusion et d'incrédulité.

— Pour protéger qui ? demande-t-il lentement, comme s'il savait déjà qu'il n'allait pas aimer la réponse.

Je soupire, incapable de supporter plus longtemps son regard accusateur.

— Une fille, admets-je à contrecœur.

Mon père secoue la tête, l'air de se demander pourquoi diable il a enfanté un tel abruti.

— Une fille ? répète-t-il, sans y croire.

Nerveux, il passe une main sur son visage, et tente de bien comprendre ce que j'essaie de lui expliquer.

— Donc tu es en train de me dire que tu as fait ça pour une chatt…

Mes yeux se plissent sévèrement, et mon père s'interrompt brusquement. Ses mots s'éteignent dans sa gorge. Je sens ma rage monter tandis que je le regarde droit dans les yeux, prêt à exploser s'il prononce ce mot.

Parce que Malena est plus que ça.

Mon père finit par pousser un long soupir, l'air plus désabusé que jamais.

— T'es encore plus con que ce que je croyais, souffle-t-il, mais sa voix a perdu de sa dureté.

# 22

## Samaël

Ce qui est bien dans le fait d'être exclu pendant une semaine de Rainaldi, c'est que ça permet de faire ces choses qu'on remet toujours à plus tard, faute de temps et d'occasions. Genre, casser la gueule du beau-père de Malena.

Arrivé en bas de son immeuble déglingué, je me cache à l'ombre, à l'écart des bus et des passants. Mes muscles sont tendus, tandis que l'adrénaline pulse furieusement dans mes veines.

Je l'attends. Ce connard sortira forcément à un moment ou à un autre.

Je regarde rapidement ma Rolex. À cette heure-ci, Malena doit être en plein cours de philo. Je m'imagine ses yeux plissés par la concentration, son stylo entre les doigts pendant qu'elle en mordille distraitement le bout. Est-ce qu'elle pense à moi ? Est-ce qu'elle m'a envoyé d'autres SMS ?

Bon sang, je brûle d'impatience de les lire.

Lorsque la porte de l'immeuble s'ouvre sur son beau-père, clope au bec, je m'arrache à mes pensées. L'adrénaline jaillit plus fort, frénétique, et elle me submerge. Je remonte ma capuche et zippe mon sweat jusqu'en haut, de façon à dissimuler le bas de mon visage.

— Hé ! aboyé-je.

Lorsque je me plante face à lui, il n'a pas le temps de comprendre grand-chose car mon poing s'écrase sur sa mâchoire, et l'envoie vaciller en arrière. Il geint comme un bébé tandis que je l'attrape par le col, et le traîne violemment contre les portes de l'ascenseur en panne.

— Pour Malena, tu m'entends, sale fils de pute ? craché-je, mon visage à quelques centimètres du sien.

Son haleine qui empeste la bière m'indique qu'il est saoul, et il ne se souviendra certainement pas de cette altercation. Alors je tâche d'être mémorable en lui cassant une côte. Plein de hargne, je lui balance un coup de genou dans l'estomac, en même temps que je frappe son flanc avec mon poing à plusieurs reprises. Il s'effondre au sol, le souffle coupé, et je le tire sans ménagement jusque dans l'ascenseur en panne. Il est affalé, sa tête tellement baissée qu'on dirait qu'il n'a pas de cou. Je lui arrache ses clés avant de les enfoncer dans ma poche. Puis je tire sur les portes bloquées pour les refermer manuellement sur lui, et le bloquer à l'intérieur de la cabine.

La respiration haletante, je grimpe les marches deux à deux et insère la clé dans la serrure de l'appartement de Malena. À l'intérieur, tout est calme. Sa petite sœur doit être à l'école. Sans perdre de temps, je file vers sa chambre à l'étage. Son lit est défait, et quelques-unes de ses affaires sont éparpillées au sol, sur la moquette mauve, comme si Malena avait galéré à faire sa valise pour la semaine à Artemisia.

Quand je remarque Marcelino, son doudou, posé sur son oreiller, un sourire tordu se dessine sur mon visage. Elle l'a oublié ici toute la semaine.

Je l'attrape sans hésiter et le coince à la ceinture de mon bas de training, sous mon sweat, puis je me tourne vers son bureau. J'attrape un stylo et un bout de papier qui traîne, et d'une écriture rapide, je griffonne un message.

« Viens chez moi ce soir, j'ai besoin de te voir.
PS : J'ai pris Marcelino en otage. »

Je dépose le papier bien en évidence, avant de regarder l'heure affichée par l'horloge de sa chambre. *Merde, ma mère ne devrait pas tarder à rentrer à la maison, et je suis censé être privé de sortie.* Sans m'attarder davantage, je sors de la chambre de Malena.

# 23

## Malena

Je quitte le cours de philo avec un poids immense sur la poitrine, ce même poids que j'ai trimballé toute la semaine à Artemisia.

Chaque jour, chaque heure de cours, la culpabilité m'a rongée. Impossible de me concentrer sur quoi que ce soit d'autre que Samaël, et ce qu'il a fait pour me protéger. J'ai essayé de l'appeler, de lui envoyer des messages, mais son téléphone reste désespérément éteint. Ses parents ont dû le lui confisquer. J'ai entendu Arden dire que son oncle Louca l'avait privé de PlayStation.

— Hé, Angeli. On peut discuter ? m'interpelle Pupella dans mon dos.

Elle et moi, on n'a jamais échangé plus de deux mots. Je crois même que c'est la première fois qu'elle m'adresse directement la parole. Et vu les regards haineux qu'elle me lance chaque fois qu'on se croise, je doute qu'elle ait de bonnes intentions. Alors que je décide de l'ignorer, elle me rattrape, presque en courant.

— Ça concerne Samaël, dit-elle.

À peine essoufflée, elle se positionne face à moi et me barre le passage.

— Je vais aller droit au but, t'es d'accord, chérie ? me demande-t-elle en ajustant son sac Chanel Jumbo sur son épaule.

Son ton mielleux sonne faux, autant que son sourire radieux qui se veut inoffensif. Pressée de m'en débarrasser, je hoche la tête, et son visage change pour devenir plus froid qu'un bloc de marbre.

— Romps avec lui.

Mon cœur a un raté. Je n'ai pas le temps d'ouvrir la bouche pour l'envoyer paître qu'elle ajoute :

— Tu lui fais plus de mal que de bien. Et on sait toutes les deux que la came ne lui appartenait pas.

Clouée sur place, je bredouille :

— Je… Je ne vois pas de quoi tu parles.

Pupella esquisse un sourire satisfait, pas dupe.

— Au contraire, je crois que tu vois très bien ce que je veux dire.

Soudain, la réalité me frappe, évidente et écœurante.

— C'est toi qui as parlé à la directrice. T'es une vraie garce.

— Je préfère être une garce qu'une salope qui pique les mecs des autres, crache-t-elle.

Alors que je tente de l'écarter de mon chemin, elle me retient et me pousse violemment contre les casiers métalliques. Un cadenas s'enfonce dans mon dos et me fait grimacer.

— Sois honnête avec toi-même rien qu'une seconde, me dit-elle d'un ton venimeux. Tu sais que j'ai raison. Il n'avait jamais eu de souci avant toi. Tu le tires vers le bas. T'es nocive pour lui.

Elle s'approche, tel un prédateur affamé fondant sur sa proie, et me maintient contre les casiers en enfonçant ses faux ongles dans mes épaules. Pupella ne m'impressionne pas, et malgré sa taille – elle me dépasse d'une demi-tête – je suis quasiment sûre que je pourrais facilement la mettre à terre. Mais ses paroles agissent comme des impacts de balles du côté gauche de ma poitrine, et m'empêchent de riposter.

— Vous ne venez pas du même monde, et c'est injuste de vouloir l'arracher au sien, quand le tien ressemble à…

Elle laisse la fin de sa phrase en suspension, tandis que son regard dédaigneux me balaie comme si j'étais de la merde. Une fois encore, je voudrais lui tenir tête, lui dire qu'elle a tort. Mais les mots restent bloqués dans ma gorge parce qu'une part de moi commence à se demander si elle n'a pas raison.

— Si tu l'aimes un tant soit peu, conclut-elle en reculant d'un pas, tu devrais le laisser partir. Laisse-le trouver quelqu'un qui ne sera pas un poids pour lui.

La colère monte en moi, et je sors de mon mutisme. Je me force à ricaner pour sauver la face, et je lui balance d'un ton ironique :

— Et ce quelqu'un, je suppose que c'est toi ?

Son sourire se tord en une moue perfide.

— Tu comprends vite, c'est bien, me félicite-t-elle.

Je serre les dents, tentant de contenir la rage qui bouillonne en moi, tandis qu'elle s'approche de nouveau avec un regard plus dur, plus perçant, plus machiavélique encore.

— Si tu continues à t'accrocher à lui, Malena, je n'aurai pas d'autre choix que de ruiner ta petite vie déjà misérable.

Elle tapote son menton de son index de façon théâtrale puis songe à voix haute.

— Et pourquoi pas celle de ta petite sœur aussi, d'ailleurs ? Tu crois que la protection de l'enfance serait intéressée d'apprendre que ton beau-père est un putain d'alcoolique violent ?

Le souffle me manque, et mon cœur s'accélère, à deux doigts de lâcher.

— Comment… comment tu…, bredouillé-je d'une voix étranglée.

Son sourire s'élargit encore et me file la nausée.

— Comment je le sais ? suppose-t-elle, visiblement fière d'être une garce sans âme. Samaël s'est confié à Arden. Et tout le monde sait qu'Arden est incapable de garder un secret. Pas plus qu'il ne sait garder sa bite dans son pantalon, d'ailleurs.

Alors que je sens le sol se dérober sous mes pieds, elle reprend, faussement conciliante.

— Mais nous n'allons pas en arriver là, n'est-ce pas ? Enfin, tout dépend de toi, bien sûr.

Son ton doucereux est un supplice, aussi bien pour mes oreilles que pour mon estomac en vrac. À cet instant, je me sens comme Thésée face au Minotaure, dont notre prof de philo nous avait parlé en deuxième année : piégée dans un labyrinthe sans issue.

Du bout de son pouce, Pupella essuie une larme solitaire sur ma joue, puis elle frotte son doigt contre mon blazer d'un geste dédaigneux.

— Arrête de chialer, tu me ferais presque passer pour un monstre, Malena. Pourtant, celle qui vole les mecs des autres, c'est toi, pas moi.

Sur ces derniers mots crachés avec hargne, elle tourne les talons et disparaît au bout du couloir, tandis que l'écho de ses pas résonne encore dans l'air étouffant.

***

Lorsque j'arrive à l'appartement, encore nauséeuse des menaces proférées par Pupella, je sens que quelque chose cloche. Le silence est oppressant, trop lourd... jusqu'à ce qu'il soit rompu par des sanglots étouffés provenant du salon.

Alessia.

J'abandonne ma valise dans l'entrée et me précipite, le souffle court, vers ma petite sœur. Je la trouve recroquevillée par terre, ses petites mains serrées contre ses genoux, et des larmes silencieuses roulent sur ses joues. Ses larmes qui dévalent son visage sans retenue me rappellent celles que je me suis efforcée de retenir durant tout le trajet en bus.

Devant elle, Giovanni a le visage tuméfié. Il est affalé sur le sol, adossé au fauteuil. Il tend un bras flasque dans un geste maladroit, en murmurant d'une voix pâteuse :

— Bière.

Je suis presque déçue. L'idée qu'il soit mort ne m'aurait pas dérangée. Enfin, si ça n'entraînait pas un tas de conséquences pour nous, à commencer par Alessia.

— Alessia, murmuré-je d'une voix étranglée. Qu'est-ce qui s'est passé ?

Elle lève ses yeux terrorisés vers moi.

— Je sais pas, pleurniche-t-elle. Tu crois que c'est Salim et sa bande qui lui ont fait ça ?

Je secoue la tête pour nier.

Ils n'ont aucune raison de s'en prendre à Giovanni.

— Non, soufflé-je en m'agenouillant près d'elle, et en posant doucement une main sur son épaule pour la calmer. Je ne pense pas que ce soit eux.

— Comment tu peux en être si sûre ? s'énerve-t-elle, la voix tremblante.

*Parce que je crois savoir qui est le coupable.*

— Je vais appeler un médecin, d'accord ?

Elle hoche la tête en silence, les yeux rougis par les larmes, tandis que je me relève péniblement. Je m'éloigne de quelques pas et attrape mon téléphone dans ma poche. Je compose rapidement le numéro de notre médecin de famille, celui qu'on n'appelle jamais parce que Giovanni refuse toujours de payer. Quand je pense qu'il y a quelques mois à peine, Alessia avait attrapé une grippe carabinée, et qu'il avait refusé catégoriquement que j'appelle le docteur...

Si ça ne tenait qu'à moi, Giovanni resterait là, sur la moquette, à agoniser.

Lorsque je raccroche avec le docteur Mazzarelli, Alessia me remercie d'un sourire à travers ses larmes.

— Reste avec lui pendant que je monte ma valise à l'étage, lui dis-je, même si je me fous royalement de la santé de ce déchet.

Cela fait bien longtemps que j'ai cessé d'éprouver la moindre empathie pour lui. Précisément depuis que son restaurant miteux a fait faillite, et qu'il n'a rien trouvé de mieux que de tomber dans la dépendance à l'alcool.

J'ouvre la porte de ma chambre à la volée et, mécaniquement, mon regard balaie la pièce en quête de Marcelino, que je n'ai pas eu avec moi de toute la semaine à l'internat. C'était la première fois que je l'oubliais. Je me précipite vers le lit, tire les draps et les oreillers, et jette tout par terre. Où est-il ? Je le cherche frénétiquement sous le lit, sous des tas de fringues éparpillées, ici et là. Rien.

Mon souffle se fait court, mes mains tremblent. Il devrait être là.

C'est alors que je m'arrête, immobile, le cœur battant à tout rompre. Une odeur particulière flotte dans l'air, une odeur que je reconnaîtrais entre mille. Végétale, exactement comme celle du gel douche que Samaël utilise.

Je me redresse lentement, et mes yeux fouillent à nouveau la pièce. C'est là que je le vois, sur mon bureau, ce bout de papier plié en deux, posé bien en évidence. Je m'approche et le déplie, les doigts tremblotants. Le message est bref, mais chaque mot augmente ma tension artérielle.

« Viens chez moi ce soir, j'ai besoin de te voir.
PS : j'ai pris Marcelino en otage. »

Je chiffonne le papier dans ma main, alors que mon cœur bat à tout rompre. Samaël est bel et bien venu ici. Et le visage ensanglanté de mon beau-père n'est clairement pas le fruit d'une coïncidence.

Et si Pupella avait raison ? Et si je n'étais qu'un poids pour Samaël ? Une fille qui ne lui attirera toujours que des ennuis ?

Et puis, il y a Alessia et la menace qui plane sur elle. Hésitante, je fais les cent pas dans ma chambre, avant de sortir mon portable et d'appeler Jordane. Elle décroche à la quatrième sonnerie, un peu essoufflée.

— Allô ?

Un fond sonore confus me parvient : de la musique, des éclats de voix, et des verres qui s'entrechoquent.

— Salut, Jo, c'est Malena.

Je l'entends secouer un shaker.

— Je sais, banane, ton nom s'affiche, tu sais ? se moque-t-elle.

Son ton léger contraste avec mon état de panique.

— Malena ? insiste-t-elle face à mon silence. Tout va bien ?

Je prends une grande inspiration et lui demande :

— Euh… ouais… Au fait, c'est quand que tu pourras enfin avoir la garde d'Alessia ?

Rapidement, le bruit autour d'elle diminue à l'autre bout du fil, m'indiquant qu'elle est en train de s'isoler. J'entends une porte se refermer avec fracas, un klaxon, puis enfin, la voix de Jordane résonne à nouveau dans le combiné.

— Qu'est-ce qui se passe ? Un problème avec cet enfoiré de Giovanni ?

Elle n'a jamais pu l'appeler « Papa ». Pas une seule fois.

— Pas plus que d'habitude, soupiré-je avant de la presser. Mais… alors, c'est pour quand ?

J'entends le cliquetis caractéristique d'un briquet, puis l'inspiration de Jordane qui tire sur la cigarette qu'elle vient probablement d'allumer.

— Malena, tu sais bien que tant que je n'aurai pas terminé mes études et trouvé un boulot sérieux, le juge ne me la confiera jamais. Pourquoi tu me demandes ça ? Qu'est-ce qui se passe, bon sang ?

Je m'affale sur mon lit. Le plafond me paraît soudain peser des tonnes au-dessus de moi. Je me concentre sur les petites étoiles phosphorescentes qui sont collées dessus et, après une longue inspiration, je lui raconte tout : le chantage de Pupella et ses menaces. Mais j'évite soigneusement de lui dire que je vends du shit et de la weed pour être en mesure de remplir le frigo.

Merde, Jordane rappliquerait illico pour me tuer à mains nues si elle l'apprenait.

— Attends, cette garce te fait chanter parce que tu sors avec son ex ?

— Ouais, soupiré-je.

— Et ce mec, il en vaut vraiment la peine ?

Oui, il en vaut la peine, mais… pas au prix du bonheur d'Alessia. Je ferme les yeux, ravagée par un torrent d'incertitudes. Puis je les ouvre à nouveau en soufflant, la gorge nouée.

— Non.

— Alors, fais ce qu'elle te dit.

Je me redresse d'un coup, un peu sonnée. Sa réponse est légitime, n'empêche qu'elle me fait du mal. Et Jordane doit le sentir à travers mon silence, parce qu'elle reprend aussitôt, d'une voix plus grave et plus ferme encore.

— Écoute, si cette petite conne met ses menaces à exécution, Alessia pourrait finir placée. Et même si Giovanni est un ivrogne incapable, je ne suis pas sûre qu'un foyer ou une famille adoptive soit une meilleure option pour elle. Merde, ça la bouleverserait complètement, et après ça, reprendre sa garde, même si j'obtiens un CDI après mon master, ça deviendrait quasi impossible.

Cette sensation que la situation m'échappe, qu'elle glisse entre mes doigts comme du sable, c'est insupportable.

— Malena, je sais que c'est injuste envers toi. Mais Alessia n'a personne d'autre. Giovanni ne la protégera pas, et moi, je ne suis pas encore en mesure de la défendre. Il n'y a que toi qui peux le faire pour l'instant.

Le silence s'installe, lourd et étouffant, avant d'être interrompu par une voix lointaine à l'autre bout du fil.

— Jordane, on a des clients, bordel ! Ramène tes fesses.

C'est sûrement son manager, Brando, le connard sexiste qui dirige le bar chic où elle bosse pour payer ses études. Jordane le déteste.

— Faut que j'y aille, lâche-t-elle. On se rappelle vite. Et… s'il te plaît, prends la bonne décision, ma puce.

Elle raccroche et je reste un instant sans bouger, le téléphone encore serré dans ma main tremblante. Alors que je songe au fait que je vais devoir rompre avec Samaël, j'ai un haut-le-cœur que je réprime en entendant la porte grincer doucement. Alessia passe la tête dans l'entrebâillement, et ses grands yeux inquiets sont rivés sur moi.

— C'était Jo ? demande-t-elle.

Je hoche la tête, et lui offre un sourire rassurant, un de ceux que j'ai appris à maîtriser. Un de ceux que je lui adresse lorsque son père met la cuisine sens dessus dessous parce qu'il ne reste plus une seule bière dans le frigo, et que je suis obligée de ranger derrière lui. Un de ceux que je lui offre quand je ramasse les débris de verre après que Giovanni a explosé sa chope contre le mur, furieux contre l'arbitre pendant un fichu match de foot.

— Ouais, c'était Jo. Elle voulait prendre de mes nouvelles, mens-je.

— Tu lui a dit pour Papa ?

Je secoue la tête. Merde.

— Non, je ne voulais pas l'inquiéter. Tu sais bien qu'elle bosse comme une dingue entre ses études et son job de serveuse.

Alessia hoche la tête, et ses petites mains s'accrochent nerveusement aux manches de son pull, encore humides de ses larmes épongées.

— Le médecin est en bas. Il est en train d'ausculter Papa, lâche-t-elle d'une petite voix. Il m'a demandé si on avait l'argent pour le payer.

Je retiens un soupir, puis soulève le matelas sous lequel j'ai planqué une enveloppe avec le peu d'argent que j'ai réussi à mettre de côté. J'en sors quelques billets, juste assez pour couvrir les frais, et les tends à Alessia.

— Tiens, va lui donner ça. Ça devrait suffire.

Alessia prend l'argent, et son regard s'attarde un instant sur les billets, puis sur moi. Je devine qu'elle a envie de me poser des questions, mais elle se contente de murmurer :

— Merci, Malena.

Je lui adresse un sourire rassurant, que je m'efforce de rendre convaincant.

— T'inquiète pas, tout va s'arranger. Je gère, d'accord ?

Je lui ébouriffe affectueusement les cheveux, puis lui demande de retourner en bas, près du docteur. Et dès qu'elle est partie, je me laisse retomber sur mon lit.

Merde, j'ai menti, je ne gère absolument rien.

Je reste un moment immobile, la tête enfouie entre mes mains, essayant de reprendre mes esprits. Quand je la relève enfin, la première chose qui attire mon regard, c'est le Post-it laissé par Samaël, chiffonné sur le bord de mon bureau.

Il faut que je le voie.

Sans cogiter davantage, je me lève d'un bond, et descends au rez-de-chaussée.

Je prends les clés de mon scooter pendues au crochet près de la porte d'entrée, et je sors discrètement de l'appartement pour descendre au sous-sol. C'est là que se trouve mon scooter, caché dans le local poubelles, derrière les vieux lave-vaisselle rouillés abandonnés. Personne ne pense à regarder ici, ce qui fait de cet endroit miteux la planque parfaite.

Sur la route, le vent frais de la fin de journée fouette mon visage, tandis que je songe à ce que je m'apprête à faire.

Quand j'arrive devant chez Samaël, son immense baraque me paraît toujours plus impressionnante que la fois précédente.

« Vous ne venez pas du même monde ». Les paroles de Pupella résonnent dans ma tête, et leur véracité fait toujours aussi mal à entendre.

Je fais vrombir le moteur de mon scooter pour lui signaler ma présence, puis je coupe le contact. J'ai à peine le temps de descendre de la selle qu'il débarque, torse nu et en short de sport, le regard dur et déterminé. Et douloureusement beau. Non, déraisonnablement beau.

— Putain, tu m'as manqué.

Après cet aveu, il m'attire contre lui, et ses bras puissants m'enveloppent avant que je ne puisse protester. Ses lèvres s'écrasent contre les miennes avec une urgence qui me désarme… et me consume. Je mentirais si je disais que je n'avais pas pensé à lui toute la semaine, que je ne l'avais pas imaginé me serrer à nouveau comme ça. Mais j'ai aussi passé la semaine à lui en vouloir à mort.

Alors qu'il saisit ma nuque pour approfondir notre baiser, je le repousse de mes deux mains contre ses pectoraux. Il se laisse étonnement faire, tout en posant un regard furieux et avide sur moi.

— Bon sang, Samaël. T'as pas idée à quel point je t'en veux.

Et là, il ose. Cet insolent ose sourire. Un sourire en coin qui dévoile son unique fossette foutrement sexy.

— T'inquiète, meuf, je vais te la rendre, ta peluche déglinguée, me taquine-t-il, en se penchant pour pincer ma joue, comme si tout ça n'était qu'un jeu pour lui.

— Merde, Samaël, grogné-je en chassant sa main. Je ne parle pas de ça. Je parle de ce que t'as fait ! De ton exclusion ! Qu'est-ce qui t'a pris, sérieux ?

Son sourire s'efface lentement, remplacé par une expression plus sombre. Il croise les bras sur son torse, l'air aussi furieux que moi tout à coup.

— Qu'est-ce que j'étais censé faire d'autre ? rétorque-t-il sèchement. Tu te serais fait virer. Pas juste une exclusion d'une semaine, et tu le sais.

Je le regarde fixement, les poings serrés, hors de moi. Parce qu'il n'a pas tort, et parce qu'au fond, ça ne change rien à ce merdier.

— Mais t'es innocent, putain ! Je… Je vais tout avouer à la directrice lundi. C'est moi qui aurais dû…

Il me coupe aussitôt. Son regard dur s'assombrit comme s'il abritait les cinq rivières des Enfers.

— T'as pas intérêt à faire ça, Malena, gronde-t-il. Tu crois que ça résoudrait quoi ? Tu crois que ça va effacer ce qui s'est passé ?

— Rien à foutre ! hurlé-je presque.

Je crie parce que la situation me dépasse. Je crie parce que je suis venue pour rompre. Mais je crie surtout parce que je hais Pupella, Giovanni, et même Jordane qui n'a aucune solution à m'apporter. Je tente de le contourner pour me diriger vers sa porte d'entrée, mais il est plus rapide. Son bras s'enroule autour de ma taille et me ramène contre lui. Mon dos heurte son torse avec force, et je sens la chaleur de son corps, ainsi que son souffle court qui vient effleurer ma nuque.

— Où tu vas comme ça ? me murmure-t-il, une pointe de menace dans la voix.

— Leur dire la vérité… à tes parents.

— Te fatigue pas, ils sont déjà au courant, me répond-il sèchement.

Je m'immobilise, la gorge nouée. Je me dégage mollement de son étreinte en le fixant avec des yeux écarquillés.

— Qu… quoi ? balbutié-je.

— Je leur ai tout expliqué, lâche-t-il dans un souffle, tandis que son regard se fait plus grave. Ils savent tout.

Je reste figée tandis que le silence s'étire entre nous. Mon esprit se vide, paralysé par l'idée que ses parents sont au courant de tout ce qui s'est passé. Mes mains tremblent, et une vague de culpabilité me submerge. Ils doivent tellement me détester. Moi, la fille à problèmes. La dealeuse. La fille qui entraîne Samaël dans des histoires louches, et qui met en péril son avenir. Mon cœur cogne si fort que j'ai l'impression qu'il va éclater.

Je baisse la tête, submergée par ce sentiment soudain d'être à la fois minuscule et insignifiante, mais aussi terriblement encombrante. Les mots m'échappent, sans que je puisse les retenir.

— C'est pas possible nous deux, chuchoté-je.

— Qu'est-ce que tu dis ? siffle Samaël d'une voix tranchante.

Je tente de respirer, mais c'est difficile lorsque ma gorge me donne l'impression d'être prise dans un étau.

— C'est voué à l'échec, insisté-je, sans avoir le courage de le regarder dans les yeux.

— Joue pas à ça, Malena, m'avise-t-il.

— Je ne joue pas, me défends-je d'une voix plus forte, mais brisée.

— Alors arrête de dire des putain de conneries.

Il s'approche et essaie de m'attirer contre lui, mais je le repousse, de toutes mes forces cette fois.

— Je suis sérieuse, Samaël.

Je lève le menton et affronte son regard noir. Ce regard habituellement impassible laisse entrevoir deux émotions parfaitement claires : la déception et l'amertume.

— Tu me quittes ? souffle-t-il, comme s'il avait besoin de prononcer ces mots pour y croire. Pour quelle putain de raison ? Si t'en as une, au moins ?

Comme je ne peux pas lui révéler la vraie raison, je choisis de feindre l'indifférence, celle que j'ai si souvent affichée avec lui.

— Je ne te quitte pas, puisqu'on n'est pas ensemble.

Son visage se fige un instant, avant qu'il ne serre la mâchoire. Ses yeux brillent d'une lueur vindicative.

— Et qu'est-ce qu'on est alors, hein, Malena ? crache-t-il, alors que ses mots déchirent l'air entre nous.

Le silence tombe comme une chape de plomb. Je ne trouve pas les mots. J'ai envie de hurler à m'éteindre la voix, ou de m'enfuir, mais je ne parviens pas à bouger.

— J'suis quoi pour toi, hein ? continue-t-il, ses yeux rivés aux miens, brûlants de frustration et de douleur. Ta pute ? Le mec qui était juste là pour te dépuceler ?

— Arrête…, murmuré-je, la gorge nouée.

— Toi, arrête, répond-il à bout de souffle. Je t'aime, Malena. Alors s'il te plaît, arrête de me rendre plus fou que je ne le suis déjà.

Son aveu me cloue sur place. L'air autour de nous semble s'épaissir, et le poids de ses mots s'écrase sur moi avec une force que je n'étais pas prête à affronter. Alors je baisse les yeux. Mon regard glisse sur son torse nu, puis sur ses mains tremblantes. C'est là que je les vois, ses articulations éclatées.

C'était bien lui.

— Je te quitte parce que j'en ai marre de te voir mener mes combats à ma place, lâché-je, tandis que les mots me brûlent la langue.

Samaël fronce les sourcils, et son regard devient plus acéré, plus douloureux aussi.

— Q… quoi ? murmure-t-il, presque incrédule.

Je détourne les yeux, incapable de supporter la souffrance que je vois grandir dans ses prunelles.

— J'ai jamais eu besoin de personne pour me défendre, Samaël. Et c'est pas près d'arriver.

Les mots sortent durement, froidement. Pourtant ils me tuent à l'intérieur, ils m'écorchent la langue. Parce que ce n'est pas la vérité, parce que je l'aime, moi aussi. Mais j'aime aussi Alessia, et je refuse que mon bonheur entraîne son malheur.

— Très bien, je le ferai plus, dit-il d'une voix cassée et implorante.

Méconnaissable.

Ce ton suppliant chez lui réduit mon cœur en miettes. Samaël est fort, sûr de lui et arrogant. Et le voilà, devant moi, plus vulnérable que jamais. Je ferme brièvement les yeux, mais derrière mes paupières qui retiennent mes larmes, la douleur n'est pas plus supportable.

— Malena, insiste-t-il.

D'un geste brusque, il s'essuie les yeux avec l'avant-bras, et à travers mes propres larmes, je réalise qu'il pleure.

— Tu mérites mieux, dis-je en détournant le regard.

# 24

## Samaël

100 *Messaggi* de Lazza vibre dans les enceintes du bar à chicha dans lequel on m'a traîné. Les lumières stroboscopiques créent des éclats éphémères sur les visages flous des gens, qui vont et viennent autour du salon privé que je partage avec Arden, Lolita et d'autres gens dont je me fous royalement. Affalé sur la banquette capitonnée, un joint consumé presque jusqu'au mégot coincé entre les doigts, je ne pense qu'à Malena.

Je tire une dernière taffe, les yeux fermés un instant, essayant de la chasser de mon esprit. Ça fait presque un mois que j'essaye de la faire disparaître. Des jours que je me mens, que je me convaincs que je peux l'oublier. Mais la putain de vérité, c'est que même après trois grammes de beuh, elle est toujours là.

Je sors mon téléphone, et l'écran m'aveugle quelques secondes. Le fil de nos anciens messages est toujours là, figé dans le temps. J'ai déjà craqué une dizaine de fois en lui envoyant des textos qui sont tous, sans exception, restés sans réponse.

Parce que ouais, je suis devenu ce genre de pauvre type.

Mes doigts tapent presque d'eux-mêmes.

[On peut se voir ?]

J'hésite une seconde, mais je finis par appuyer sur « envoyer ». Le message reste là, suspendu, avec ce petit cercle qui tourne, encore et encore. Puis l'écran affiche : Message non envoyé.

Je fronce les sourcils, et mes mains agrippent mon téléphone plus fermement. Je réessaie, et c'est la même chose. Le même foutu échec.

*Putain, elle m'a bloqué. J'ai le démon.*

Un mélange de rage et de frustration me monte à la gorge, et je jette mon téléphone sur la table basse, renversant une bouteille de Grey Goose de trois litres par terre. Ninna Roccelli rouspète parce qu'elle en a reçu sur ses chaussures Rene Caovilla en édition limitée.

Comme si j'en avais quelque chose à battre.

Et comme si ma putain de soirée ne pouvait pas être plus merdique encore, voilà que Pupella débarque. Elle se laisse tomber à côté de moi sur la banquette, avec son écœurant parfum à la rose.

— Ça va ? me demande-t-elle en me caressant la joue avec cette familiarité qui me file la gerbe.

Je la repousse d'un geste lent, engourdi par tout le THC qui circule dans mes veines.

— Casse-toi, grogné-je.

Mais elle insiste, comme toujours.

— Je sais que tu m'en veux, mais j'ai fait ça pour ton bien, tu sais, ajoute-t-elle avec ce sourire hypocrite qui me donne envie de la gifler.

Je bascule la tête en arrière, en tirant désespérément sur mon joint éteint. *Putain.* C'était mon dernier.

— Ce qu'elle faisait était dangereux, insiste-t-elle. Quelqu'un aurait très bien pu faire une overdose, un jour ou l'autre, par sa faute.

*Mais quelle grosse conne, je rêve.*

— T'as déjà vu quelqu'un faire une overdose à cause du cannabis, toi ? sifflé-je entre mes dents.

— Ouais, bref. Écoute, je suis prête à te reprendre. Je peux oublier ce petit égarement avec Malena et…

Je serre les dents. La dernière chose que je veux, c'est l'entendre prononcer son nom. C'est comme un poison dans mes oreilles.

— Pitié, que quelqu'un lui fasse fermer sa gueule, soufflé-je en fixant le plafond, priant pour que cette mascarade prenne fin.

Pupella, vexée, se lève d'un bond. Et bien sûr, cette garce ne peut pas s'empêcher de faire un scandale devant tout le monde.

— C'est pas parce que Malena t'a quitté comme une merde que tu dois tous nous faire chier ! hurle-t-elle pour que tout le carré VIP l'entende.

Je la dévisage un instant en me demandant comment j'ai pu la supporter tout ce temps. Puis je me lève brusquement, et je me casse.

Dehors, le vent de la nuit est mordant. Je m'engouffre dans le premier taxi garé devant l'entrée, et j'aboie :

— 40 Via Fabriano, San Basilio.

Le chauffeur me jette un coup d'œil désapprobateur dans le rétroviseur, avant de lancer le compteur et de démarrer.

***

# Malena

Je suis réveillée par des voix étouffées provenant de l'extérieur. L'écho léger résonne entre les murs de ma chambre, et rompt le calme de la nuit.

— Dis-lui de venir, entends-je à travers la fenêtre à peine entrebâillée.

Mon cœur s'emballe immédiatement quand je reconnais la voix de Samaël.

Je rejette ma couette d'un mouvement brusque. Mon corps est crispé, à l'affût. Je tends l'oreille, et cesse carrément de respirer pour entendre la suite.

— Mais elle dort, j'te dis ! proteste Alessia.

Sa voix légèrement agacée m'indique que cette conversation dure depuis un moment déjà.

— Réveille-la, alors, insiste Samaël.

Je l'imagine bien, avec cet air arrogant qu'il arbore quand il veut absolument obtenir quelque chose.

— Ça se voit que c'est pas toi qui vas en subir les conséquences, marmonne ma sœur.

— Demain, je te fais livrer deux tonnes de donuts, tente de l'amadouer Samaël.

— J'te crois pas.

— Vous êtes vraiment casse-couilles dans cette famille, lâche-t-il avec exaspération.

Un petit rire nerveux me chatouille la gorge, mais je l'étouffe rapidement.

— Hé ! Ça fait mal ! s'écrie Samaël, et je devine qu'Alessia vient de lui jeter quelque chose, probablement une pince à linge qui devait traîner sur le balcon.

Le silence retombe un instant, puis la voix de ma sœur reprend pour poser une question, qui me fait l'effet d'une lame glacée plantée en plein cœur.

— T'es amoureux d'elle, pas vrai ? s'enthousiasme-t-elle.

Je retiens mon souffle. *Ne dis rien, Samaël. Pitié, ne dis rien.*

— Comme un fou, putain.

Boum-Boum. Boum-Boum.

Mon cœur s'emballe et sa déclaration résonne jusque dans mes veines. C'est l'effet que ça me fait à chaque fois qu'il l'admet, sans réserve, comme s'il ne comptait pas lutter contre cette vérité. Jamais.

Puis soudain, sa voix déchire le silence pesant de la nuit dans un cri désespéré.

— Malena !!!

Je sursaute si violemment que je me cogne l'arrière du crâne contre le bois de ma tête de lit. Bon sang, il va finir par réveiller Giovanni.

Ou pire, tout le quartier.

Mes jambes flageolent tandis que je me précipite vers la fenêtre. Les rideaux volent quand je l'ouvre d'un geste brusque. Je me penche, et dès que Samaël m'aperçoit, un sourire éclatant s'étire sur son visage. On dirait qu'il a bu ou trop fumé. Ou les deux. Triomphant, il agite quelque chose en l'air.

Marcelino.

Je plisse les yeux. *Quel salaud.*

— Viens le chercher, me défie-t-il.

Même si j'en meurs d'envie, je secoue la tête avec un air las.

— Va-t'en, Samaël.

Mais il ne bouge pas d'un pouce.

— Je ne partirai pas, rétorque-t-il, son regard déterminé planté dans le mien.

— Très bien, passe une bonne nuit dehors alors, lâché-je en refermant la fenêtre.

Mais avant que la vitre ne claque, j'entends son rire amer, suivi du bruit de sa salive pulvérisée au sol.

— T'as toujours fait que ça, de toute façon, crie-t-il, la voix pleine de rancœur. Me rejeter. Au Gala delle Stelle, aujourd'hui… demain… Rien ne change.

***

Ces mots qu'il m'a crachés avec hargne quelques jours plus tôt ne cessent de me torturer l'esprit depuis. Ils tournent en boucle dans ma tête, se logent dans chaque recoin de mes pensées, comme un poison que je ne parviens pas à purger. *Quel culot, putain.* Je ne devrais même pas être étonnée par ses reproches. Évidemment que dans son monde, les autres sont systématiquement les responsables de ses propres erreurs.

Tout simplement parce que Samaël est un privilégié, incapable de se voir autrement qu'en victime.

Une semaine a passé depuis sa visite nocturne en bas de chez moi, et c'est le silence radio. Belmonte agit comme si je n'existais plus. Une part de moi espérait qu'il se battrait un peu plus. Mais peut-être que ça ne comptait pas tant que ça, finalement. Je ferais mieux de voir le bon côté des choses : ça va me faciliter la tâche pour renoncer à lui, surtout avec Alessia et la menace qui plane sur elle.

Alors que Sœur Scamarcio note les cinq rivières des Enfers au tableau, je me dis que boire l'eau du Léthé résoudrait pas mal de mes soucis, à commencer par effacer Samaël de ma mémoire. J'ai bloqué son numéro parce que c'est plus prudent que de prendre le risque de craquer et de lui écrire, mais je n'ai pas encore réussi à me désabonner de son compte Instagram. Compte Instagram où il n'a jamais été aussi actif. Samaël multiplie les stories, chacune plus ostentatoire que la précédente. La pire, c'est celle qu'il a repostée hier depuis le compte d'Arden, où il est torse nu et en sueur à son entraînement de foot.

J'ai eu l'impression qu'elle m'était destinée, comme une provocation silencieuse du genre « Regarde ce que t'as perdu, Malena ». Mais constater à quel point Mère Nature a gâté Samaël Belmonte n'est pas le plus dur à encaisser. Non, le plus difficile, c'est de voir à quel point il a vite tourné la page. Il est déjà retourné dans les bras de Pupella, comme si tout ce qui s'était passé entre nous n'avait ni compté, ni existé.

Est-ce que je n'étais qu'un passe-temps ? Une distraction avant qu'il ne se remette avec son ex pour reformer leur petit couple parfait, tellement *instagrammable* ?

Au fond, Samaël a peut-être raison. Au Gala delle Stelle, aujourd'hui, demain, rien ne change.

# 25

## Malena

***Trois ans plus tôt.***

Le corps frémissant, je m'efforce de me concentrer sur les paroles de *Shout,* de Tears For Fears, qui résonnent dans mes écouteurs. J'essaie désespérément de ne pas regarder dans la direction de Samaël Belmonte, qui avance pourtant vers moi d'un pas assuré. Mais quand il appuie son épaule contre le casier à côté du mien, mon corps est dans un tel état d'ébullition qu'un Post-it sur mon front indiquant « tu me fais de l'effet » serait parfaitement inutile.

D'un geste délicat, il me retire mes écouteurs. Ce n'est pas la première fois qu'il fait ça, et réaliser que c'est devenu une habitude rend ma nuque toute moite.

— Le Gala delle Stelle a lieu le mois prochain, me dit-il simplement.

Je hausse un sourcil.

— Et ?

— J'aimerais beaucoup être ton cavalier.

Le Gala delle Stelle est un événement traditionnel et pompeux célébré depuis des générations. Il est habituellement organisé dans les palais historiques des familles les plus influentes de Rome. On raconte que cette année, le gala a lieu chez les

Barberini. Ce rite de passage se déroule en troisième année de secondaire, une période qui marque symboliquement l'entrée des jeunes filles dans le monde adulte.

Lors de cette soirée prestigieuse, parées de robes élégantes hors de prix, ces jeunes filles sont présentées à la haute société pour la première fois. La soirée débute par un dîner étoilé, suivi d'un bal, où chaque jeune fille est accompagnée d'un cavalier choisi par sa famille. Selon la tradition, bien que ce soit archaïque, les couples formés lors de cette soirée sont souvent destinés à s'unir à l'église.

*Des conneries de bourges conservateurs.*

Un sourire amusé forcé apparaît sur mes lèvres.

— T'es conscient qu'on ne va pas se marier, Belmonte ?

Alors que je referme mon casier après avoir récupéré mon manuel de chimie, il se redresse et incline légèrement la tête, avec cet air pincé qui le rend irrésistible.

— Ce serait si terrible ? demande-t-il.

— Ce serait ennuyeux, le corrigé-je en plaquant mon livre contre ma poitrine. Tu connais déjà toute ma vie. Mes chansons préférées, ma boisson préférée…

Samaël esquisse un sourire en coin, et ses yeux marron foncé débordent de malice.

— C'est faux. Je ne connais pas encore ton plat favori, ton film préféré, ton chiffre porte-bonheur, ta position du Kamasutra préférée…

Je lève les yeux au ciel, feignant l'indifférence, mais son regard insistant me trouble. Et bien plus que je ne veux l'admettre.

— Charmant, commenté-je en avançant vers la salle de classe.

Il me suit sans hésitation.

— Notre *enemies-to-lovers* va encore durer longtemps, Malena Angeli ? soupire-t-il derrière moi.

— Tu…

En parlant, je me retourne brusquement pour lui faire face, et nos corps se frôlent presque. Je plonge mon regard dans le sien, et il me déstabilise à tel point que j'en oublie ce que j'allais dire. Je déglutis et reprends.

— … tu parles trop. T'as déjà pensé à porter une muselière ?

— C'est un fantasme ?

— Q… quoi ? N… non ! Enfin, je…

Son sourire s'élargit à mesure que je bredouille, sans parvenir à formuler quoi que ce soit de compréhensible.

— Pfff ! Oublie.

Je me détourne et reprends mon chemin en direction de ma classe.

— Réfléchis-y, Malena, lance-t-il dans mon dos. Je serai au gala. Si tu cherches un bon parti, tu sais où me trouver.

Je lève les yeux au ciel et m'autorise un sourire, soulagée qu'il ne puisse pas le voir.

***

## Samaël

Le Gala delle Stelle se tient chez Pupella cette année, dans leur immense manoir sur les hauteurs de Rome. Je regarde l'heure sur mon téléphone. Malena devrait être là depuis au moins une demi-heure. J'aurais préféré aller la chercher moi-même ou lui envoyer une voiture, mais elle a refusé catégoriquement. J'imagine que son connard de beau-père doit y être pour quelque chose.

Alors que je jette un œil autour de moi, je remarque que tous les couples sont formés, et moi j'attends désespérément que Malena daigne se pointer. Je tente de la joindre mais son téléphone est coupé.

Je range mon portable dans ma poche quand je sens une main se poser sur mon épaule. Je me tourne et découvre Arden.

— Elle t'a posé un lapin ou quoi ? ricane-t-il en me frappant la poitrine comme un bourrin.

Je réajuste machinalement le col de ma chemise, tentant de masquer le nœud qui commence à se former dans mon estomac.

— Nan, elle va venir, dis-je avec une assurance feinte.

Franchement, j'espère. J'espère que j'ai pas fait tous ces putain d'efforts pour rien : le smoking impeccablement coupé, ces foutus boutons de manchette Boucheron en or massif, hérités de mon grand-père, ancien maire respecté de la ville. J'ai même mis du gel et du parfum. Tout ça pour qu'elle me plante ici, comme un con, dans le dernier événement où j'aurais pensé me trouver un jour ?

Une heure et demie s'écoule, et pourtant, je continue de regarder frénétiquement vers la porte d'entrée, espérant voir sa silhouette apparaître. Mais rien.

— Elle ne viendra pas, lance une voix derrière moi.

Je me retourne et découvre Pupella près de l'orchestre. Elle est débarrassée de son cavalier, Enzo Santoro, qui traîne désormais seul comme un bâtard dans une campagne en Sicile.

— Si tu m'avais invitée, j'aurais accepté, tu sais. Nos pères s'entendent bien et ils sont tous les deux dans la politique, déclare-t-elle en penchant la tête, avec ses yeux langoureux rivés sur moi.

N'importe quoi. Son père s'est juste présenté aux municipales l'an dernier, et il n'a même pas été élu.

— J'ai toujours trouvé qu'on ferait un couple parfait. Tu veux danser ? enchaîne-t-elle.

Je secoue la tête pour décliner et tente plutôt :

— On est chez toi, pas vrai ?

Elle hoche la tête, et ses yeux pétillent de malice.

— Alors, tu sais sûrement où ton père range ses meilleures bouteilles ?

Son sourire s'élargit démesurément. Pupella semble ravie que je m'intéresse enfin à autre chose qu'à Malena. Sans un mot, elle forme un crochet avec son doigt et m'intime de la suivre vers les escaliers.

***

## Malena

Avec des gestes précipités, j'envoie valser mes Dunk dans un coin de ma chambre. Je retire mon jean puis mon tee-shirt à l'inscription « Born to be stars » pour enfiler la jolie robe que Jordane m'a achetée. D'un rose pâle nacré, elle m'arrive à mi-cuisses, et elle est décorée d'ornements au niveau du décolleté. Elle l'a dénichée en solde pour une bouchée de pain, et refuse que je la rembourse.

Tout en chaussant la paire de talons – empruntée également à Jordane – j'appuie sur l'écran verrouillé de mon téléphone pour regarder l'heure. Il me reste environ un quart d'heure avant d'être officiellement en retard.

Je passe rapidement ma tête dans le couloir et hurle.

— Jo ! Tu viens me lisser les cheveux ? Je suis à la bourre !

Alors que j'attends la réponse de Jordane, un bruit de verre éclaté se fait entendre, suivi d'un cri strident d'Alessia. Mon sang se glace, et la petite bulle dans laquelle je flottais il y a encore une seconde éclate. Le cœur battant à tout rompre, je me précipite vers les escaliers.

Dans la cuisine, la scène qui se déroule sous mes yeux me fige d'horreur. Giovanni, mon infâme beau-père, tient fermement le cou de Jordane, et son visage est déformé par la rage. Ses doigts se resserrent autour de sa gorge, tandis qu'il la menace en hurlant.

— Qu'est-ce que t'as fait de mes bières, hein ?! Tu me les as piquées pour aller picoler avec tes amis, petite pute ?!

Jordane, les yeux écarquillés de panique, tente de se dégager mais il la maintient avec force.

— Papa, arrête ! sanglote Alessia, recroquevillée dans un coin, tandis que des larmes ruissellent sur son visage poupon.

Bon sang, je hais cet enfoiré de Giovanni qui fait endurer ça à ma petite sœur. Elle n'a que cinq ans et elle ne devrait pas assister à ce genre de scène. Je le hais. Je le hais tellement. Et même s'il me terrifie quand il est dans cet état d'ivresse, je sais que je dois intervenir avant que la situation n'empire.

— Giovanni, calme-toi, dis-je d'une voix tremblante que j'essaie de rendre ferme. C'est sûrement un malentendu. Jordane n'a rien volé, lâche-la.

Mes mains tremblent alors que je m'avance, et mon cœur bat à tout rompre. Jordane, haletante, me supplie du regard de ne pas m'approcher.

— Monte et emmène Alessia avec toi, murmure-t-elle d'une voix rauque et essoufflée.

Mais cette suggestion ne plaît pas à Giovanni qui, le regard mauvais, relâche son cou pour lui tirer violemment les cheveux.

— Pour qui tu te prends, hein ? C'est moi qui donne des ordres dans cette baraque ! rugit-il.

L'adrénaline envahit mon corps, et avant même que je ne m'en rende compte, je m'interpose en tirant sur le bas du marcel sale de Giovanni.

— Lâche-la ! m'écrié-je.

Son regard noir se pose sur moi. Puis, sans prévenir, sa main part d'un coup sec et me gifle violemment… deux fois. La première avec sa paume, la seconde avec son revers. Aller et retour. Le choc me coupe le souffle. Une douleur lancinante s'étend sur mes joues, et je sens ma lèvre enfler.

— Petite conne, m'insulte-t-il en titubant, alors que l'odeur âcre de l'alcool l'entoure d'une aura nauséabonde.

Complètement hors de contrôle, Giovanni se remet à errer dans la cuisine, comme un fou. Il ouvre frénétiquement les placards, renverse les tiroirs, fouille partout en quête d'alcool avec des gestes de plus en plus désordonnés.

— Bordel, où sont mes bouteilles ?! hurle-t-il.

Encore sonnée par les gifles que je viens de recevoir, je me laisse entraîner par Jordane, qui me prend doucement par le bras pour m'amener à l'étage.

— Viens, murmure-t-elle en embrassant ma tempe.

En bas, l'ivrogne continue de fouiller chaque recoin de l'appartement, en renversant tout sur son passage et en poussant des hurlements.

— Tu n'aurais pas dû t'en mêler, me reproche doucement Jordane en me faisant m'asseoir au bord du matelas, après m'avoir poussée à l'intérieur de sa chambre.

Alessia vient se blottir contre moi et presse sa joue contre mon épaule, tandis que ses petits bras m'enlacent doucement.

— Je vais chercher de quoi arranger ça, dit Jordane. Bouge pas.

Elle revient rapidement avec une trousse de premiers secours. Puis, avec des gestes mesurés, elle nettoie la coupure sur ma lèvre, et essuie le sang qui a déjà séché. La douleur est vive mais je serre les dents, essayant de ne pas éclater en sanglots pour ne pas ruiner davantage mon maquillage.

— Tu devrais prévenir ton mec que tu arriveras en retard, me conseille-t-elle.

— C'est pas mon… enfin, pas vraiment.

— Pas encore, me corrige-t-elle avec un clin d'œil coquin.

Déterminée à me faire oublier ce cauchemar, du moins en apparence, Jordane s'applique à camoufler la trace des doigts de Giovanni sur ma joue.

— On va arranger ça, t'inquiète pas, murmure-t-elle en tamponnant de la poudre sur ma joue pour dissimuler la rougeur.

— Est-ce qu'il va me faire mal à moi aussi, un jour ? demande Alessia.

Jo et moi échangeons un regard paniqué, et les larmes que j'avais réussi à contenir jusqu'à présent commencent à couler sans que je puisse les retenir. Elles détruisent les efforts de Jordane, et effacent le maquillage qu'elle venait si soigneusement d'appliquer.

— Non, ma puce. Il ne s'en prendra jamais à toi, t'es sa préférée, dit-elle entre ses dents serrées, en luttant elle aussi pour ne pas craquer.

Giovanni n'en a rien à foutre de ses deux filles, mais Jo tente de rassurer Alessia et le principal, c'est que ça semble fonctionner.

— Alessia, bébé, va chercher le portable de Malena dans sa chambre. Elle doit prévenir son petit ami qu'elle aura du retard.

Sans se faire prier, ravie de se sentir utile, Alessia file dans le couloir.

Quand elle atteint ma chambre, elle crie :

— Il est déchargé !

— Mets-le à charger alors ! répond Jordane en levant les yeux au ciel, ce qui me fait sourire.

Mais mon sourire provoque de nouvelles larmes.

— Je… je peux pas aller au gala comme ça, Jordane, sangloté-je. Je… je ressemble à rien.

L'air sérieux, elle pose ses mains sur mes épaules, et réclame toute mon attention.

— Malena, tu vas pas laisser cette merde de Giovanni te gâcher ta soirée, t'as pigé ? Ce fils de pute n'a pas le droit de décider de ce que tu fais, ni de comment tu te sens.

Je baisse la tête, hésitante, mais Jo la relève doucement d'un doigt sous mon menton.

— Il ne mérite pas de nous voir abattues, tu entends ?

Je hoche la tête, en essuyant mes larmes d'un revers de la main.

— D'accord, ouais… T'as raison… merci, Jo.

D'un geste brusque, elle m'attire contre elle et caresse mes cheveux en murmurant contre mon oreille :

— Ne me remercie pas, Malena. C'est normal de veiller les unes sur les autres. Si on ne le fait pas, personne ne le fera pour nous.

Lorsque je monte dans le bus, j'ai plus d'une heure et demie de retard, et la tête comme un seau d'avoir trop pleuré. Ma robe, déjà en piteux état, se froisse lorsque je m'assois sur une banquette libre. Je me tortille en la lissant d'une main, tandis que de l'autre, je rallume mon téléphone, qui affiche 7 % de batterie. Merde, il risque de s'éteindre d'une minute à l'autre. J'entre rapidement mon code Pin, et quelques messages de Samaël apparaissent aussitôt. Je m'empresse de les lire.

**Samaël, 19:22** :
[Arriver à l'heure à un rdv n'est décidément pas une de tes qualités.]

**19:40** :
[Si je te dis qu'il y a une fontaine de crème glacée à la fraise au buffet, tu rappliqueras plus vite ?]

**19:41** :
[Il y a une fontaine de crème glacée à la fraise au buffet.]

**19:45** :
[Bon, j'aurai au moins tenté.]

**20:05** :
[Tu viens de rater le baiser le plus ridicule de toute l'histoire.]
[Di Filippo vient de rouler une pelle à Irene Ferretti et un élastique de son appareil dentaire lui a éclaté dans les yeux. Irene est en train de l'aider à chercher par terre.]

Je n'ai pas le temps de lire les autres que l'écran s'éteint, et me renvoie mon propre reflet.

Fait chier.

Après ce qui m'a semblé une éternité, je descends précipitamment du bus, et je me retrouve à l'entrée du parc privé où vit Pupella. En lissant maladroitement le bas de ma robe, je longe les trottoirs bordés d'habitations somptueuses aux façades impeccables. Chaque maison que je dépasse semble plus prestigieuse et plus monumentale que la précédente. Et puis je le vois, le manoir de Pupella. Je le reconnais à la plaque en or clouée sur l'un des pilastres. Elle affiche en lettres élégantes : « Propriété Barberini ».

Mon pouls s'accélère, et je resserre ma prise sur mon sac, le regard fixé sur l'imposante bâtisse qui se dresse devant moi. Je traverse l'allée et, d'un pas hésitant, je franchis l'immense entrée du manoir. Le martèlement de mes talons, étouffé par la musique de l'orchestre qui joue sur une estrade près d'une fontaine à champagne, ne suffit pas à supprimer le boucan dans ma cage thoracique. Je balaye les alentours du regard. Autour de moi, les filles de mon année arborent des tenues qui semblent tout droit sorties de magazines de mode. Des robes aux tissus luxueux, impeccables, et qui doivent assurément coûter une fortune.

Comparée à elles, je me sens… débraillée. Et cette robe, que je trouvais jolie jusqu'ici, me semble soudain terriblement inappropriée, et bas de gamme.

Je baisse instinctivement la tête et me dirige vers un coin de la salle, à l'abri des regards. Mes doigts glissent nerveusement sur ma robe, essayant désespérément de la lisser, sans succès. J'abandonne, et je me mets à chercher Samaël des yeux. Je fouille le rez-de-chaussée, mais il n'y est pas… jusqu'à ce que je lève les yeux vers l'escalier qui mène à l'étage. Une chape de plomb tombe dans mon estomac, tandis que je le regarde descendre les marches, accompagné de Pupella. Ils ont l'air proches et complices, et cette vision m'est insupportable.

Incapable de bouger, je reste planquée là, dans l'ombre, à regarder Pupella rire à ce que vient de dire Samaël, et une douleur aiguë se loge dans ma poitrine.

La douleur s'accentue encore lorsque Samaël s'installe nonchalamment au milieu des marches, et que Pupella se place immédiatement entre ses jambes, à l'aise, presque possessive. Quand elle se penche vers lui et qu'il ne la repousse pas, mon cœur pompe avidement du sang, comme s'il émettait ses derniers battements.

Incapable d'en supporter plus, je détourne les yeux, et je me casse.

***

Dans les couloirs, en classe, pendant les pauses, Samaël m'ignore. Chaque fois que je croise son regard, il détourne les yeux, comme si ma présence l'offensait profondément. Il m'en veut, c'est évident. Mais moi aussi, je lui en veux. Je suis peut-être arrivée super en retard au bal, mais rien ne l'obligeait à se rabattre aussi vite sur Pupella, comme un chiot en manque d'affection.

Lorsque je sors du cours d'anglais après avoir rendu ma copie un peu en avance, je l'aperçois à travers l'un des vitraux étroits du couloir. À en juger par son short de sport et l'absence de tee-shirt sur son torse, il revient forcément du cours d'éducation physique. Et comme me pointer au refuge pour chiens dans l'espoir de l'y croiser n'a rien donné au cours de ce dernier mois, je décide sur un coup de tête qu'il est temps de le confronter.

Je me dépêche de descendre dans la cour et, alors que je passe les portes battantes du bâtiment de Rainaldi, je vois Giuliano di Filippo entrer le dernier dans le gymnase. Hésitante, j'y pénètre un peu après lui, et je le suis discrètement jusqu'aux vestiaires. Je n'entre pas, j'attends que Samaël sorte.

Pour patienter, je sors mon portable et mes écouteurs. Mais au moment où je m'apprête à les enfoncer dans mes oreilles, j'entends mon prénom.

— Samaël, c'est vrai ce qu'on dit ? Que t'aurais invité Malena Angeli au bal mais qu'elle t'a posé un lapin ?

Ma respiration se bloque. Quelques mecs ricanent en commentant « la honte », mais Samaël les fait tous taire en expliquant d'un ton moqueur :

— Les gars, je l'ai invitée parce qu'elle me faisait de la peine. J'espérais qu'elle ne viendrait pas.

Les rires fusent, et celui de Samaël me lacère le cœur.

— Mec, tu me rassures, ricane un étudiant.

À deux doigts de vomir mon déjeuner, je cours vers la sortie, hors d'haleine. Je me précipite dans les toilettes les plus proches, celles situées derrière la chapelle. Mes jambes tremblent sous le poids de ce que je viens d'entendre.

*« Je l'ai invitée parce qu'elle me faisait de la peine. »*

La porte se referme derrière moi dans un claquement sourd, et je me laisse glisser contre elle, jusqu'à atterrir sur le sol froid, les genoux repliés contre ma poitrine.

— Connard, connard, connard ! murmuré-je en boucle en tentant de retenir mes larmes.

Malheureusement, elles ont déjà commencé à couler, probablement dès l'instant où Samaël a dit ces horreurs, qui ne veulent pas quitter ma tête.

Du revers de mes mains, j'efface les sillons brûlants sur mes joues, mais déjà, de nouvelles coulées les remplacent.

J'ai été conne. Tellement stupide d'avoir accordé ma confiance à cet enfoiré cruel ! Je le hais, putain.

De tout mon cœur.

# 26

## Samaël

*Toujours trois ans plus tôt.*

— Frère, arrête de la fixer comme ça, on dirait un pervers, me conseille Arden en lançant la tomate de son panini sur moi.

En grimaçant, je la décolle de mon blazer, et je l'envoie sur le front d'Enzo Santoro, installé à la table derrière nous.

— Putain, vous faites chier, grogne-t-il en décollant la rondelle gluante de son visage.

Arden éclate de rire en se tenant le ventre, tandis que je reprends mon activité : observer Malena Angeli, la plus belle garce que cette terre ait jamais portée.

J'en reviens pas qu'elle ne se soit jamais excusée de m'avoir posé un lapin. Par sa faute, j'ai dû me coltiner une Pupella ivre, qui m'a collé au cul toute la soirée.

Bon sang, j'ai dû forcément commettre des impairs dans mes vies antérieures pour que le scénariste de cette vie m'en fasse autant baver.

Quand l'objet de mes tourments passe devant moi, sans un regard, avec ses écouteurs vissés dans les oreilles, je bondis instinctivement de ma chaise. Et avant même de réaliser ce que je suis en train de faire, je me retrouve planté devant elle.

— T'es sur mon chemin, s'agace Malena.

*Et moi, j'ai besoin de comprendre pourquoi tu as l'air de m'en vouloir à mort alors que c'est toi qui m'as planté comme une merde au gala, et pas l'inverse.*

Au lieu de ça, je crache :

— Pourquoi t'es pas venue ?

— De quoi tu parles ? soupire-t-elle, après avoir vérifié autour de nous si quelqu'un nous regardait.

À savoir, à peu près tous les étudiants du réfectoire, mais je m'en branle.

— Fais pas comme si tu ne savais pas de quoi je parle.

Rougissante à l'idée de se donner en spectacle, elle lève les yeux au ciel.

— J'avais juste mieux à faire ce soir-là.

Sur cette pitoyable excuse, elle me contourne et sort du réfectoire. Évidemment, je la suis.

— Comme quoi ? insisté-je dans son dos.

Au lieu de me répondre, elle augmente le volume dans ses écouteurs, si bien que j'entends distinctement les paroles de *Softcore* de The Neighbourhood. Ne supportant pas d'être ignoré – encore – je la tire brusquement dans un renfoncement, là où une niche votive abrite la Vierge Marie.

Ses écouteurs s'échappent de ses oreilles et elle grogne d'une voix enragée.

— Lâche-moi, merde !

Elle tente de partir, mais je la bloque en tendant un bras contre le mur derrière elle.

— Pas tant que tu ne m'auras pas dit, refusé-je, la mâchoire serrée.

Lorsqu'elle tente de renfoncer ses écouteurs, je les lui arrache violemment des mains.

— Tu fais chier, là, s'agace-t-elle.

Mais quel putain de caractère de merde ! Pourtant, malgré tout ça, malgré le coup humiliant qu'elle m'a fait au bal et les rumeurs embarrassantes que ça a provoquées, je suis toujours là, à ramer. Incapable de lâcher l'affaire.

***

## Malena

Samaël se trouve si près de moi qu'à chaque brusque inspiration, son torse frôle ma poitrine. Un mois plus tard, alors que j'étais persuadée qu'il avait lâché l'affaire, le voilà qui veut des réponses. Évidemment, je suis bien trop fière pour lui dire que je suis venue ce soir-là, surtout après la conversation que j'ai surprise dans les vestiaires. Parfois, sans que j'aie conscience d'y repenser, ses mots résonnent dans ma tête, douloureux, impossibles à oublier.

« *Je l'ai invitée parce qu'elle me faisait de la peine. J'espérais qu'elle ne viendrait pas.* »

Alors que la honte et la colère menacent d'exploser en moi à tout moment, je sauve les apparences en croisant les bras sur ma poitrine.

— J'ai cours à l'autre bout de la cour, tu me retardes, lui dis-je, en essayant de garder un ton détaché.

— C'est toi qui choisis d'être en retard en ne répondant pas à mes questions, réplique-t-il, imperturbable.

J'essaye de repousser son bras qui me bloque le passage, mais c'est comme tenter de déplacer un arbre.

— Qu'est-ce que tu veux ? finis-je par lâcher, même si je connais déjà la réponse.

Samaël me fixe intensément, comme s'il cherchait quelque chose dans mon regard. Mais je ne lui laisse rien voir, pas une miette. Nada.

— Je veux savoir pourquoi tu m'ignores comme si c'était à toi qu'on avait posé un putain de lapin, lâche-t-il d'un ton cinglant.

Je serre les dents, me retenant in extremis de lui hurler au visage à quel point je le déteste.

— J'ai eu un contretemps, dis-je d'un ton glacial. Mais j'ai entendu dire que tu avais su trouver de la compagnie sans aucun problème.

Je le vois plisser les yeux, comme s'il essayait de lire entre les lignes.

— Il y a un message sous-entendu ? lance-t-il, moqueur.

Sa façon de ne rien prendre au sérieux fait bouillir mon sang sous ma peau.

Je le repousse brusquement en plaquant mes mains contre son torse massif, mais il ne bouge pas d'un pouce. Ce qui est humiliant et enrageant au possible. Alors que je m'apprête à recommencer avec davantage d'aplomb, il réduit à néant le mince espace entre nous, jusqu'à coller son front contre le mien.

— Si tu veux tout savoir, Malena, ouais, Pupella m'a collé au cul pendant un moment. Précisément après une heure et demie durant laquelle je t'ai attendue comme un con, tout seul. Mais il ne s'est rien passé, alors ne va pas croire ce qu'on raconte.

Sans décoller mon front du sien, je rétorque d'une voix tranchante :

— T'as pas besoin de te justifier, Samaël. On n'est pas ensemble, je te signale.

Un rire bref et cynique secoue sa poitrine tandis qu'il s'écarte.

— Ça tombe bien que t'en parles. Justement, je me demandais, qu'est-ce qu'il faut faire pour être ton putain de mec, Malena ?

« *Je l'ai invitée parce qu'elle me faisait de la peine. J'espérais qu'elle ne viendrait pas* ».

Cette fois, je ne peux plus me contenir. Tout remonte à la surface.

— Je sais pas, dis-je, faussement pensive, le regard froid. Ne pas être un putain d'enfoiré manipulateur, peut-être ?

Samaël me fixe, abasourdi, comme s'il était complètement largué. Agacée par son petit numéro, je me baisse et passe sous son bras tendu. Mais je n'ai pas fait deux pas qu'il attrape mon poignet, et me revoilà plaquée contre le mur. Le choc résonne dans tout mon corps, mais c'est son geste suivant qui me fait le plus enrager. Il tapote mon crâne de son index, sans aucune douceur.

— Il se passe quoi dans cette putain de tête, Malena ? Deux fils viennent de se toucher ou quoi ? assène-t-il avec un œil mauvais.

— Je t'emmerde, répliqué-je, incapable de contenir ma fureur.

Samaël, le regard fou, inspire brusquement.

— Et moi, j'ai envie de t'embrasser.

Après cette confession inattendue, ses yeux louchent sur mes lèvres et mon pouls s'emballe.

— Ne t'avise surtout pas…

Je n'ai pas le temps de finir ma phrase que sa main glisse avec férocité derrière ma nuque, et ses lèvres s'abattent sur les miennes, m'obligeant à me hisser sur la pointe des pieds. Le contact est brutal, inattendu… et je me surprends à ne pas le repousser. Ses mains s'agrippent à mon visage avec une possessivité désarmante, tandis qu'il mordille ma lèvre inférieure. Et dans un moment de faiblesse, j'ouvre la bouche. Sa langue s'y enfonce aussitôt, et je m'accroche instinctivement aux revers de son blazer.

Le baiser dure une éternité, sans que ni lui ni moi ne tentions de le rompre… jusqu'à ce qu'un sifflement lointain vienne briser le charme.

Arden Scorsese.

Je me ressaisis d'un coup et, les joues en feu, je repousse Samaël avec force. Mes doigts tremblent encore de ce qui vient de se passer, de ce que je l'ai laissé me faire. La honte m'envahit aussitôt, suivie par les regrets, tandis qu'Arden s'approche avec son éternel sourire vicieux. Lorsqu'il me décoche un clin d'œil lubrique, je me souviens que lui aussi était dans ces vestiaires. Ces vestiaires où Samaël m'a humiliée.

Est-ce que tout ça n'est qu'un jeu pour eux ? Un pari stupide ?

Mon estomac se noue quand je pense à cette éventualité. Écœurée, je les fixe l'un après l'autre, puis je siffle entre mes dents serrées à l'intention de Samaël :

— T'embrasses comme un manche. Ne t'avise plus jamais de me toucher, enfoiré.

# 27

## Samaël

***De nos jours.***

Malena est toujours présente dans ma tête, et le temps n'atténue pas mon obsession. Au contraire, chaque jour qui passe sans qu'elle soit à moi la renforce. Ça me rend aigri, toujours en colère, jamais satisfait. C'est pourquoi j'ai mis au point une nouvelle tactique : faire qu'elle regrette, par tous les moyens. Même si cela implique de m'afficher avec cette pétasse de Pupella.

Quand je lui ai envoyé un SMS il y a quelques jours pour lui dire que j'étais prêt à reprendre là où on s'était arrêtés, je savais que ça n'aurait pas forcément l'effet escompté auprès de Malena, que c'était un coup de poker. Je l'ai d'ailleurs vite regretté. Mais j'avais trop fumé ce soir-là, je n'avais pas les idées claires. Pupella m'a appelé presque instantanément, à croire qu'elle était rivée sur son portable, et qu'elle avait provoqué mon SMS avec de la magie noire. Cette tarée en est parfaitement capable. J'ai prétendu que cette fois, je voulais faire les choses bien et prendre mon temps. Mais la vérité, c'est que l'idée de baiser à nouveau avec elle en étant sobre me révulse. J'ai conscience que ma tactique est merdique, mais je m'y accroche quand même. Et peu importe que chaque moment passé avec cette garce de Pupella me rappelle ce que j'ai perdu avec Malena.

Malena, qui est justement en train d'avancer jusqu'à mon banc. Malena, qui m'ignore depuis qu'elle m'a quitté comme une merde en bas de chez moi, il y a maintenant un mois.

Je serre les mâchoires et, tout en essayant vainement de contrôler mes pulsations cardiaques, je me concentre pour ne pas la regarder.

Qu'est-ce qu'elle me veut, putain ? Est-ce qu'elle veut qu'on se remette ensemble ? Qu'est-ce que je fais si c'est le cas ? J'accepte directement ou j'attends deux jours ? Deux jours, c'est long, putain. Un jour, ça suffit largement, non ?

— Salut, dit-elle, après avoir jeté un regard furtif par-dessus son épaule, pour vérifier que nous étions bien seuls.

Ça me rappelle douloureusement la fête chez Arden, où elle avait dégagé ma main de sa cuisse, de peur qu'on nous surprenne.

D'un geste maladroit et empressé, Malena dépose un tas de feuilles sur mon bureau, me ramenant brutalement à l'instant présent.

— Je voulais juste te dire que j'avais terminé notre devoir d'HDA. Lis-le, et tu n'auras qu'à me dire ce qui ne te semble pas correct.

L'amertume et la déception me glacent les os. Je contracte tellement la mâchoire que mes molaires grincent. Fou de rage contenue, sans un regard, je la plante là, en l'ignorant comme si elle n'existait pas, comme si elle n'occupait pas chacune de mes pensées, jour et nuit.

— Tu… tu pourrais au moins me dire merci, bredouille-t-elle dans mon dos, visiblement vexée.

Cette fois, je suis incapable de ne pas répliquer. Et comme ce n'est pas juste que je sois le seul à souffrir, je fais volte-face, et un ricanement sec et froid s'échappe de ma gorge lorsque je confesse d'un ton mordant :

— J'ai envie de te dire des tas de choses, Angeli, mais « merci » n'en fait pas partie.

Elle inspire brusquement en levant les épaules, ce qui fait bouger ses cheveux et répand son enivrant parfum de miel et de pêche. Je ne peux plus lui mordre le cou ni humer sa chevelure au passage, et ça me fout un coup au moral.

— Vas-y, ne te gêne surtout pas, crache-t-elle.

Elle n'a aucune putain de raison de me parler sur ce ton haineux. C'est elle qui a rompu, pas moi. Ou alors c'est mon rapprochement avec Pupella qui lui déplaît ? Alors que je gonfle les narines en me contenant, l'idée de la blesser m'apparaît soudain comme une forme de contrôle. Si je ne peux pas l'aimer comme je le souhaite, alors autant la détester. Comme avant. C'est toujours mieux que rien du tout.

En une enjambée, je la coince contre le banc derrière elle, et je place mes mains sur la surface, de chaque côté de ses hanches.

— J'ai honte d'être tombé aussi bas, confessé-je à quelques centimètres de sa bouche.

— Q… quoi ? demande-t-elle d'une voix rauque, pas sûre de comprendre.

Ou plutôt, de vouloir comprendre. Nos nez se touchent presque lorsqu'un rire sec et méprisant me secoue la poitrine.

— Tu sais quoi ? Finalement, je vais te dire merci, Malena. Merci de m'avoir ouvert les yeux en mettant un terme à nous deux.

Je recule, enfonce mes mains dans mes poches et l'observe de la tête aux pieds, avant de cracher ma salive par terre, puis de déclarer :

— T'avais raison. Je mérite mieux. J'étais beaucoup trop bien pour toi.

Alors que je reprends ses propres mots, son visage se décompose et blêmit, avant de devenir tout rouge d'un seul coup. Sans que j'aie le temps de le voir venir, sa main part violemment vers ma joue, et mon visage est projeté à droite. Je plisse brièvement les yeux, fait craquer mon cou, puis je redresse la tête. Dégoulinant de haine, j'affiche un sourire mauvais et la félicite.

— Pas mal. Ton beau-père t'a bien entraînée.

Sur ces mots répugnants, je quitte la classe, incapable d'assumer l'expression blessée sur son visage, et je fonce vers les toilettes au bout du couloir. J'ai à peine le temps de me pencher au-dessus des WC que je vide le contenu de mon estomac dans la cuvette.

Je vomis ces mots que j'ai détesté prononcer.

Devant le miroir au-dessus du lavabo, j'essuie la larme qui s'est échappée de mon œil droit. Je rince ma bouche au robinet, puis j'avale deux pastilles à la menthe. Mes mains agrippent la vasque de part et d'autre, et lui appliquent une pression si forte que j'ai l'impression de la décrocher du mur.

Je me frotte le visage en réprimant le cri de rage qui brûle en moi.

Putain, elle était à moi. Enfin à moi. Et là, on est retombés à la putain de case départ.

Non, pire que ça.

C'est comme si rien n'avait compté.

Qu'est-ce que je suis censé faire pour la récupérer, putain ? Je lui ai déjà ouvert mon cœur, à plusieurs reprises.

*Est-ce que je devrais recommencer ?*

Complètement perdu, le regard agité, je me précipite vers la porte des toilettes, décidé à la rejoindre. Décidé à lui rappeler à quel point je l'aime, à quel point je me déteste d'avoir dit ces horreurs il y a quelques minutes. Mais à peine ai-je le temps de sortir des chiottes que Malena me fonce dedans.

Sur la pointe des pieds, elle agrippe les revers de mon blazer et, profitant de mon état de choc, elle me pousse violemment contre une rangée de casiers.

— Je te déteste, Samaël. Depuis toujours. Et ça ne changera jamais. Rentre-toi cette putain d'info dans le crâne.

Folle de rage, elle me relâche. Mais avant que je ne puisse ouvrir la bouche pour lui dire que j'ai menti, que je ne suis pas trop bien pour elle, que je ne lui arrive même pas à la cheville, elle m'achève.

— Jamais je n'aurai le moindre sentiment pour toi. Plutôt me faire sauter par Enzo Santoro.

Sur ces mots, elle s'enfuit en courant vers la sortie, au bout du couloir.

Je reste planté là, adossé aux casiers, le cœur éclaté en un milliard de fragments de verre tranchant. Lorsque je déglutis, j'ai l'impression d'en avaler les débris, de les sentir inciser ma gorge. Et dans ma tête, l'écho cruel de ses paroles tourne en boucle, de plus en plus fort, comme ces éclats qui ne cessent de m'entailler, toujours plus profondément.

*Je te déteste, Samaël.*

*Depuis toujours.*

*Et ça ne changera jamais.*

*Jamais je n'aurai le moindre sentiment pour toi.*

# 28

## Malena

Je suis assise à mon bureau, et j'essaie désespérément de me concentrer sur mon devoir de physique à rendre demain à la première heure de cours, lorsque l'écran de mon ordinateur s'éclaire à l'arrivée d'un mail de Samaël.

Ping.

Je clique immédiatement dessus. Mon cœur bat à toute vitesse, c'est ridicule. Pas de « bonjour », pas même un objet, juste notre devoir en pièce jointe. Bêtement déçue qu'il n'ait pas saisi le prétexte de ce mail pour essayer de me parler ou pour s'excuser, j'ouvre le fichier et commence à le parcourir. Il a modifié plusieurs passages. Des ajustements précis, bien pensés, qu'il a évidemment pris soin de surligner en rouge. Et il y en a suffisamment pour me faire froncer les sourcils.

Alors que je passe machinalement d'une correction à l'autre, mon téléphone vibre à côté de mon clavier. Pendant une fraction de seconde, je me surprends à espérer – c'est pathétique – que c'est un SMS de Samaël, avant de me souvenir que j'ai bloqué son numéro, et que je suis censée le détester.

Je me penche pour déverrouiller l'écran, et le message s'affiche.

**Numéro inconnu** :
[Rejoins-moi au BDLV. Viens juste 1 heure, stp.
C'est Lolita Cerretani]

Je décode rapidement, par habitude : BDLV, c'est le Bosco della Luna Vecchia, un parc pratique pour dealer. Il est immense, fréquenté, et plein de recoins. Le « juste une heure » signifie un gramme.

**Malena** :
[Meuf, je me déplace pas pour juste 1 heure.]

**Lolita** :
[Tu fais chier, Angeli. Viens pour 2 heures, dans ce cas.]

Je ferme l'écran de mon PC. Mon devoir de physique attendra. Dans la précipitation, je tire un sweat à capuche au hasard de mon armoire, et l'enfile rapidement par-dessus mon legging. Avant de partir, je me dirige vers mon lit et sors la petite balance cachée dessous, ainsi que le sachet hermétique contenant mes derniers grammes invendus. Je prépare rapidement le pacson de deux grammes et, une fois que tout est en ordre, je file dans le couloir.

En bas, dans le salon, Giovanni est affalé sur le canapé, en train de dessaouler, tandis qu'Alessia dessine dans son cahier Top Model en fredonnant *Il Coccodrillo come fa* ? d'un air nostalgique. Maman lui chantait ça parfois, quand elle était dans un de ses bons jours. C'était rare.

***

J'arrive à l'orée du parc avec un peu d'avance, et j'envoie un message à Lolita.

**Malena** :
[T'es où ?]

**Lolita** :
[Toilettes au fond du parc.]

Avec un soupir, je planque mon scooter derrière un buisson, puis je traverse le parc, dépasse les terrains de tennis, jusqu'à arriver aux toilettes publiques, dissimulées au fond d'une petite allée. Les mauvaises herbes et le lierre ont fait sauter les dalles à l'entrée, et la végétation environnante sort d'une brèche dans une brique de verre.

Je pousse la porte branlante, et j'avise la rangée interminable de lavabos en porcelaine, autrefois blancs, désormais recouverts d'une épaisse couche de poussière et de crasse. Je m'approche des cabines, toutes vandalisées de tags grossiers, et je repère Lolita, assise par terre, la tête appuyée contre le mur.

— Salut.

— Salut, répond-elle sans quitter des yeux le plafonnier au-dessus de nous, à moitié détruit, et dont les ampoules sont grillées, sauf une qui clignote faiblement.

Cette ampoule envoie une lumière vacillante et inutile dans la pièce, rendant le lieu austère, carrément parfait pour une scène de crime.

Sans m'attarder, je sors le petit sachet hermétique coincé dans l'élastique de mon legging, et je le lui tends. Elle récupère la beuh puis me donne deux billets de dix, froissés, qu'elle sort de la poche de son Perfecto rouge cerise Courrèges.

Alors que je m'apprête à repartir, elle m'arrête.

— Tu t'en grilles un avec moi ? Ça craint de fumer seule.

Ses yeux rougis révèlent qu'elle a pleuré, ou juste très peu dormi. Elle n'est pas maquillée, ce qui est étonnant chez elle. Lolita Cerretani est toujours tirée à quatre épingles. Même ses cheveux bruns au balayage blond sont en désordre, comme si elle s'était traînée hors de son lit sans prendre la peine de se coiffer.

— Je ne fume pas, lui dis-je en me glissant toutefois à côté d'elle.

— Pourquoi ?

En me posant la question, Lolita sort une petite effriteuse de son sac, rose bien sûr, parfaitement assortie à ses faux ongles couleur baby pink.

— Ça coûte cher, et puis ça ne m'attire pas, dis-je en la regardant préparer son joint.

Ses gestes sont précis malgré le léger tremblement de ses mains. Elle prend un peu de beuh et commence à la broyer, tandis que ses ongles cliquettent doucement contre le métal de l'effriteuse. Même dans ce geste banal, elle garde un certain style. Paradoxalement, il y a quelque chose d'à la fois désespéré et gracieux dans sa façon de rouler son joint, dans ces toilettes déprimantes où elle n'est pas à sa place.

Lolita plie, roule, et humidifie le bord de la feuille de papier OCB d'un rapide coup de langue. Puis elle me demande :

— Donc, tu ne testes même pas la came que tu vends ?

Sur ce, elle allume le bout du joint avec un briquet, puis souffle dessus pour affiner la pointe. Lorsque c'est fait, elle tire une taffe avant d'expirer la fumée en grimaçant.

— Ça explique tout.

Voyant que je ne comprends pas ce qu'elle essaie de me dire, elle rit et ajoute :

— Samaël avait raison, ta came est merdique.

Un peu vexée, je me renfrogne.

— Merdique ? Il était mon meilleur client.

Lolita éclate de rire, puis tire à nouveau sur son joint.

— Il achetait chez toi histoire d'avoir une excuse pour te voir, banane.

Je fronce les sourcils, et tente d'ignorer mon cœur qui bat à mille à l'heure quand je pense à cette éventualité.

— N'importe quoi.

— Ah ouais ? me défie-t-elle.

Un peu désabusée, je la fixe en silence en me demandant si la beuh que je lui ai refilée n'est pas coupée aux champignons hallucinogènes.

— Quand tu le verras, demande-lui de te montrer son nouveau tatouage, me conseille-t-elle, amusée.

Cette fois, je suis à peu près sûre qu'elle délire.

— Samaël n'a pas de tatouage. Il a peur des aiguilles.

C'est lui qui me l'a dit, l'autre jour.

Avec un haussement d'épaules, Lolita grommelle distraitement.

— Bah, faut croire qu'il a su surmonter sa peur.

Plus chamboulée par cette information que je ne le laisse paraître, je lâche :

— T'es certaine que ma came est merdique ? Parce qu'elle a l'air de bien te défoncer.

Amusée, mais toujours l'air un peu triste, Lolita me repousse en cognant son épaule contre la mienne.

— T'es marrante, déclare-t-elle tandis que je me relève.

J'ai déjà la main sur la poignée de la porte des toilettes lorsqu'elle me retient encore.

— Tu fais quoi vendredi prochain ?

Je hausse les épaules.

— Rien de spécial.

— Alors viens à ma fête d'anniversaire. Le thème, c'est les années 2000. Trouve-toi un taille basse et le crop top le plus minuscule de ta garde-robe, et ramène tes fesses.

Son engouement est presque contagieux, mais il y aura Samaël… et Pupella. Voyant que j'hésite, elle insiste :

— Allez, meuf, vis un peu.

# 29

## Malena

J'arrive à la soirée chez Lolita vers 22 h, soit un peu plus tard que prévu. Précisément après avoir préparé le repas pour Alessia, l'avoir mise au lit et rangé la cuisine. Parce que Dieu sait qu'une simple assiette sale traînant dans l'évier peut faire vriller cet enfoiré de Giovanni quand il est complètement torché.

Je me raisonne et je chasse mon beau-père de mon esprit pour me concentrer sur la Villa Madama qui, perchée sur les pentes du Monte Mario, semble tout droit sortie d'un tableau de la Renaissance. Habillée de pierre claire, son architecture est classique, sublimée par une allée bordée de cyprès et d'une infinité de buis impeccablement taillés. Pas une branche ne dépasse, comme si quelqu'un veillait sur eux H24.

Dingue.

Comme indiqué dans le SMS de Lolita, je passe par l'arrière de la villa. Le bruit des conversations et de la musique s'intensifie à mesure que j'approche. *Qu'est-ce que je fais ici, déjà ?* J'aurais dû rester chez moi, mais Lolita a insisté toute la semaine pour que je rapplique. En atteignant la terrasse, je m'arrête un instant, frappée par le panorama incroyable qui s'offre à moi. Rome s'étend sous mes yeux, illuminée par des milliers de lumières. J'y crois pas. Je peux même apercevoir la coupole de la basilique Saint-Pierre qui domine l'horizon.

C'est impressionnant.

*Sure Thing* remplace *Bump, Bump, Bump* dans les baffles, provoquant quelques cris féminins enthousiastes. Je me détourne de la vue et je continue à avancer. Mal à l'aise, je ralentis un peu et, incapable de m'en empêcher, je scrute la foule à la recherche de Samaël. Il ne me faut pas longtemps pour le repérer. Environ deux secondes et demie, peut-être même un peu moins. Il discute avec Arden à quelques mètres, et il est habillé tout en noir. Noir comme ses cheveux et ses yeux pénétrants. J'aimerais pouvoir me détourner de lui et ne plus le regarder. Mais il a ce genre de présence, lourde et magnétique, qui fascine, comme la lumière attire les papillons. Mes yeux détaillent son visage ciselé, terriblement parfait. Puis ils descendent et s'attardent partout, jusqu'à la gourmette en or qui scintille à son poignet bronzé chaque fois qu'il porte son verre d'alcool à ses lèvres rouges et pleines.

— Meuf ! s'écrie Lolita en me repérant. T'es trop belle !

Euphorique, probablement déjà déchirée, elle attrape mon bras et me fait tourner sur moi-même. Ses éclats attirent rapidement l'attention de Samaël, qui tourne la tête vers moi. Aussitôt, son visage se durcit, et ses yeux noirs, tels deux puits menant à l'abîme, se plantent dans les miens, et y restent.

J'ai chaud, j'étouffe, et Lolita doit sentir cette tension quasi fatale qui plane entre son cousin et moi, car elle tourne instinctivement la tête vers Samaël.

— Oh, mais quel casse-couilles ! Ignore-le ! râle-t-elle. Viens, on va se servir à boire à l'intérieur.

Sans me laisser le choix, elle me tire par le bras et m'entraîne à l'intérieur de la villa, dans sa cuisine où l'îlot en marbre, qui fait trois fois la taille de ma salle de bains, est rempli de bouteilles d'alcool.

— Rhum Coca cherry ou vanille ?

Bien que je ne boive pas d'alcool, entre autres parce que je n'aime pas le goût, et que l'idée de devenir comme mon beau-père me traumatise, je hausse les épaules et lui dis :

— Pareil que toi, choisis.

En fredonnant « *If you be the cash, I'll be the rubber band. You be the match. I will be a fuse, boom* », Lolita prépare nos verres. Puis elle m'en tend un, et grogne lorsque Rondodasosa remplace Miguel.

— Bon sang, qui a changé la musique ?!

Sur ce, elle me plante là et va dans le jardin pour mener son enquête.

Je profite de ce répit pour m'adosser au plan de travail, et je prends une gorgée de ma boisson. Lolita l'a tellement chargée en rhum que j'en ai les yeux qui piquent. Je m'arme de courage et trempe mes lèvres en grimaçant. Au même moment, je sens une présence surgir derrière moi.

— Qu'est-ce que tu fous ici ? gronde une voix rauque dans mon dos.

Samaël.

J'adopte rapidement une attitude faussement décontractée et je me retourne lentement, en soupirant d'exaspération.

— Qu'est-ce que ça peut te foutre ?

Un rictus tord ses lèvres.

— C'est juste que j'ai pas envie de voir ta gueule.

Avec une moue exagérément candide, je porte mon rhum Coca à mes lèvres.

— Moi, je croyais que tu étais trop bien pour moi, et que tu avais réussi à m'oublier. Mais visiblement, ma présence te gêne. Regarde ailleurs, alors.

Il lâche un rire froid et sinistre.

— Redescends, Angeli. Ta chatte n'était pas si mémorable que ça.

— C'est ça, on se retrouve ce soir en bas de chez moi. Quand tu seras saoul et que tu me supplieras de te reprendre.

Mes mots se veulent blessants, mais ils ne dépassent pas ceux qu'il m'a crachés l'autre jour.

Samaël ricane, l'air mauvais et pas impressionné.

— C'est pas près d'arriver.

— Tant mieux.

— J'ai mieux à faire.

Je l'ignore en reprenant une gorgée de rhum Coca, et il poursuit :

— J'ai prévu de m'astiquer et de faire une éjac faciale à ton doudou. Tu sais, celui qui est dans mon lit et plus dans le tien.

— T'es répugnant. Tu…

Mais je m'arrête net en croisant le regard furax de Pupella, qui se tient un peu plus loin, un verre à la main. Samaël suit mon regard et fronce les sourcils.

— Qu'est-ce que t'as ? me demande-t-il.

Le pouls affolé, je m'empresse d'afficher un air impassible.

— Rien, ta meuf te cherche.

Sur ce, je le plante là, et je m'éloigne en feignant un désintérêt total. Lorsque je retourne sur la terrasse, je me retrouve enfin débarrassée de son regard brûlant, ainsi que celui meurtrier de Pupella.

# 30

## Samaël

Les dents serrées, j'observe Malena filer à l'extérieur sans un regard. Lorsque je l'avais vue arriver, j'avais décidé de l'ignorer, mais je n'ai pas été capable de tenir plus de deux minutes. Furieux de sa présence et agacé aussi d'être incapable de l'oublier, je m'empare de la bouteille de rhum et bois plusieurs gorgées au goulot.

— Tout va bien, bébé ?

Les doigts de Pupella s'enroulent autour de mon biceps contracté, et son parfum à la rose éclipse celui de Malena.

— Ouais, ça va, lancé-je en me dégageant de sa prise pour reprendre une gorgée d'alcool. J'ai juste besoin de prendre l'air.

Conciliante à un point que c'en est risible, Pupella me tire par le bras et m'emmène à l'extérieur. Aussitôt, mes yeux la cherchent… et la trouvent. Malena est sur ma droite, dans le petit salon extérieur, avec Arden, Lolita, Faël, et une espèce de connard sorti de nulle part. Je crois que c'est un pote de fac de Faël. Il a une dégaine d'artiste, le genre étudiant en art. Le genre de type qui trouve stylé de porter des baskets sales défoncées, des jeans trouvés en friperie, et qui se dit féministe parce que « c'est OK d'être du côté des femmes quand on est un homme ». Je les observe quelques secondes en pestant. Le courant a l'air de passer entre eux, et ça me fout les nerfs.

Pupella me colle aux basques alors que je me dirige vers le petit salon. Je prends place sur une chaise que quelqu'un a dû rapporter de la cuisine, et je rive mon attention sur Malena. Tout simplement parce que je ne peux pas m'en empêcher. Elle porte un jean droit, un peu large, mais qui moule parfaitement ses fesses. Quand j'ai débarqué dans la cuisine et que j'ai vu son cul serré dedans, ça m'a provoqué une demi-molle.

— Tu peux arrêter de la fixer ? Tout le monde le remarque. C'est gênant, s'agace Pupella.

Soudain, je repense à ce qui s'est passé dans la cuisine, à la façon dont Malena a fui en apercevant Pupella.

— Si ça te pose un problème, casse-toi, sifflé-je.

— Elle ne se remettra jamais avec toi, réplique-t-elle, amère.

Sans détourner le regard de Malena, qui prend un malin plaisir à m'ignorer, je grommelle entre mes dents.

— C'est ce qu'on verra.

Pupella se casse en jurant : « Cette fois, c'est fini, Samaël. Pour de bon », tandis que je continue à mater Angeli avec à la fois haine et désir. Mais c'est comme essayer de mélanger de l'eau et de l'huile : il y en a toujours un qui l'emporte sur l'autre. D'ailleurs, lorsqu'elle explose de rire suite à ce que vient de raconter l'autre abruti, je vois trouble. Le pire, c'est que son rire est forcé.

Mes muscles se tendent. Je me lève et traîne ma chaise jusqu'à eux. Je m'installe, et Malena fait mine de rien. Mais je sais que ma présence la met mal à l'aise. Je le sens dans la tension qui raidit ses épaules.

Quand elle éclate d'un nouveau rire forcé, trop bruyant pour être naturel, je bouillonne.

— … Et là, le gars glisse sur la glace et se ramasse la tête la première dans la boue, quoi !

Cet enfoiré est tellement pathétique que je ne peux plus me retenir.

— Gros, t'es pas drôle, lancé-je depuis la chaise sur laquelle je suis affalé.

Il rougit et rit nerveusement.

— T'as juste pas entendu le début.

— Ouais, ferme ta gueule, me contenté-je de répliquer.

Au cas où ce ne serait pas clair, ouais, je cherche la bagarre. Mais Faël, le grand pacifiste des temps modernes, la ramène aussitôt pour calmer le jeu.

— Sam, arrête de faire le gamin. C'est quoi ton problème ?

— Ton pote, dis-je en fixant l'intrus sans jamais détourner le regard.

Avant que ça ne dégénère, Faël adresse un signe de tête à son pote, et lui intime de bouger. L'idiot, qui se croit drôle avec ses anecdotes à deux balles, se lève vite fait.

*Bon vent, le plouc.*

— T'es vraiment qu'un putain de trou du cul, explose soudain Malena.

Je penche la tête, et esquisse une moue chagrinée en la regardant.

— Quoi, je t'ai cassé ton coup, bébé ?

— Va te faire mettre, grogne-t-elle.

Je redresse la tête, un sourire vicieux aux lèvres, ravi d'avoir provoqué sa colère.

— C'est moi qui te l'ai mise, Malena. Deux fois. Tu te souviens pas ? T'as même joui comme une chienne sur ma queue.

Le silence tombe lourdement dans le salon, avant d'être brisé par Malena qui explose de rage en se jetant sur moi comme une sauvage. On bascule tous les deux en arrière sur la chaise, tandis que ses poings martèlent mon torse. Loin d'éprouver la moindre douleur, je suis pris d'un rire incontrôlable, presque fou.

— Putain, t'es ridicule, Malena, ricané-je. Tu crois vraiment que tu me fais mal, là ?

Je la laisse me frapper encore quelques secondes, avant de perdre patience et d'attraper ses poignets d'une seule prise.

— T'es aussi fragile qu'un papillon, craché-je plus sérieusement, en la relevant dans mes bras en même temps que je me mets debout.

Je relâche ses poignets et, dans un geste provocateur, j'agrippe son cul à pleines mains avant de la lâcher brutalement. Malena titube, reprend son équilibre et me lance un regard brûlant, absolument pas impressionnant.

— Quel dommage que je n'aie pas eu le temps de prendre ce cul d'assaut. Parce que là aussi t'es vierge, pas vrai, Angeli ?

Après ce coup bas, elle tente à nouveau de me sauter à la gorge, mais Arden l'arrête en l'agrippant par les aisselles.

— Allez, Rambo, on se calme, dit-il en essayant de détendre l'atmosphère.

Lolita rapplique, me pousse violemment – sans réussir à me faire bouger d'un centimètre – puis s'éloigne avec Malena, non sans m'avoir adressé un charmant doigt d'honneur avant de disparaître.

# 31

## Malena

— Malena, attends ! crie Lolita dans mon dos.

Arrivée à côté de mon scooter, elle accélère le pas pour se mettre devant moi et me bloquer le passage.

— Samaël a vraiment réagi comme un sale con, ce soir. Mais il t'aime toujours.

Un rire amer, presque hystérique, m'échappe.

— Il a une drôle de façon de le montrer.

— Je sais, mais… tu lui as brisé le cœur.

*Parce que je n'avais pas le choix.*

— Pourquoi tu l'as quitté, Malena ?

— Parce que… merde, laisse tomber, Lolita. Pourquoi tu m'as invitée ce soir ? C'était calculé ? C'était encore un plan tordu de Samaël ?

— Quoi ?! Non, pas du tout.

Bizarrement, son indignation m'a l'air sincère, mais je suis à bout, vidée de toute énergie. Incapable de rester là plus longtemps à l'écouter défendre son cousin, je monte sur la selle de mon scooter et je me tire.

— Ne me tiens pas pour responsable du comportement déplorable de Samaël ! Je t'ai invitée parce que je t'apprécie !

crie-t-elle pour couvrir le bruit du moteur de mon deux-roues.

Lorsque je rentre de chez Lolita, encore tremblante de rage, je m'étonne de trouver l'appartement aussi silencieux. La télévision est éteinte, et l'odeur de transpiration caractéristique de Giovanni n'est pas perceptible dans l'air. Moi qui m'attendais à le trouver inconscient sur le canapé, je suis soulagée.

Le frigo émet un léger bourdonnement quand je l'ouvre, en espérant y trouver autre chose que de la bière. Je découvre que l'assiette laissée pour Giovanni est toujours là, intacte. Il n'est donc pas rentré.

Je l'imagine sans mal squatter un bar, à moitié endormi sur le comptoir, à descendre bière sur whisky, en allongeant une ardoise qu'il ne sera pas en mesure de régler.

Sur la pointe des pieds, je monte les escaliers et j'aperçois Alessia, assise sur la dernière marche, pieds nus, la tête appuyée contre la rampe en bois. Elle a l'air désespérée.

— Hé, qu'est-ce que tu fais encore debout, petite crapule ?

Avec un léger haussement d'épaules, elle me demande :

— Papa est rentré ?

— Il n'est pas dans son lit ?

Elle secoue la tête.

— T'as vérifié ?

— Trois fois, dit-elle en levant trois doigts.

Avec un soupir, je la rejoins en haut des marches, et j'ébouriffe ses cheveux.

— T'en fais pas, il ne va pas tarder à rentrer.

Moyennement convaincue, elle fronce le nez en grimaçant et j'insiste.

— File au lit, sinon demain tu vas te réveiller avec des cernes de malade, et tu ne pourras même pas les camoufler avec de l'anticernes parce que t'as pas l'âge de te maquiller, la taquiné-je.

Ma tentative d'humour tombe à plat. Alessia se lève et se retire dans sa chambre, sans se presser, sans entrain. Je regarde l'heure sur mon téléphone : 03:47.

Alessia se fait du souci pour rien. Je suis sûre qu'il ne va pas tarder. Il rentre toujours. Complètement torché, certes, mais il rentre à chaque fois.

Dans la salle de bains, je me démaquille rapidement. Puis je me brosse les dents, avant de gagner ma chambre pour enfiler un vieux sweat sur un short de pyjama. C'est alors que je reçois un SMS.

C'est une photo envoyée par un numéro non répertorié. Je déverrouille mon portable, et clique sur l'onglet. Je fulmine devant mon écran qui affiche mon doudou au bout du bras tendu de Samaël. Je reconnais ses draps gris et la lampe de chevet, avec l'abat-jour en forme de chauve-souris dans le coin gauche de l'écran.

Je n'en reviens pas qu'il ait encore besoin de me narguer après la façon dont il m'a traitée à la fête de Lolita.

C'est quoi son putain de problème ?

Aussitôt, la rage revient me dévorer toute crue, et cette fois, il n'y a ni Arden ni Lolita pour tenter de me tempérer. Sans réfléchir, à bout de nerfs, je sors dans le couloir puis dévale les escaliers. Arrivée devant la porte d'entrée de l'appartement, je n'hésite qu'une demi-seconde avant de la franchir. Stimulée par les paroles répugnantes proférées par Samaël ce soir, je descends au sous-sol pour prendre mon scooter, dont le moteur est encore chaud. Mon but est très clair : récupérer Marcelino.

La nuit est calme sur la Via delle Magnolie d'Oro, l'une des rues les plus bourges du Latium. Ici, les baraques valent des millions, en particulier celle de Samaël. Elle doit probablement être classée au patrimoine.

Avec un air mauvais, je descends de mon scooter et m'avance vers l'élégant portail des Belmonte. Évidemment, il est fermé. *Fait chier.* J'agrippe les barreaux, et glisse légèrement la tête entre deux d'entre eux pour observer la fenêtre de sa chambre, au deuxième étage. Elle est ouverte, mais aucune lumière ne filtre à travers les rideaux. Fier de son petit coup mesquin et puéril, Samaël doit certainement s'être endormi comme un bébé après m'avoir envoyé cette foutue photo de Marcelino.

Sans trop d'espoir, je tente de secouer légèrement le portail, mais il est bel et bien clos. Mon regard glisse alors vers la propriété juste sur la droite. Le voisin de Samaël, lui, n'a pas de portail. Un sourire en coin se dessine sur mon visage. Je pourrais très bien passer par son jardin pour rejoindre celui des Belmonte…

Sans plus attendre, je décide de tenter le coup, et longe les haies d'un pas mesuré. Les feuilles bruissent doucement lorsque je les frôle. Malheureusement, le terrain en pente ne me facilite pas la tâche. Les haies sont trop hautes pour être enjambées sans attirer l'attention. Déçue mais déterminée à ne pas renoncer, je scrute les alentours de l'habitation voisine de celle des Belmonte, et j'aperçois une petite remise, à peine visible derrière une rangée de buissons.

Je m'approche furtivement, en remerciant le Ciel qu'aucun éclairage automatique ne se soit activé, et je pousse la porte en bois, qui n'est pas verrouillée, heureusement. À l'intérieur, l'obscurité règne, mais mes yeux s'habituent vite à la pénombre. Je découvre une échelle décorative, ornée de lierre grimpant, derrière une tondeuse poussiéreuse probablement HS. Mes yeux s'illuminent ; cette échelle est parfaite pour mon plan.

Avec précaution et le cœur battant comme un tambour de guerre, je la traîne à l'extérieur, en veillant à ne pas faire de bruit. L'échelle est légère mais suffisamment solide pour m'aider à accéder au jardin des Belmonte. Je la place contre la haie. Mes mains tremblent légèrement de peur… et d'excitation.

Bon sang, je suis complètement folle de projeter d'entrer par effraction – pour la deuxième fois – chez le fils de l'un des politiciens les plus adulés et respectés de Rome. Mais Samaël ne peut pas gagner toutes les batailles sous prétexte que j'ai mis fin à notre relation… à contrecœur, même s'il l'ignore.

Une fois en haut de l'échelle, je n'ai pas d'autre choix : je saute, priant pour me réceptionner sur mes deux pieds. Mais ça n'arrive pas, et je tombe sur mes genoux, en raclant l'herbe fraîche et humide. Une grimace de douleur traverse mon visage alors que je me redresse, puis j'époussette machinalement mes genoux éraflés. Aux aguets, je scrute le jardin et repère la porte-fenêtre du pool house, attenant à la maison. Elle est légèrement entrouverte. *Dites-moi que je rêve* ! *Je ne vais même pas avoir besoin de briser un carreau* ! Le cœur battant encore plus fort et à deux doigts de lâcher, je m'approche et pousse doucement la porte pour me faufiler à l'intérieur.

Bon sang, l'adrénaline pulse si abondamment dans mes veines que j'en ai la nausée.

Je me dirige à la hâte vers la baie vitrée qui donne sur une piscine intérieure, que je n'avais pas vue lors de ma première visite. Le bassin olympique est immense. Un matelas gonflable flotte à la surface, au milieu des vapeurs qui s'élèvent doucement de l'eau, visiblement à une température idéale. Quand je pense qu'il y a quelques mois, Alessia et moi devions nous contenter de douches glacées parce que mon connard de beau-père n'avait pas payé la facture de chauffage…

L'amertume me serre la gorge tandis que je contourne la piscine de Samaël. Juste après, j'aperçois un petit salon avec une bibliothèque, dont l'une des portes mène directement au hall d'entrée.

Bingo.

Je grimpe doucement les escaliers en béton pour atteindre le séjour. Il dessert plusieurs autres pièces immenses et luxueuses, dont la cuisine que je connais déjà et un salon d'apparat. Chaque pas me rapproche de Samaël, et l'adrénaline qui ne cesse d'affluer dans mon organisme me donne le courage nécessaire pour emprunter l'escalier qui mène à l'étage.

Arrivée sur le palier du couloir des chambres, je prends une profonde inspiration, cherchant à calmer le tremblement de mes mains. Chaque fibre de mon être est tendue à l'extrême, alors que je m'approche de la porte de sa chambre. Fébrile, j'inspire une nouvelle bouffée d'air, et remplis mes poumons jusqu'à la suffocation. Puis j'ouvre la porte avec une lenteur calculée. Elle émet un léger grincement, et je me glisse à l'intérieur, avant de refermer doucement derrière moi.

Malgré l'obscurité, je parviens à le distinguer, allongé sur son lit, paisiblement endormi sur le dos, un bras replié sur son visage. À côté de lui, une minuscule silhouette familière me fait serrer les dents : Marcelino. Mon cœur s'emballe en réalisant que Samaël ne s'est pas simplement contenté de me le voler pour me faire enrager ; il se l'est carrément approprié.

Incapable de rester plantée là sans réagir, j'avance vers son lit sans faire attention au bruit de mes pas à présent. La colère qui brûle mes entrailles m'empêche de me montrer raisonnable. Au moment où je tends la main pour récupérer mon doudou, ma basket heurte quelque chose, qui tombe bruyamment sur le parquet, avant de rouler et de faire un boucan pas possible. Je déglutis, et baisse les yeux vers le verre d'eau que je viens de renverser. Puis je relève la tête avec précaution vers Samaël, qui commence à papillonner des cils.

— Malena ? grogne-t-il, encore à moitié endormi, alors que ses yeux s'ouvrent sur moi et affichent une surprise glaciale.

Mon cœur rate un battement, et ma gorge se serre à m'en étouffer. Je n'hésite pas une seconde ; j'attrape mon doudou dans un geste désespéré et tourne les talons pour m'échapper. Mais à peine ai-je atteint la porte de sa chambre qu'il agrippe violemment la capuche de mon sweat, et me tire sans ménagement. Puis il me plaque brutalement contre le mur, à côté de la fenêtre ouverte.

Alors que sa main me retient toujours par mon vêtement, il rapproche son visage du mien, et envahit mon espace. Son regard est menaçant, effroyable, noir et cruel comme il ne l'a jamais été. Un petit rire glaçant s'échappe de sa gorge, et son souffle brûlant effleure mes lèvres. Il sent le rhum et le dentifrice. Et les ennuis.

— Si t'es assez badass pour entrer par effraction chez moi, tu devrais pouvoir te barrer par la fenêtre comme une vraie voleuse, non, Malena ? crache-t-il, alors qu'un sourire venimeux déforme ses traits.

Je jette un coup d'œil paniqué en bas. Le béton lissé me nargue, comme s'il me promettait d'écrabouiller ma cervelle.

— T'es complètement malade, dis-je en déglutissant.

Samaël fait claquer deux fois sa langue contre son palais pour exprimer son désaccord, puis il ricane.

— Dit la meuf qui se permet de rentrer chez moi au beau milieu de la nuit pour récupérer une peluche.

Sur ce, il désigne la fenêtre ouverte d'un mouvement du menton.

— J… je pourrais… me tuer, balbutié-je, alors que les mots tremblent sur ma langue.

Aussitôt, les traits de son visage, découpé par la lune, se durcissent.

— T'inquiète pas, tu manqueras à personne.

D'un geste brusque, il m'arrache Marcelino des mains et, sans une once d'hésitation, le balance par la fenêtre. Mon doudou tournoie dans les airs avant de disparaître dans l'obscurité. Mes yeux s'écarquillent. La terreur et la rage se mêlent dans un tourbillon infernal.

Samaël incline la tête, et retrousse ses lèvres dans un rictus provocateur.

— Quoi, t'étais venue chercher ton doudou, nan ? Qu'est-ce que t'attends ? Va le chercher, me balance-t-il, alors que chacun de ses mots dégouline de haine et de sarcasme.

J'inspire brusquement, mes jambes tremblent et mes paupières vibrent avec frénésie.

— Déconne pas, Belmonte. On est à au moins quatre mètres du sol, tenté-je de le raisonner.

Mais j'ai l'impression d'être cette héroïne à deux balles qui essaie d'adoucir son bourreau dans les films d'horreur. C'est pathétique. En réaction, Samaël hausse les épaules avec indifférence, comme si ma vie n'avait aucune valeur à ses yeux.

— Pas mon problème, Angeli, murmure-t-il avec un sourire qui me glace les os.

Son regard me défie, froid et tranchant, dépourvu d'humanité. Ma cage thoracique est sur le point d'exploser alors que je me tourne face à la fenêtre. Évidemment, je ne compte pas sauter. Je ne suis pas suicidaire. D'ailleurs, chaque fibre de mon être me crie de reculer, et de fuir cette folie. Mais – et c'est invraisemblable – quelque chose en moi m'incite à rentrer dans son jeu. À voir jusqu'où peut aller sa haine contre moi.

Je n'ai pas l'occasion de faire un seul pas qu'il empoigne mon bras, et me projette à nouveau contre le mur, comme si j'étais une poupée de chiffon. Mon dos heurte la surface froide et dure, m'arrachant un cri de surprise que j'étouffe. Il se penche sur moi. Son visage est à quelques centimètres du mien. Je vois la rage et la détermination mêlées dans ses sombres prunelles envoûtantes.

— T'es vraiment prête à te tuer pour un putain de doudou, Malena ? rugit-il, tandis que sa voix résonne comme un coup de tonnerre dans la pièce.

La colère inonde ses prunelles, mais il y a aussi une lueur de confusion et de douleur, comme s'il se détestait de m'avoir retenue.

— Pourquoi tu m'en empêches ? Je croyais que mon sort ne t'importait pas, craché-je d'une voix tremblante d'indignation et de rage.

— Ferme ta gueule, m'ordonne-t-il dans un grondement sourd.

— Ferme la tienne, rétorqué-je en défiant son autorité avec un aplomb qui me sidère.

Il rit, un rire cruel et moqueur qui résonne dans l'air tendu.

— Ta répartie pue la merde, Malena.

Après cette pique, il me lâche et recule légèrement, mais l'énergie carrément létale entre nous menace toujours d'exploser. Bien que j'aie l'impression d'être en lambeaux, je m'efforce de me redresser et de retrouver mon assurance. Ou du moins, de faire comme si.

— C'est ton âme qui pue la merde, répliqué-je, en tentant de masquer ma peur derrière une façade de bravade. Tu es horrible avec moi et…

Son sourire se fige, et je vois enfin l'ampleur de la tempête qui gronde en lui. Sans prévenir, il attrape ma mâchoire avec force.

— La garce que tu es m'a brisé le cœur sans aucune putain de raison. Comment tu pensais que ça allait se passer entre nous ?

Chaque mot qu'il prononce est une flèche qui me transperce avec une précision perverse. Alors que j'ouvre la bouche pour répliquer, Samaël ne m'octroie pas le droit de prononcer le moindre son. Il saisit à nouveau ma capuche et me traîne hors de sa chambre. La panique m'envahit.

— Samaël… qu'est-ce que tu fais ?

— Je te fous à la porte, avant de faire une connerie comme te balancer par la fenêtre.

— Tu n'oserais pas.

— T'as foi en moi, c'est touchant, ricane-t-il, sans une once d'humour dans la voix.

Sans ménagement, il agrippe toujours ma capuche dans les escaliers, comme si j'étais un voyou pris en faute.

— Lâche ma capuche, Samaël !

J'essaie de me débattre, et je réussis miraculeusement à me dégager en atteignant le pied des escaliers. Mais ça ne dure qu'un bref instant avant que cet enfoiré ne me rattrape par mon vêtement, et ne s'en serve pour me plaquer contre le mur. De façon pathétique, je remue mes pieds dans le vide, agacée de réaliser à quel point il lui est facile de me maintenir comme ça.

— Lâche-moi, espèce de sale fils de p…

Mais mon insulte n'a pas le temps de sortir, interrompue par un raclement de gorge désapprobateur. Samaël me relâche brusquement, et nous tournons lentement la tête pour découvrir son père, assis sur un tabouret près de l'îlot de la cuisine. Il sirote tranquillement un café, son MacBook ouvert devant lui. Il a l'air d'un homme qui vient de surprendre une scène tout à fait banale.

— Samaël, gronde sa voix autoritaire. Lâche-la. Et vous, Malena, insultez mon fils autant que vous le souhaitez, mais évitez de vous en prendre à ma femme, je vous prie.

L'embarras me brûle le visage, et je m'étrangle en bredouillant :

— Bonsoir… euh, oui… désolée.

Impassible, monsieur Belmonte retourne à son café et son MacBook, tandis que je peine à réaliser la portée de la situation. Lorsque je relève le menton, que j'avais baissé sans m'en rendre compte, je me retrouve face au regard amusé de Samaël.

Comment peut-il rire dans un contexte pareil, bon sang ?

Et puis, comment son père connaît-il mon nom, d'ailleurs ? J'aurais très bien pu être Pupella. D'après ce que je sais, Samaël ne l'a jamais présentée à ses parents. C'est Pupella qui s'en était plainte une fois, et j'avais surpris la conversation.

Bien décidée à me tirer d'ici, je jette un dernier coup d'œil meurtrier à Samaël, qui a retrouvé son air détaché, comme si l'interruption de son paternel n'avait pas eu lieu.

Je me tourne, prête à quitter les lieux, et croise de nouveau le regard de monsieur Belmonte, qui m'observe avec une tranquillité déconcertante. Mon instinct me pousse à sortir au plus vite, mais une partie de moi reste suspendue à son regard, identique à celui de Samaël, quoique plus tranchant.

— À bientôt, Malena, dit-il, un sourire énigmatique aux lèvres.

Sa voix porte une promesse et une assurance qui me déstabilisent. Je me fige un instant, incapable de répondre. Puis je me ressaisis et lui adresse un signe timide de la main, avant de m'élancer hors de la maison.

J'ai besoin d'air.

Alors que je me précipite vers les escaliers qui mènent au hall d'entrée, je suspecte Samaël de me suivre, mais je ne me retourne pas pour vérifier. J'ouvre la porte d'entrée et je m'échappe, mais je n'ai pas le temps de faire un seul pas sur les graviers que mon poignet est retenu par sa main. Samaël colle son torse contre mon dos et siffle tout contre mon oreille.

— Un conseil : à l'avenir, évite de te pointer aux fêtes où personne ne veut te voir, Malena.

— T'en fais pas, ça n'arrivera plus, réponds-je, tandis que la colère redouble en moi.

Je me dégage de sa prise, fais volte-face, et j'ajoute avec un sourire forcé :

— Lolita a sûrement dû m'inviter parce que je lui faisais de la peine. Elle espérait sûrement que je ne viendrais pas.

Quand je lui crache au visage ses propres mots, Samaël recule, puis écarquille les yeux et déglutit. *Merde, je n'aurais peut-être pas dû dire ça.*

— Q… quoi ?

Je le dévisage tout en émettant un bref ricanement, lui aussi forcé.

— Laisse tomber.

Mais il me retient en agrippant le haut de mon bras.

— D'où tu sors ça ?

Je retire un à un ses doigts qui enveloppent mon bras et, forcée de constater que le passé laisse des marques indélébiles, je réponds d'un ton acerbe :

— À ton avis ?

# 32

## Samaël

Lorsque j'entends ces mots que j'avais prononcés trois ans plus tôt, mon estomac se révulse. J'avais menti dans ces vestiaires. Parce que j'étais jeune, con, et beaucoup trop fier pour assumer de m'être effectivement pris un vent par Malena Angeli. Et par la plus grande des malchances, elle m'avait entendu ?

Putain, c'était bien ma veine.

Le temps de me ressaisir, Malena est déjà sur la selle de son scooter.

— Attends ! tenté-je de la retenir.

Mais elle file dans la nuit, sans même emporter Marcelino, qui gît toujours sur les graviers. Je le récupère avec amertume et soudain, je me rejoue ces derniers jours en accéléré. Puis les derniers mois, et enfin, les dernières années. La réticence de Malena envers moi, sa façon de me détester, de me faire galérer à la récupérer, tout ça pour un mensonge que j'avais proféré par orgueil trois ans plus tôt.

Bordel, je suis un putain d'abruti doublé d'un enfoiré.

***

Le lendemain matin, je descends dans la cuisine et tombe sur mon père en train d'embrasser ma mère. D'habitude, j'aime bien les voir s'aimer, mais étant donné à quel point c'est la merde entre Malena et moi, cette scène est difficilement supportable. Leurs rires et leurs gestes tendres me semblent à des années-lumière de ce que je traverse.

Lorsque ma mère me remarque, elle s'approche et m'enlace avec chaleur.

— Ça va, mon ange ?

Son odeur familière me réconforte aussitôt, un mélange de son parfum Chanel, de café fraîchement infusé, et de l'after-shave Tom Ford de mon père. Par-dessus son épaule, je décoche un clin d'œil à mon paternel, qui est justement en train de m'assassiner du regard. Ses yeux m'accusent de l'avoir interrompu alors qu'il était presque sur le point de se taper ma mère. Et comme je suis un petit con au cœur brisé en mille morceaux, j'étreins ma mère encore plus fort, et je souris comme un gamin en remarquant la veine qui apparaît sur le front de mon père.

— Allez, c'est bon, mon grand, finit-il par dire en tirant sur le tee-shirt que je porte.

Ma mère ricane en lui tapotant le torse, amusée. Dix-sept ans après ma naissance, le pauvre ne digère toujours pas que je sois devenu le nouveau préféré de sa femme. Un sourire se dessine sur mes lèvres malgré moi, et malgré la situation merdique entre Malena et moi.

— On se fait un padel ? me propose-t-il, l'air plus détendu maintenant que sa main repose sur le postérieur de son épouse.

Je pioche une pomme dans le panier à fruits, qui trône au milieu de la table, et je croque dedans.

— Ouais, OK, ça marche.

La vérité, c'est que je préférerais passer la journée au lit à me morfondre et à regretter ma relation avec Malena. Peut-être mater un porno, et enchaîner avec quelques parties de FIFA, tout en lui envoyant désespérément des SMS qui, je le sais déjà, n'arriveront pas sur son téléphone puisqu'elle a bloqué mon numéro. Enfin… *mes* numéros. C'est pas faute d'avoir acheté plusieurs cartes SIM. Mais je sais que c'est sa manière à lui de me réconforter. Contrairement à ma mère, il sait que Malena est venue hier, et que j'en ai pris pour mon grade.

— Je vais proposer à ton oncle et à Arden de se joindre à nous, ajoute-t-il en se tournant vers son téléphone.

Lorsqu'il me contourne, il enveloppe mon crâne de sa main et m'embrasse furtivement sur le front.

— Allez, fils, ça va s'arranger. Arrête de faire cette tête de chien battu.

Une demi-heure plus tard, je me retrouve à l'arrière de la Porsche Macan de mon père lorsqu'il se gare devant la maison des Scorsese. Sur le perron, tante Asia est en train de glisser une banane et une bouteille d'eau dans le sac d'Arden. Oncle Matteo a l'air contrarié, et je crois l'entendre se plaindre de ne pas bénéficier des mêmes attentions que son rejeton. Je souris. On dirait mon père.

Deux toutous.

Arden ouvre la portière et me rejoint sur la banquette arrière, tandis que son père s'installe côté passager pour échanger un check avec le mien.

— Ça va, fiston ? me demande Matteo, qui me regarde en plissant les yeux.

Je n'ai pas le temps de répondre qu'il se tourne vers mon père avec un rire franc.

— Pourquoi ton gamin a l'air de s'être fait briser le cœur comme une petite gonzesse ?

— Parce que c'est le cas, confirme mon père sur un ton moqueur, qui me fait fulminer.

Je tape dans son dossier et lui rappelle :

— Oh, je suis là, je vous entends.

— On te taquine, soupire mon paternel en échangeant un regard complice avec mon oncle.

*Ouais, le respect est mort depuis belle lurette dans cette famille.*

— À ta place, je bloquerais quand même la vitre arrière au cas où il voudrait se jeter par la fenêtre, continue de plaisanter Arden à l'adresse de mon père, qui ne trouve rien de mieux que de rire en s'exécutant.

Je lève les yeux au ciel avec exaspération.

— Je ne suis pas suicidaire, bande d'enfoirés.

Quand Arden éclate de rire suite à ma réponse, j'éprouve l'envie obsédante de lui faire fermer sa bouche.

— Arden kiffe la même meuf depuis des années, et elle se fout royalement de lui. Pourquoi personne ne lui dit rien ?

Furieux, il me donne un coup de pied en sifflant « bâtard » dans un murmure, et je poursuis, imperturbable.

— Dommage qu'oncle Gabriel ne soit pas là pour entendre ça.

Évidemment, seuls Arden et moi savons que je dis ça parce que la nana en question, c'est la fille unique de Gabriel. Alors qu'Arden passe de l'amusement à l'embarras en un instant, mon père promet, hilare :

— On lui racontera au prochain repas de famille.

# 33

## Jordane

Je traîne en bas de l'immeuble délabré où vivent Malena et notre petite sœur Alessia.

J'ai l'estomac noué par l'angoisse. Mes yeux sont lourds et fatigués de ne s'être fermés que quelques heures cette nuit. L'époque où je vivais moi-même dans ce taudis me semble à la fois lointaine et désespérément proche, probablement à cause de ces souvenirs dont je n'arrive pas à me défaire : les cris, les pleurs, Giovanni et sa foutue addiction à l'alcool. Giovanni qui n'a rien trouvé de mieux que de sortir avec la mère camée de Malena, comme si tous les deux s'étaient engagés dans un concours morbide, du genre « celui qui sombrera le plus bas, et qui niquera le plus la vie de ses enfants ».

Giovanni n'est pas rentré depuis plus de vingt-quatre heures. La dernière fois que quelqu'un l'a vu – un employé de bar qui fermait boutique – c'était près du Pont Sant'Angelo. Je suis certaine qu'il est tombé dans le Tibre, trop ivre pour marcher putain de droit. Trop égoïste pour penser à rentrer s'occuper d'Alessia, sa gamine d'à peine huit ans.

Et le pire, c'est que je ne lui en veux même pas d'être probablement mort. Il n'a jamais été un père, ni d'aucune aide, ni d'aucun soutien. Mais je lui en veux pour ce que sa disparition va signifier pour Alessia, pour ce qu'elle va devoir affronter à cause de ses choix merdiques à lui. Parce qu'elle mérite mieux que cette vie-là, et moi, je ne sais même pas si je serais capable de lui offrir mieux.

Ça fait des semaines que je viens ici, tard dans la nuit, dès que mon emploi du temps le permet, entre les cours et mon job de serveuse, que je rêve de quitter. Je garde un œil sur l'appartement depuis ce terrain de jeu, qui ressemble maintenant à un squat pour dealers et toxicos. Je guette le moindre mouvement derrière les rideaux miteux. C'est tout ce que j'ai trouvé pour me sentir un peu utile, depuis que Malena m'a appelée en panique pour me dire qu'une sale conne de sa classe la faisait chanter. Mais maintenant que Giovanni a disparu des radars, tout ça me paraît bien dérisoire. Si ce con est bel et bien mort, alors Alessia sera confiée aux services sociaux, chantage ou pas. J'ai l'impression que le temps m'échappe, que chaque seconde me rapproche d'une vérité que je ne veux pas affronter.

Mon cœur reste de marbre à l'idée que Giovanni, cet enfoiré que je n'ai jamais pu appeler « Papa », ce type minable qui n'a jamais su ce que c'était d'être un putain de parent responsable, pourrait bien être six pieds sous terre. Au fond, j'ai toujours pressenti qu'il finirait par se barrer, sans manquer à personne. Mais je ne peux pas m'empêcher de paniquer à l'idée de ce que cela va signifier pour Malena et Alessia.

Je vais probablement devoir lâcher mes études, enterrer mes rêves, me trouver un boulot stable, et tout faire pour obtenir la garde des filles plus vite que prévu. Pas moyen qu'Alessia finisse dans une famille d'accueil. Je déglutis, amère, maudissant Giovanni et ses chaînes invisibles qui continuent de me lier à sa désastreuse existence.

Soudain, le cliquetis sec et caractéristique d'un briquet me fait tourner la tête vers la gauche. Un gars est assis sur un banc un peu plus loin, capuche rabattue sur le haut de son visage, que la lueur vacillante de son briquet éclaire par intermittence. La tête penchée, il allume un joint, dont le bout incandescent crépite dans le silence lourd et oppressant du squat. Puis il reporte son attention sur la fenêtre de la chambre de Malena.

— Tu dois être Samaël, lancé-je en m'approchant.

Sourcils froncés, il éloigne le pétard de ses lèvres en le tenant entre le majeur et l'index, puis il me dévisage avec un regard qui semble demander : « On se connaît ? ».

— Je suis Jordane, la demi-sœur de Malena, me présenté-je.

Je lui tends la main et il la serre à peine, tandis que son regard inquisiteur ne lâche pas le mien.

— Pourquoi tu traînes ici à 3 h du mat' si t'habites juste là ? me demande-t-il en désignant l'appartement d'un mouvement du menton.

— Ce n'est plus chez moi depuis longtemps. Et toi, pourquoi t'es là ?

En posant la question, je l'examine de la tête aux pieds. Je repère ses baskets de créateur et ses fringues de marque.

— T'habites pas dans le coin, c'est clair, ricané-je en laissant traîner un sourire narquois sur mes lèvres.

Samaël passe une main dans sa nuque, sans relever ma pique. Il a le regard creusé, l'air aussi épuisé que moi, comme si lui non plus n'avait pas fermé l'œil depuis des siècles.

— Franchement ? J'en sais rien, soupire-t-il. Ta sœur me déteste et je ne sais pas quoi faire pour changer ça.

— Vous n'êtes plus ensemble ?

Ma question sonne plus comme une affirmation qu'une véritable interrogation. Au fond, même si je n'ai jamais cherché à savoir, j'étais persuadée que Malena finirait par prendre la bonne décision.

— Elle t'a parlé de moi ?

— Une fois, admets-je.

Las, Samaël hausse brièvement les sourcils, sans réclamer de détails, en concluant probablement que ce n'était pas en bien.

Pourtant ça l'était.

— Mon père n'est pas rentré depuis hier soir. Je suis persuadée qu'il est mort, déclaré-je en le rejoignant sur le banc.

J'ignore pourquoi je lui dis cela. Les mots m'échappent, de façon incontrôlable. Peut-être parce que j'ai besoin de les prononcer à voix haute pour me convaincre de cette réalité, de ce sixième sens sorti de nulle part.

— Si c'était le cas, tu serais pas censée être… triste ? me demande-t-il en me passant son joint, que j'accepte volontiers.

Je tire une taffe avant d'expliquer, sans la moindre censure :

— Giovanni est, ou était, une ordure, lâché-je d'une voix neutre et dépourvue d'émotion. Toujours ivre, souvent violent. Les seuls moments où je parvenais à le tolérer, c'était quand il nous ignorait, Malena, Alessia et moi. Ce silence était notre unique répit, un répit dont je ne pleurerai certainement pas le fait qu'il devienne permanent, conclus-je dans un ricanement froid.

Je m'affale contre le dossier tagué du banc, le regard perdu dans le vide, et je poursuis.

— Je ne vais pas le pleurer juste parce que son sang coule dans mes veines. Ça ne veut rien dire. Giovanni n'a jamais été un père, juste un homme qui a échoué à protéger ses propres enfants. Il a été infect, égoïste, et sa présence n'était qu'un poids bien trop lourd pour nos épaules.

Je prends une nouvelle taffe, et laisse la fumée s'échapper de mes lèvres, tout comme mes mots, que j'ai décidé de ne pas retenir. Parce qu'ils sont la réalité.

— J'ai cassé la gueule à ton père une fois.

Après cette confession sortie de nulle part, Samaël me lance un regard, comme pour évaluer la portée de cette information sur moi, avant de poursuivre :

— Il avait levé la main sur Malena. Je l'ai démoli.

J'inspire profondément, la poitrine comprimée, tandis qu'il se risque à continuer :

— Si… il est vraiment… enfin, tu sais…

— Mort ? suggéré-je.

Il hoche la tête pour confirmer, l'air grave.

— C'est une bonne chose en ce qui me concerne. J'aurais bien été capable de le tuer moi-même et de finir en taule.

— Ton père n'est pas le président ? lancé-je avec un ricanement. Il t'aurait sorti de là, illico presto.

Samaël sourit, amusé.

— Ouais, sans doute. Et puis je suis trop sexy pour finir en prison. Ce serait un vrai gâchis.

— Les frères Menendez y sont bien, ajouté-je pour lui faire perdre ses illusions, avec un sourire moqueur aux lèvres.

Je lui repasse le joint, et le silence retombe avant que je ne décide de le briser.

— Tu l'aimes vraiment bien, Malena, pas vrai ?

Un ricanement sans humour s'échappe de ses lèvres.

— Putain, quel euphémisme. Ta frangine me fait galérer depuis la troisième.

Cet aveu remue quelque chose dans ma poitrine déjà douloureuse et compressée. Malena a de la chance d'avoir ce garçon dans sa vie, quelqu'un qui tient à elle. Ce soir, je réalise à quel point c'était injuste de la priver de ça.

— Je sais que tu ne me dois rien, mais je peux te demander un service ?

— Tu viens peut-être de perdre ton vieux. Je me sentirais mal de refuser.

Je souris et j'en profite.

— Ne laisse pas tomber avec Malena.

Il hoche la tête, expulse un nuage de fumée blanche puis admet :

— Je n'en ai pas l'intention.

# 34

## Malena

Je commence ma semaine à Artemisia avec des cernes de malade cachés sous une couche d'anticernes, et une boule au ventre qui refuse de disparaître.

Alessia vit chez Jordane pour l'instant. C'est temporaire, juste le temps que Giovanni réapparaisse… s'il réapparaît un jour. Et pour être honnête, plus les jours passent, plus je me dis qu'il est sûrement mort. Une conclusion qui m'arrache à peine un soupir. Ni Jordane ni moi ne sommes particulièrement pressées qu'on le retrouve, qu'il soit en vie ou inerte.

Tant que Giovanni reste officiellement porté disparu, Alessia peut continuer à habiter chez Jordane, et c'est probablement la meilleure option pour elle pour l'instant. Parce que le jour où cette situation prendra fin, les services sociaux s'en mêleront pour nous rappeler que la liberté qu'on pensait avoir n'était qu'une foutue illusion.

Même effacé des radars, Giovanni et ses choix pourris continuent de nous impacter, et c'est tellement injuste, putain.

Je lance *Come Back and Stay* dans mes écouteurs tout en me dirigeant vers mon casier, situé juste à côté de la fontaine à eau. Paul Young agit comme une bande-son qui égaye à peine le triste film de ma misérable existence. Je déverrouille mon cadenas d'un geste mécanique, presque comme un robot, et mon cœur rate un battement. Je cligne plusieurs fois des yeux, pensant être en train de rêver. Mais Marcelino est bien posé sur mon classeur, avec ses yeux en forme de boutons noirs qui fixent le vide.

Je me retourne brusquement pour balayer le couloir des yeux. À sa recherche.

Son épaule appuyée contre une rangée de casiers, il rive son regard insaisissable au mien, avec cette foutue faculté de mettre le monde autour de nous sur pause. Alors que ma bouche s'entrouvre sans prononcer le moindre mot, Samaël détourne les yeux puis s'éloigne, comme s'il n'attendait rien en retour.

Est-ce que c'est encore un piège ? Un énième coup tordu pour mieux me manipuler ?

Je n'en ai pas la moindre idée.

Le lendemain, c'est un Yazoo à la fraise qui m'attend dans mon casier. Et le surlendemain ? Un papillon mort qui gît sur mon manuel de chimie. De la part de n'importe quel autre garçon, ça pourrait passer pour des gestes mignons, quoique maladroits peut-être. Mais venant de Samaël, c'est juste… inquiétant. Morbide. Ce qui me fait le plus enrager dans cette mascarade sans nom, c'est qu'il agisse comme si ces dernières semaines n'avaient jamais existé.

Lorsque je l'aperçois au bout du couloir entrer dans les toilettes pour garçons, je prends une profonde inspiration et fonce vers les sanitaires.

Je pousse la porte battante, et lorsque Samaël me lance un regard par-dessus son épaule, il semble à peine surpris de me trouver là. Presque comme s'il m'attendait. Imperturbable, il se détourne, dézippe la braguette de son pantalon, puis se soulage dans l'urinoir.

— Salut, Malena. Tout va comme tu veux ? lance-t-il.

Son ton léger, faussement sympa, me fait serrer les dents. Il s'exprime comme s'il n'avait pas passé ces dernières semaines à me créer toutes sortes d'ennuis.

— Ça irait mieux si tu pouvais arrêter de mettre des insectes morts dans mon casier, sifflé-je entre mes mâchoires serrées.

— Morts ? s'étonne Samaël.

— Ouais, morts, confirmé-je avec aplomb.

— Merde, il était encore vivant quand je l'ai mis dedans ce matin…

Il paraît presque peiné en me le disant. Ou peut-être est-ce de la comédie ? Dans le doute, je refuse de m'adoucir.

— Comment t'as eu le code de mon cadenas ? m'énervé-je.

— Je t'ai regardée le faire.

Un soupir m'échappe. Je vais devoir changer la combinaison, mais l'idée même de devoir le faire à cause de lui me met en rogne.

— Très bien, je vais le changer, et je ferai plus attention en l'ouvrant à l'avenir.

— Ou tu peux juste me demander d'arrêter, suggère-t-il en rebouclant sa ceinture après avoir remonté sa braguette.

Il dit ça comme si c'était aussi simple que de faire un vœu. Pas dupe, je lui lance un regard noir, dégoulinant de mépris.

— Parce que tu arrêterais si je te le demandais ?

D'un pas tranquille, Belmonte se dirige vers les lavabos, puis savonne ses mains sous l'eau. Son sourire en coin me percute dans le miroir. Il est enjoué et calculateur.

— Évidemment, je peux directement m'introduire dans ta chambre si tu préfères.

Je plisse les yeux et m'agace.

— À quoi tu joues, Samaël ?

Il hausse un sourcil et demande :

— C'est pas évident ?

Je secoue la tête en serrant les dents si fort que j'en ai des douleurs à la mâchoire. Ce sale con arrogant a le don de me rendre dingue. Après une brève pause, il poursuit, plus sérieusement :

— Je ne fais rien de plus que ce que je fais depuis trois longues années, Malena : te courir après.

Je lève les yeux au ciel.

— T'es vraiment dérangé, Belmonte.

Après lui avoir assené cette vérité, je quitte les toilettes, mais il me rattrape au bout de trois misérables pas. Sa main agrippe le haut de mon bras, assez fermement, mais pas au point de me faire mal. Puis il tire dessus de façon à ce que je me tourne vers lui.

Son regard noir, sauvage et exalté, me harponne sans retenue.

— Tu m'en veux pour un putain de mensonge que j'ai balancé dans des vestiaires par orgueil il y a trois ans, Malena, et c'est moi qui suis dérangé ?

Prise de court, je n'ai pas le temps de répliquer qu'il ajoute précipitamment :

— Et puis, qu'est-ce que tu foutais là ce jour-là ? Tu ne me calculais déjà plus, dit-il avec amertume.

Je fronce les sourcils, surprise par sa franchise.

— Je venais justement pour en discuter, mais…

Je m'interromps. La colère et la frustration se mélangent au creux de ma poitrine dans un joyeux bordel. À quoi bon remuer le passé ? Je l'ai assez fait ces dernières années.

— Oh et puis, laisse tomber, Samaël !

Je tente à nouveau de me détourner, mais il m'en empêche en ramenant mon épaule vers l'arrière.

— J'en ai pas l'intention.

Son insistance me désarme plus que je ne veux bien l'admettre. Je le dévisage, cherchant une faille, quelque chose, n'importe quoi qui me permettrait de voir clair dans ses véritables intentions. Mais je ne vois rien d'autre que ce visage à l'expression sombre et déterminée qui me défie.

— Écoute, je ne compte pas lâcher l'affaire, Angeli. Alors tu ferais mieux de t'y habituer.

Lorsqu'il replace une mèche de mes cheveux derrière mon oreille, mon premier réflexe, avant de chasser sa main, est de vérifier que personne ne nous voit. En particulier, Pupella.

— T'en es encore à t'occuper du regard des autres ? Angeli, tout le monde est au courant que je suis à ta merci.

La manière très libérée dont il expose les choses fait augmenter le rythme de mes pulsations cardiaques, et je sens mes oreilles chauffer sous mes cheveux. Je m'éclaircis la gorge, et tente d'adopter un ton mesquin pour dissimuler la panique qui m'étreint.

— Et ça ne dérange pas Pupella ?

Méprisant, il lâche un rire bref, sans humour.

— Je ne suis plus avec elle. Je me servais d'elle pour te rendre jalouse.

Sa facilité à passer aux aveux continue de me déstabiliser. À présent, ce ne sont plus juste mes oreilles qui sont en feu, mais mon visage tout entier. Je déglutis la boule de pétanque imaginaire qui m'obstrue la gorge, et je tente de sauver les apparences en usant de sarcasme.

— Tu as avalé un sérum de vérité ce matin ?

Il hausse un sourcil et se moque de moi.

— Pourquoi tu parles comme une *nerd*, tout à coup ?

Préférant mourir que d'admettre que je suis embarrassée par ses propos, je le pousse, et il éclate d'un rire franc.

Alors que je m'éloigne après lui avoir tourné le dos, il crie :

— Débloque mon numéro !

Et avec l'impression d'être repartie quelques mois en arrière et de revivre le premier jour de la rentrée, je lève mon majeur en guise de réponse.

***

Le lendemain, après les cours, je trouve sur mon lit un Post-it plié en deux. Je sais de qui il vient, raison pour laquelle, avant même de le déplier, je regarde autour de moi, le souffle erratique, aux abois. Il me faut moins d'une nanoseconde pour me rendre compte de l'absence de Marcelino sur mon lit. Les nerfs à vifs, le pouls agité, je déplie le mot.

Je m'efforce de ne pas être un connard, mais tu m'y obliges, bébé.
Débloque mon numéro, et je te dirai où est Marcelino.

Trop en colère pour rester rationnelle et digne, je sors mon téléphone, et je craque.

Je débloque son foutu numéro – enfin, le plus récent des huit qu'il a utilisés pour me contacter.

Avec des gestes précipités et nerveux, je tape furieusement sur le clavier tactile :

**Malena** :
[Enfoiré.]

Sa réponse ne tarde pas.

**Samaël** :
[Merci d'avoir débloqué mon num <3]

Je l'imagine sans mal dans sa chambre, dans le bâtiment qui fait face au mien, en train de sourire derrière son portable, très fier de lui.

**Malena** :
[C'est temporaire, connard.]

**Samaël** :
[Regarde sous ton lit.]

Dans une vaine tentative de me détendre, je renverse le cou pour fixer le plafond et pousser un lourd soupir, avant de me laisser tomber au sol, de soulever les draps et… rien. Absolument rien, si ce n'est un élastique à cheveux emprisonné dans une boule de poussière.

Argh !

Je saisis à nouveau mon portable et j'écris :

**Malena** :
[Je viens de vérifier, il n'y est pas !]

**Samaël** :
[J'admets, c'était juste pour t'imaginer à quatre pattes le cul en l'air.]

J'y crois pas.

**Malena** :
[Je re-bloque ton num.]

Mais avant que je ne puisse mettre ma menace à exécution, il renvoie :

**Samaël** :
[Non, attends.]

[Regarde dans ta valise.]

Sans plus attendre, je me précipite et je découvre avec soulagement Marcelino à l'intérieur de mon bagage. Avant même de prendre conscience de mon geste, je porte mon doudou à mon nez et le hume avec curiosité. Il sent son odeur, et je déteste… aimer autant cette idée.

Mon portable vibre de nouveau sur mon lit, là où je l'ai abandonné avant de courir vers ma valise. Je me relève et m'empresse d'ouvrir le nouveau message de Samaël. Je m'étrangle en déglutissant. C'est une photo de lui allongé sur son lit, sa chemise de Rainaldi ouverte sur son torse parfait et hâlé. Et l'angle a même été calculé pour montrer un aperçu de la bosse dans son pantalon.

**Samaël** :
[Marcelino me manque, je m'étais attaché à lui.]

La bouche sèche, il me faut un moment pour quitter le cliché des yeux. Les nerfs en pelote et le bas-ventre en feu, je tape sur le clavier tactile :

**Malena** :
[Qu'est-ce qui te prend de m'envoyer ce genre de photo ?]

Parce que me sentir révoltée est la réaction la plus adéquate dans ce genre de situation. Et parce que c'est moins embarrassant que d'admettre que j'ai recliqué deux fois dessus depuis l'envoi… et zoomé à différents endroits de l'écran.

**Samaël** :
[Ça ne te plaît pas ?]

Mes mains deviennent moites.

**Malena** :
[Je ne t'ai rien demandé.]

**Samaël** :
[Mais tu ne m'as pas re-bloqué non plus, Malena ;).]

Peinant à déglutir, je me surprends à fixer l'écran… sans le bloquer. Samaël avait passé l'été à m'envoyer ce genre de photos. Je les ouvrais toutes, les regardais toutes, jusqu'au jour où il était passé à un autre format : les vidéos. J'en avais visionné quelques-unes, sans répondre. Au début, ce n'étaient que des vidéos de son torse, puis c'était devenu plus explicite. Je les avais regardées sans réagir. Je réfléchis à ce que cela dit de moi. Puis je décide finalement de re-bloquer son numéro.

Alors que je m'apprête à effacer notre conversation pour ne plus être tentée de jeter un œil au cliché obscène, je remarque une arabesque encrée sur le haut de son torse, à gauche. Sa chemise cache la plus grande partie du tatouage, rendant son déchiffrage impossible.

Lolita n'avait donc pas menti…

# 35

## Malena

L'appartement sans Alessia me paraît encore plus déprimant et insalubre que d'habitude. Il ne s'était jamais écoulé un week-end entier sans que je la voie. Avec un soupir, je m'installe à mon bureau, mon sac de cours sur les genoux. Je farfouille dedans, à la recherche de mon manuel de maths – j'ai les exercices B4 et B8 de la page 220 à rendre pour lundi. Mais il n'est pas là.

Je fronce les sourcils et réfléchis. C'est étrange, je me souviens pourtant de l'avoir glissé dans mon sac, pas plus tard qu'hier. Dans le doute, je vide le contenu de mon cartable par terre. Rien. J'ouvre ensuite ma valise. Toujours rien.

Super… génial !

À court d'options, je me résigne à aller sur le groupe WhatsApp de la classe. Ce groupe est censé être un outil pour nous entraider, mais en réalité, il ne sert qu'à Arden. Il y gratte les réponses des devoirs qu'il a la flemme de faire lui-même.

**Malena** :
[Quelqu'un n'aurait pas pris mon manuel de maths sans le faire exprès ?]

**Lolita Cerretani** :
[Il y a un devoir à rendre en maths ?]

**Enzo Santoro** :
[Loli, si tu veux, je t'envoie le mien.]
**Enzo Santoro** :
[*En échange d'une branlette espagnole]
**Arden Scorsese** :
[Ferme tg, Enzo.]
**Irene Ferretti :**
[Je viens de vérifier, je n'ai que le mien, désolée :/]
**Samaël** :
[Oups, on dirait que c'est moi qui ai emporté par erreur ton manuel, Angeli.]

Dans la seconde qui suit, je reçois un SMS de sa part.

**Samaël** :
[J'arrive, je te l'apporte.]

J'y crois pas.

Je sens la colère monter en moi comme une vague impossible à contenir, et je lui réponds.

**Malena** :
[T'as vraiment volé mon manuel pour avoir une bonne excuse pour te ramener chez moi ?]

**Samaël** :
[Dis-moi, tu romantises toujours autant ta vie, Angeli ?]

Mes poings se serrent et mes ongles meurtrissent mes paumes.

**Malena** :
[Contente-toi de m'envoyer une photo des exercices.]

**Samaël** :
[Trop tard, je suis déjà en route.
Et puis, je les ai déjà faits…
Il y a toutes mes réponses dessus

et Dieu sait que tu as horreur de t'attribuer
les mérites des autres, pas vrai, bébé ? ;)]

Avec la désagréable sensation d'être impuissante, je me lève de mon bureau, le cœur battant. Je me précipite en bas pour ranger un peu l'appartement, tout en me détestant d'y accorder de l'importance. Je jette un coup d'œil rapide dans le salon. J'essaie de secouer et de redresser les coussins miteux du canapé usé, avant de réaliser que c'est une perte de temps. Ils sont tout raplapla à force d'avoir subi le poids de Giovanni pendant toutes ces années.

Soudain, la sonnette retentit, et me fait sursauter. Le souffle coupé, je baisse les yeux horrifiés vers mon tee-shirt XXL représentant *Kim Possible* en train de neutraliser des méchants. Et comme je n'ai pas le temps de me changer et que j'ai, de toute façon, trop d'orgueil pour le faire, je prends une grande inspiration avant de me diriger vers la porte… et de l'ouvrir.

Samaël se tient là, avec un sourire confiant, une boîte de donuts dans une main – d'après l'emballage, de la même boulangerie que la dernière fois – mon manuel posé dessus, et un milk-shake dans sa main libre.

Avec une impression de déjà-vu, je lui prends des mains le milk-shake, assurément à la fraise, ainsi que mon manuel, et j'avise la boîte de donuts.

— Malheureusement pour toi, Alessia n'est pas là pour se laisser corrompre.

Sur ce, je lui adresse un sourire faux tout en m'apprêtant à lui refermer la porte au nez. Mais il la bloque avec son pied.

— Tu ne me fais pas entrer ?

— Je ne suis pas habillée.

Lentement, ses yeux glissent sur mes jambes nues et son regard s'intensifie.

— Je t'ai déjà vue à poil.

Je déglutis et tente autre chose.

— Mon beau-père n'apprécierait pas.

— Ton beau-père porté disparu ? réplique-t-il avec un ton méprisant.

Je blêmis.

— C… comment tu le sais ?

— J'ai rencontré ta sœur Jordane l'autre jour, elle me l'a dit.

— Q… quoi ?

— Je traînais dans le coin, et je l'ai rencontrée par hasard.

— Tu traînais dans le coin ? répété-je avec méfiance.

— Je fumais en regardant ta fenêtre, avoue-t-il.

— C'est…

— Romantique ? suggère-t-il.

— Flippant, corrigé-je.

Il balaye ma remarque d'un geste de la main et reprend.

— Bref, une chose en entraînant une autre, on a fait connaissance. Elle est sympa, ta grande sœur.

Mon estomac se contracte et ma gorge se serre.

— Jordane est… géniale, concédé-je.

— Ouais, bien plus chaleureuse que sa cadette, confirme-t-il.

Je souffle par les narines, et il sourit.

— Si tu es venu dans l'espoir de la croiser, elle n'est pas là.

J'en reviens pas d'avoir dit ça. Quelle conne.

Le sourire diabolique de Samaël s'élargit. Il a eu exactement ce qu'il voulait, et sur un plateau d'argent.

— Tu me files son numéro ? demande-t-il en sortant son iPhone de sa poche arrière.

Là, un poids lourd me tombe sur l'estomac. Il pianote rapidement dessus avant de me le tendre.

Alors que je m'empare de son téléphone d'une main tremblante, je remarque que l'écran est ouvert sur notre conversation. Il a inscrit quelque chose dans la barre d'écriture :

[idiote]

Avant même que je n'aie le temps de réagir, il me pousse doucement de la main et entre. Il se dirige vers la cuisine, pose la boîte sur la table et en sort un donut, qu'il me lance. Je le rattrape de justesse, alors qu'il gronde.

— Mange. T'as perdu du poids.

Je baisse les yeux vers mes jambes. En effet, j'ai perdu deux kilos à cause de mes nuits trop courtes, et de mon manque d'appétit lié au stress. Un stress causé par Alessia, et par ce que la vie sera pour elle sans Giovanni.

— Tu contrôles mon poids, maintenant ?

— Déformer mes propos pour déclencher une dispute, ça ne fonctionnera pas, Malena.

Sur ce, il croque dans un donut.

— Pourquoi tu es là ?

— T'as déjà oublié ? J'ai pris ton manuel de maths par erreur, je suis venu te le rendre.

— Samaël, insisté-je.

Il soupire, puis plante ses impitoyables yeux noirs dans les miens.

— Pour comprendre pourquoi tu m'as quitté.

Le menton tremblant, je m'efforce de rester de marbre en répliquant :

— Passe à autre chose.

Ses mirettes m'assassinent tandis qu'il répond d'un ton mordant :

— J'ai déjà essayé il y a trois ans, ça n'a pas fonctionné. T'as d'autres conseils de merde à me donner, Malena ?

Sur ces mots crachés avec amertume, la porte s'ouvre et laisse entrer Jordane et Alessia. Mon cœur s'arrête alors que j'ouvre la bouche pour parler, mais je la referme instantanément en voyant les larmes séchées sur le visage d'Alessia. Jordane est livide, son expression pétrifiée.

Lorsque je m'approche de ma petite sœur, elle me regarde un instant, puis se précipite vers les escaliers en courant. Elle grimpe rapidement et disparaît dans sa chambre. Le fracas de sa porte qui se referme résonne comme un coup de tonnerre.

Je croise le regard de Jordane, et son visage blême m'annonce l'horreur de ce qu'elle s'apprête à dire. D'une voix blanche, elle murmure :

— Ils ont retrouvé le corps de Giovanni.

Je déglutis et un frisson glacé me parcourt.

— Alessia était là lorsqu'ils ont appelé. Elle a tout entendu. C'était trop tard.

Le poids de ses mots m'écrase, et je sens mon cœur se serrer.

— Tu n'y peux rien. Elle allait forcément le découvrir.

— Ouais, soupire-t-elle, accablée.

Elle s'installe à la table de la cuisine, et son regard se pose sur Samaël, qui se tient là, immobile dans cette atmosphère lourde et tendue.

— Salut, lui dit-elle.

L'air absent, elle prend un donut et l'avale en trois bouchées, avant de nous demander :

— Vous vous êtes remis ensemble ?

— Non ! m'écrié-je.

Au même instant où Samaël précise :

— Pas encore.

— Tu devrais, Malena. Maintenant que Giovanni est mort, de toute façon, c'est la merde.

— Jo…, tenté-je pour la faire taire, mais ma voix se perd dans la pesanteur du moment.

— Sa pétasse d'ex peut mettre ses menaces au placard, de toute façon, c'est fichu.

De la sueur froide perle dans mon dos, et un frisson me parcourt.

— De quoi elle parle ? rugit Samaël.

— Ton ex a menacé Malena d'appeler les services sociaux pour Alessia si elle ne te quittait pas.

Elle déblatère, le regard dans le vide, trop bouleversée pour mesurer la gravité de ses paroles.

— Jo ! m'insurgé-je, révoltée et… paniquée.

Samaël contourne la table pour se planter face à moi, le regard sombre et furieux.

— Tu te fous de ma gueule, Malena ?

J'inspire profondément, cherchant mes mots, mais il ne me laisse pas le temps de riposter.

— Tu m'as quitté parce qu'elle te menaçait ? me reproche-t-il, furieux.

Sa voix résonne et gronde entre les murs, faisant vibrer l'air autour de nous. Je sens le sol se dérober sous mes pieds.

— Qu'est-ce que j'étais censée faire d'autre ?

— M'en parler, putain !

Il me bouscule de l'épaule pour gagner la sortie. Je l'attrape fermement par le bas de son sweat et le retiens sur le palier. Il se détourne légèrement et me lance un regard sévère, qui révèle toute la rage qui l'habite.

— Je ne peux pas croire que tu l'aies laissée tout gâcher entre nous.

— Je ne l'ai rien laissée gâcher entre nous, Samaël. Ça ne pouvait pas fonctionner de toute façon.

— Ça fonctionnait, jusqu'à ce que tu y mettes un terme parce que tu es trop lâche.

— Je ne suis pas lâche.

— Trop conne, alors ?

Je le repousse, et il heurte le mur derrière lui.

— Trop réaliste, sifflé-je entre mes dents.

Alors que je me retourne pour rentrer chez moi, il attrape ma main et la tire pour me rapprocher de lui. Habilement, il échange nos positions, et je me retrouve coincée entre ses bras tendus.

— Non, trop conne, insiste-t-il dans un souffle, le regard brûlant et intense.

Je serre les dents tandis qu'il poursuit :

— T'es faite pour moi, Malena. T'es tellement faite pour moi que tu n'arrives même pas à t'en rendre compte, mais ça viendra.

Il s'écarte, et je peine à retrouver mon souffle. C'est pire lorsqu'il déclare d'une voix basse mais déterminée :

— À partir de maintenant, c'est toi qui me cours après.

Je déglutis, les yeux écarquillés de rage, et il ne trouve rien de mieux que de sourire.

— Et j'ai hâte de voir ça, bébé.

Sur ces mots, il tourne les talons et s'engage dans les escaliers.

Je reste adossée au mur pendant quelques secondes, en transe, le cœur battant, avant que la porte de l'appartement ne s'ouvre brusquement sur une Jordane visiblement désemparée.

— J'ai foutu la merde ?

— En beauté, soupiré-je.

# 36

## Malena

Lundi, cinq minutes avant la première heure de cours, Pupella m'attend près de mon casier, en mordillant nerveusement un de ses faux ongles en forme d'amande crochue.

*Génial, il ne manquait plus qu'elle.*

Les nerfs à vif, je m'élance vers elle, les poings serrés.

— Je te préviens, éclaté-je sans me contenir. Si t'es encore là pour me menacer, je te fais bouffer tes extensions.

— Je suis venue te présenter des excuses, m'interrompt-elle.

Persuadée d'avoir mal entendu, mon premier réflexe est d'éclater de rire. Mais en voyant ses yeux ronds circonspects, je réalise qu'elle est sérieuse. Aussitôt, je me détourne brusquement et repère immédiatement Samaël, un peu plus loin, en train d'observer notre échange. Inutile d'être devin pour comprendre qu'il est à l'origine de ces soudains remords qu'elle semble éprouver.

— Je n'aurais pas dû te menacer, ni me mettre entre vous deux. Alors voilà, j'ai été une garce, je suis désolée, d'accord ?

Sa voix s'élève crescendo tandis qu'elle déblatère à toute vitesse, visiblement pressée d'en finir. Lorsqu'elle en prend conscience, elle jette un regard paniqué par-dessus mon épaule qui, je le sais, s'adresse à Samaël. J'ignore quelle expression il lui renvoie, mais elle doit être suffisamment féroce car elle la fait déglutir. Au bout d'un moment, elle soupire, baisse la voix, puis reprend.

— Je ne m'immiscerai plus jamais entre vous, tu as ma parole.

Après cette capitulation inattendue, elle se détourne dans une envolée de mèches blondes *wavy*, les yeux brillants. De honte ? De colère ? Au fond, très honnêtement, peu m'importe. Je n'éprouve aucun scrupule à ne pas me sentir coupable. Elle ne mérite pas ma compassion, tout comme Giovanni ne mérite ni ma peine ni celle de ses filles. Certaines personnes choisissent délibérément d'être mauvaises. Alors, j'estime que nous avons le droit de leur refuser le pardon après avoir été leurs victimes.

Une fois débarrassée de Pupella, je m'attends à ce que Samaël me rejoigne, fier d'être le tyran qu'il sait être. Mais il se détourne et se comporte comme si de rien n'était.

Ce désintérêt profond et total me fait bizarre. Sans réfléchir, je m'élance vers lui et le rejoins en courant, le cœur battant, essoufflée par l'effort.

— J'imagine que tu as quelque chose à voir avec le fait que Pupella me présente subitement ses excuses.

— Hum-hum, confirme-t-il en transvasant son cours d'HDA de son casier à son sac à dos.

Je croise les bras sous ma poitrine et je patiente, en espérant qu'il va m'en dire plus. Comme il ne le fait pas, je le relance, agacée :

— Qu'est-ce que tu as fait pour qu'elle me présente ses excuses ? Tu lui as promis de lui acheter un Louis Vuitton ? Oh, non, attends, je sais, dis-je en levant l'index. Tu lui as promis un nouveau cerveau pour remplacer l'ancien défectueux.

Ma deuxième suggestion lui arrache un sourire en coin, mais ses yeux restent froids.

— Je l'ai simplement menacée d'envoyer ses *nudes* qui traînaient dans mes photos supprimées.

Je reste bouche ouverte, choquée par sa réponse.

— C'est… cruel.

Il hausse les épaules avec désinvolture.

— C'est à la hauteur de ce qu'elle nous a fait.

Sur ce, il referme son casier d'un geste sec, et se dirige d'un pas tranquille vers notre salle de cours. Interdite, bouche bée, je le regarde s'éloigner, tandis que ses paroles de la veille me reviennent brusquement en mémoire.

« *À partir de maintenant, c'est toi qui me cours après* ».

Un mélange inexplicable d'excitation et d'insécurité s'insinue en moi, accompagné de la désagréable impression que quelque chose a changé.

Pendant le cours d'Histoire de l'art, alors que notre enseignante annonce la note de 17/20 pour l'exposé écrit que nous lui avons rendu, je ne peux m'empêcher de risquer un regard vers lui. Je suis incapable de réprimer le sourire éclatant qui se dessine sur mon visage. Mais il ne m'accorde pas la moindre attention. Installé nonchalamment sur sa chaise, il a le regard fixé droit devant lui, blasé. Je digère son indifférence, sans en avoir trop le choix, et me détourne, contrariée et toujours aussi perplexe de cette nouvelle dynamique entre nous.

Son attitude m'agace tellement qu'elle m'empêche de m'enthousiasmer lorsque notre professeure finit d'annoncer les résultats, et conclut :

— Félicitations, Samaël et Malena. Vous avez obtenu la meilleure note de la classe. Votre travail était remarquable.

La seconde qui suit, mon téléphone vibre dans mon sac posé à mes pieds. Discrètement, je le sors et le pose dans mon plumier pour lire le message que je viens de recevoir. Il vient de Lolita, et je me déteste un peu d'avoir espéré qu'il soit de Samaël.

**Lolita :**
[Soirée chill chez moi vendredi après les cours ?]

**Malena :**
[C'est quoi une soirée « chill » pour Lolita Cerretani ?]

**Lolita :**
[Juste entre meufs, des sushis et du champagne rosé.]

**Malena** :
[Pupella ?]

**Lolita** :
[Elle a décliné quand je lui ai dit que tu viendrais.]

**Malena** :
[Mais tu ne savais même pas que je viendrais.]

Je relève la tête, juste à temps pour croiser son regard malicieux, mi-ange, mi-démon, rehaussé de son sourire en coin.

**Lolita** :
[Alors, partante ?]

J'hésite un instant, puis je me rappelle qu'Alessia vit désormais chez Jordane, et que personne ne m'attendra à la maison ce soir-là.

**Malena :**
[Ça marche, je serai là.]

# 37

## Malena

Le vendredi après-midi, directement après le cours de philo rasoir, le chauffeur attitré de Lolita vient nous chercher devant Artemisia. Ninna Roccelli et Irene Ferretti sont aussi de la partie. Le chauffeur charge nos bagages à l'arrière du Mercedes Viano, qui a remplacé l'habituelle Mercedes Maybach, qui la dépose tous les dimanches soir et vient la rechercher tous les vendredis après-midi depuis des années.

Lorsqu'un quart d'heure plus tard, le véhicule s'engage dans l'allée de la Villa Madama, comme lors de ma première visite, la beauté des lieux me laisse sans voix. Cette fois, au lieu de passer par le jardin, Lolita nous fait entrer par la porte principale.

Le hall est immense, il a l'air carrément infini. Mais le plus incroyable, c'est cette fontaine au centre de l'escalier en fer à cheval qui mène à l'étage. Sous le jeu des eaux cristallines, les sculptures de nymphes et de tritons semblent prendre vie. Les reflets de l'eau dansent sur les murs environnants. Ils attirent mon regard vers un socle en marbre, sur lequel repose un énorme bouquet d'une centaine de roses couleur dragée. En m'approchant pour toucher le velouté des pétales, je remarque un cadre, et une photo du mariage de ses parents.

— Ta mère est canon, dis-je avec sincérité en observant la photo.

— Je sais, soupire-t-elle.

Il y a quelque chose dans l'intonation de sa voix qui ressemble à du désespoir. Je n'ai pas le temps de m'y attarder davantage que Ninna me bouscule d'un coup d'épaule taquin.

— Et t'as vu son daron ? ajoute-t-elle en s'éventant de la main.

Lolita s'indigne, tandis que j'admets en riant :

— Je voulais pas le dire, mais j'avoue, il est sexy ton vieux, Lolita.

Elle nous gratifie de ses deux majeurs en rouspétant.

— Bande de connasses, vous allez me faire vomir avant même que je sois bourrée.

Après cette sévère réprimande, elle tape dans ses mains.

— Ça vous dit un jacuzzi et des commérages ? nous propose-t-elle, enjouée.

— C'est une vraie question ? se moque Ninna, visiblement partante.

Irene et elle se dirigent déjà vers un couloir où, je présume, se trouve le jacuzzi, tandis que je confie à Lolita :

— J'ai pas de maillot avec moi.

— T'inquiète, je peux t'en prêter un.

Elle prévient les filles qu'on les rejoint dans cinq minutes, avant de me demander de la suivre à l'étage, dans sa chambre. Comme le reste de la baraque, la chambre de Lolita est à couper le souffle. Pas mon genre, mais stupéfiante quand même. Les murs sont peints dans un doux rose poudré, avec des moulures élégantes au plafond, ce qui donne un côté classique et royal à la pièce. Ses draps en satin de soie sont du même rose que les murs, tout comme le king size à froufrous, orné d'oreillers à volants, eux-mêmes décorés de petits nœuds.

Alors que je souris en remarquant le poster accroché au-dessus de son lit, représentant Paris Hilton qui porte un tee-shirt à l'inscription « too pretty for a job », un bikini atterrit sur la couette.

Je prends les deux morceaux de tissu riquiqui et m'en contente, sans commentaire.

— Enfile l'un de mes peignoirs dans le dressing, celui que tu veux, et rejoins-nous en bas quand tu es prête.

Sur ce, elle disparaît, et je me dépêche de me déshabiller pour enfiler le bikini qui, comme je le craignais, est vraiment minuscule. Le triangle bonnet C ne convient pas à mon D, et le tanga est si échancré qu'on pourrait aisément me refiler un rôle dans « Alerte à Malibu ».

Lorsque je gagne le rez-de-chaussée, je m'oriente en prenant comme point de repère le rire tonitruant d'Irene. J'arrive dans une sorte de loggia aux peintures fantaisistes. Je traverse la baie vitrée coulissante qui donne sur une piscine intérieure, accolée à un bain à remous. Les filles sont déjà en train de se prélasser dedans.

Alors qu'Irene vante les louanges de la bouteille de champagne rosé qu'elles se passent de main en main et qui, apparemment, serait produit dans les vignes de Brad Pitt, Lolita siffle d'admiration.

— Malena, tu nous avais caché cette paire de lolos !

Elle baisse les yeux sur les siens, qu'elle presse avec ses deux mains, et fait la moue.

— Je suis carrément jalouse, dit-elle à l'instant même où j'entre dans l'eau, et où Irene pique le portable de Ninna pour voir à qui elle écrit.

— Arden demande, je cite « si nous sommes en train de faire une bataille d'oreillers à poil ». Quel gros obsédé celui-là, grimace-t-elle, tandis que Ninna récupère son portable d'un geste agacé.

Puis elle pianote aussitôt sur l'écran tactile, sous le regard inquisiteur de Lolita.

— Tu lui parles souvent ? demande-t-elle d'un ton qui se veut désintéressé, mais qui contraste avec ses yeux verts plissés par la curiosité.

— Pas mal ces derniers temps, répond Ninna, avant de relever la tête. Pourquoi ? Ça te gêne ?

— Pourquoi ça me gênerait ? rétorque aussitôt notre hôte en poussant un petit ricanement, que je trouve forcé.

Je lui lance un regard interrogateur, et le sien me défend d'aller sur ce terrain.

*Compris.*

Profitant d'un moment où Irene boit de longues gorgées, et du fait que Ninna soit obnubilée par son correspondant, Lolita se penche légèrement par-dessus son épaule, et s'aventure à lui demander :

— Qu'est-ce qu'il dit d'autre ?

— Il demande s'il peut venir se rincer l'œil ou carrément participer, balance Ninna, les yeux toujours rivés sur son portable.

Irene et moi levons les yeux au ciel, puis nous les écarquillons lorsque, contre toute attente, Lolita déclare avec un haussement d'épaules :

— Dis-lui de se ramener, s'il veut.

— C'était pas censé être une soirée entre filles ? grogné-je.

Avec un regard désapprobateur surjoué, parce qu'elle est comme ça, elle ignore ma remarque et ajoute à l'intention de Ninna :

— Dis-lui de rappliquer avec Samaël.

Puis elle me décoche un clin d'œil provocateur en me demandant :

— Alors, contente ?

Sans confirmer ni nier, je me borne à l'éclabousser.

C'est gênant d'admettre que oui, je suis contente. Et pour cause : Samaël m'a ignorée toute la semaine. Au moins, ici, en petit comité, il ne pourra plus le faire.

Du moins, je l'espère.

Moins de dix minutes plus tard, la porte d'entrée claque bruyamment. Lolita peste à voix haute.

— Je le crois pas.

*Attendez, ça ne peut pas déjà être eux… si ?*

Surexcitée, Ninna réajuste les baleines de son haut de bikini push-up pour faire jaillir ses seins, comme ceux des personnages dans *Bridgerton*.

— Ces enfoirés n'ont pas attendu ma permission pour se mettre en route, dit Lolita en confirmant mes doutes.

Juste après cette remarque indignée, la baie vitrée coulisse, dévoilant Arden et Samaël.

— Vous vous croyez où ? Dans un moulin ?

Alors que Lolita réprimande Arden, je me précipite hors de l'eau pour m'envelopper dans le peignoir en soie qu'elle m'a prêté. Une fois couverte, je jette un regard rapide vers Samaël, et je me sens aussitôt ridicule en constatant qu'il ne me prête pas la moindre attention.

Il s'est accroupi près du jacuzzi pour faire la bise aux filles, et maintenant il discute avec Irene, visiblement troublée par cet intérêt soudain. Elle ne cesse de rougir en tentant lamentablement de dompter ses cheveux, qui commencent à friser à cause de la vapeur émise par le bain à remous.

Est-ce qu'il fait exprès de s'intéresser à elle pour me faire enrager, ou suis-je juste en train de devenir une garce supra jalouse ?

Alors que je me pose la question – j'ignore la réponse – les filles sortent de l'eau, sauf Irene, qui continue de flirter avec Samaël. Elles me rejoignent pour s'envelopper dans des serviettes et des peignoirs. Lolita s'installe sur un canapé blanc du petit salon de style Ibiza, et elle m'invite à la rejoindre en tapotant la place vide à côté d'elle. Je m'exécute, et elle se penche à mon oreille.

— Arrête de le fixer comme si tu avais envie de t'envoyer en l'air, murmure-t-elle avant de s'écarter, et de me décocher un clin d'œil. Conseil d'amie.

Est-ce que j'étais en train de faire ce qu'elle dit ? Je déglutis et me rends à l'évidence : oui. En même temps, il suffit de le regarder, dans son bas de jogging griffé Ralph Lauren et son tee-shirt noir, qui moule ses biceps quand il plie les bras pour poser ses coudes sur ses genoux. Samaël Belmonte est un fantasme ambulant. D'où je suis, je peux carrément distinguer les veines qui se dessinent sur ses bras bronzés, sinueuses et prononcées, comme une rivière de marbre figée. Les lignes de ses muscles me rappellent la sculpture que nous avons analysée récemment en HDA, « L'Humanité contre le Mal ».

Hypnotisée par la beauté brute de son corps tout en muscles, je ne vois pas venir le coup de coude de Lolita dans mon ventre.

— Arrête ça, sérieusement, m'ordonne-t-elle en sifflant tout bas et en me faisant les gros yeux. Tu lui donnes exactement ce qu'il cherche, là, andouille.

Je hoche la tête et capitule. *Elle a raison.*

Mais je tiens environ trois secondes avant de céder à nouveau à la tentation. Pile au moment où Samaël se redresse et, accompagné d'Irene, nous rejoint dans le salon autour de la table en verre. Sa démarche nonchalante mais assurée m'agace autant qu'elle fait battre mon foutu cœur. Davantage encore lorsqu'il s'installe dans le fauteuil face au mien, et embaume l'air de son gel douche aux notes masculines enivrantes.

Lorsqu'il plie le coude pour retirer sa casquette, et passe sa main dans ses cheveux pour leur redonner forme, je ne peux rester indifférente plus longtemps à ses veines qui pulsent, se contractent et se relâchent à ce simple geste. J'avale ma salive, mais c'est difficile tant ma bouche est sèche.

— Je vais chercher à boire, annonce Lolita en se dirigeant vers la baie vitrée coulissante.

Et je la soupçonne d'avoir lu dans mes pensées.

Incapable de me retenir plus longtemps, contrariée par le fait qu'il agisse comme si j'étais invisible, je ne peux empêcher ma bouche de s'ouvrir pour interpeller l'objet de mes tourments.

— Tu joues à quoi, au juste ?

En feignant la surprise, Samaël tourne la tête et m'adresse enfin un regard.

— Oh, Malena, tu es là ? Je ne t'avais pas vue.

Je serre les dents et grogne.

— Très drôle.

— Pas plus que toi dans ces sapes, rétorque-t-il.

Il baisse les yeux sur mon peignoir en soie.

— Tu t'es déguisée en Lolita Cerretani ?

— Et toi, tu as oublié de te déguiser. Tu es toujours toi, le connard par excellence.

J'accompagne ma pique d'un sourire forcé et d'un papillonnement de cils exagéré. Un blanc s'installe avant d'être rompu par Arden qui, un paquet de chips dans les mains, semble se délecter de nos joutes verbales. Il pointe un Monster Munch vers Samaël et l'encourage.

— À ton tour, mec.

Mais l'intéressé l'ignore et se lève du fauteuil en déployant sa taille de titan. Je suis obligée de basculer la nuque en arrière pour le regarder droit dans les yeux.

— Bon, je vais me servir une vraie boisson, déclare-t-il, tandis que Lolita revient avec deux magnums de champagne rosé *made in* Brad Pitt.

Lorsqu'il traverse la baie vitrée, Arden lui crie :

— Rapporte-moi une bière !

Toujours incapable de me dominer, je me lève du fauteuil peu de temps après lui, et je le rejoins dans la cuisine. Il est en train de poser sur l'îlot deux bières qu'il vient de sortir du frigo. En fredonnant distraitement, il ouvre les tiroirs, à la recherche, j'imagine, d'un décapsuleur.

Visiblement, il n'en a pas fini avec son petit numéro de cirque. À fond dans son rôle, il fait mine de ne pas remarquer ma présence, si bien que je dois carrément me planter devant lui pour qu'il daigne m'accorder son attention.

— Angeli, encore toi. Décidément…

— Je sais ce que tu fais, Belmonte, le coupé-je sèchement.

Il plisse les yeux, amusé.

— Éclaire-moi.

— Je ne vais pas te courir après.

Il rit, exhibant cette foutue fossette irrésistible, telle une arme redoutable dont il sait parfaitement se servir.

— Ah, non ? Ce n'est pas déjà ce que tu fais en me poursuivant dans cette cuisine ?

— Je ne te poursuis pas, je…

Il hausse un sourcil et je complète :

— Je venais chercher à boire.

Il s'écarte et me laisse l'accès au frigo américain. Je prends un Fanta, le décapsule et en bois une gorgée. Je remarque que Samaël, la hanche contre le plan de travail, est en train de pianoter sur son portable.

À qui il écrit ? Arden est ici, Lolita aussi.

Pupella, peut-être ?

Sentant mon regard sur lui, il relève la tête.

— Un souci ? me demande-t-il, plein d'arrogance.

— Aucun, cinglé-je en sentant la colère bouillir dans mes veines.

# 38

## Samaël

J'ignore Malena comme si c'était un sport olympique.

Le pire, c'est le mal que j'ai à ne pas bander en l'imaginant sous ce peignoir qu'elle s'est empressée d'enfiler, comme si je n'avais pas déjà vu tout ce qu'il y a là-dessous en débarquant.

Ça me démange de la plaquer contre un meuble de la cuisine et de l'embrasser à en perdre haleine. Mais cette fois, j'ai besoin qu'elle fasse le premier pas. J'en peux plus de lui courir après, d'espérer. Bon sang, j'ai même accepté qu'Irene me tienne la jambe près du jacuzzi. J'écoutais à peine ce qu'elle disait, trop concentré sur le regard de Malena rivé sur moi. Je parie qu'elle repensait à la photo que je lui avais envoyée l'autre jour, quand elle m'avait demandé où se trouvait son foutu doudou. Celle où j'étais torse nu, après les cours.

Là, je suis en train de taper n'importe quoi dans mes notes – kfhqizjmspcgcjjsh – bien conscient qu'elle s'imagine que je parle à une fille.

Tant mieux, c'est exactement le but recherché.

— Un souci ? lui demandé-je en feignant l'innocence.

— Aucun, fulmine-t-elle.

Je réprime un sourire triomphant.

— Ah, d'accord. J'ai cru que tu essayais de voir à qui j'étais en train d'écrire, lâché-je, l'air de rien.

— C'est pas ce que j'essayais de faire.

— Ah, tu voulais juste voir le modèle de mon iPhone ? lui demandé-je en retournant brièvement mon portable. C'est le dernier sorti, au cas où ça t'intéresse.

Au-dessus de sa canette de Fanta, je la vois lever les yeux au ciel. Ces jolis yeux hazel dont je suis dingue.

— Alors, toi et Irene…, lance-t-elle d'une voix traînante.

Elle essaie de paraître désinvolte, mais le seul fait qu'elle parle d'Irene me ravit. J'étouffe un sourire et réponds sans hésiter :

— Moi et Irene ? Rien du tout.

— Pourtant, vous aviez l'air très…

Je la coupe net, d'un ton sec et las.

— Angeli, tu sais très bien ce que tu as à faire.

Elle a même plusieurs options : m'embrasser, admettre qu'on est faits l'un pour l'autre, ou mieux encore, se glisser au sol, à mes pieds, entre mes jambes…

— Tu ne gagneras pas, Belmonte, réplique-t-elle avec un éclat de défi dans la voix.

Je hausse les épaules, impassible, et murmure en lui décochant un sourire narquois :

— Alors, je crains que tu ne sois condamnée à souffrir en silence, bébé.

Elle esquisse un pas dans ma direction, et moi je ne bouge pas. Je me contente de la jauger. Je m'efforce de ne pas respirer trop fort son odeur de miel et de pêche. Je fais tout mon possible aussi pour ne pas reluquer son décolleté à l'endroit où le peignoir bâille et laisse clairement apparaître le bombé de ses seins.

*J'adore sa poitrine, est-ce que je l'ai déjà dit* ?

— Le poids de ton arrogance n'est pas trop lourd à porter ? me provoque-t-elle.

— Pas plus que le poids de ma beauté, non. Mais merci de t'en soucier, Malena. J'apprécie.

Elle lève les yeux au ciel, et pour une raison que j'ignore, j'adore quand elle fait ça. En fait, j'adore la faire réagir tout court. J'adore l'attention qu'elle me porte. Je ne vis même probablement que pour ça.

*Merde, c'est aussi déstabilisant que gênant de l'admettre.*

Amusé par ce petit jeu puéril dont j'ignore qui de nous deux l'a initié, je poursuis :

— Et toi, le poids de ta lâcheté ? Pas trop dur à porter ?

Ses beaux yeux hazel se plissent et me lancent un regard sévère.

— Et toi, le...

Mais elle n'a pas le temps de finir sa phrase car Arden, qu'on n'avait pas entendu arriver, s'avance et soupire :

— Oh, la ferme, vous deux. Vous me donnez mal au crâne.

D'un pas tranquille, il contourne le plan de travail pour prendre la bière que j'étais censé lui apporter.

— Prenez une chambre à l'étage et niquez un coup, les amis. Ça vous fera du bien, déclare-t-il en quittant la cuisine, l'air de rien.

L'atmosphère qui s'installe après le départ d'Arden est électrique, tandis que nous nous dévisageons sans piper mot.

Merde, je brûle d'envie de l'entraîner à l'étage et de suivre le conseil de mon cousin. Mais je veux qu'elle craque la première. Je veux qu'elle fasse le premier pas. Parce que moi, je suis déjà prêt à tout, et elle le sait.

Le silence entre nous dure une éternité. Chacune de nos respirations est plus lourde que la précédente, chaque regard plus chargé.

Ses jolis yeux brillent d'un éclat menaçant. Ils semblent vouloir dire « je ne craquerai pas », tandis que les miens se retiennent de glisser partout sur son corps, et de lui renvoyer ma réponse « moi non plus, bébé ».

Mais au bout d'un moment, l'atmosphère entre nous se met à vriller, prête à exploser. Je suis sur le point de briser le silence. Mais au moment où j'ouvre la bouche, Malena entrouvre ses lèvres. Et c'est à ce moment-là que Ninna Roccelli débarque dans la cuisine.

— Hé, vous deux ! nous interrompt-elle. On va commander Uber Eats ! Pizza ou sushi ?

— Pizza, répondons-nous en même temps.

Nos regards se croisent ; le mien est amusé, celui de Malena est contrarié.

— Euh, d'accord…, lâche Ninna en nous regardant bizarrement.

Probablement parce que nous sommes effectivement bizarres.

— Et quoi, comme pizza ?

— Margherita, répondons-nous encore, tous les deux en même temps.

Et sans même nous regarder, comme si nous avions une connexion télépathique, nous précisons, parfaitement synchros :

— Sans olives.

Ninna nous fixe un instant, très perplexe, puis elle secoue la tête en haussant les sourcils.

— OK… Vous êtes vraiment flippants, tous les deux.

Roccelli s'éclipse, et je m'empresse de mettre les choses au clair.

— Avant que tu ne m'accuses de quoi que ce soit, ça ne figure pas sur ton Instagram.

Malena croise les bras sous sa poitrine puis penche la tête, délicieusement espiègle. Et sexy.

— Parce que tu le consultes toujours, Samaël ?

— Au moins trois fois par jour.

Après cet aveu qui la laisse bouche bée, je lui décoche un clin d'œil, puis je la contourne pour rejoindre les autres, en la laissant avec ses questions et ses tourments.

# 39

## Malena

Je suis réveillée en sursaut par les cris d'Alessia, en pleine dispute avec Jordane au rez-de-chaussée.

En grommelant, je cherche à tâtons mon portable et jette un œil à l'heure sur l'écran. 07:34, et on est samedi. Argh ! Déjà que j'ai passé la nuit à ressasser ma confrontation avec Samaël dans la cuisine de Lolita… J'aurais vraiment préféré un autre réveil que ces hurlements.

Je me lève, encore à moitié endormie, et je me traîne jusqu'au couloir des chambres. Je descends les escaliers en bâillant à m'en décrocher la mâchoire, puis je penche la tête par-dessus la rambarde pour observer la scène qui se déroule dans la cuisine.

Absorbées par leur dispute, elles ne prêtent même pas attention à moi. Je m'arrête un instant en bas des escaliers, et j'observe Alessia, qui croise les bras, le visage fermé. Jordane, visiblement à bout, essaie de garder son calme en se pinçant l'arête du nez, les traits tirés par l'épuisement.

— Qu'est-ce que vous faites là ? m'étonné-je.

Jordane se tourne vers moi, et je ne m'étais pas trompée : elle est vraiment au bord du gouffre. Ses cernes sont profonds, ses yeux ternes, comme si elle n'avait pas dormi depuis des jours.

— Ça va ? m'inquiété-je.

Pour toute réponse, elle soupire, visiblement soulagée de ne plus être seule à gérer la situation.

— Alessia veut voir sa mère, déclare-t-elle.

Je me fige en réalisant ce que cela implique : je devrai l'accompagner. Je comprends le désir d'Alessia, surtout après la perte de son père. Elle doit sûrement chercher à retrouver une partie d'elle-même, un lien avec son dernier parent vivant… mais ce n'est pas mon cas. Alors que ma petite sœur me fait face avec son regard brillant plein d'espoir, je sais d'ores et déjà que je suis foutue.

— Tu vas m'accompagner, pas vrai, Malena ?

Jordane et moi échangeons un regard. Le mien est paniqué, le sien, las.

Au bout d'un moment, elle rompt le silence d'une voix faible et exténuée.

— Va t'habiller, Malena. Les visites commencent dans une heure, et il y a bien vingt minutes de route.

Résignée, je hoche la tête sans discuter, peut-être trop troublée. Je monte rapidement les escaliers. On dirait que le poids de la situation est plus pesant à chaque marche.

Trois ans. Trois ans que je n'ai pas vu ma mère. Pas une seule visite, pas un seul appel. Rien. Et maintenant, je suis censée la revoir ? Comme ça, après tout ce temps ? Après tous les mauvais souvenirs qu'elle a laissés derrière elle ? Je ne sais même pas à quoi elle ressemble aujourd'hui. Est-ce qu'elle a changé ? Est-ce que je vais la reconnaître ? Est-ce que je vais ressentir quelque chose quand nos regards se croiseront ? Ou bien ce sera juste… un vide. Un vide glacé, comme celui qu'elle a laissé en partant, pour ne plus jamais revenir.

Je me souviens encore du jour où tout a basculé. Les flics à la porte, les questions, les regards curieux des voisins sur le palier.

Je pousse la porte de ma chambre, le souffle court. Mon regard tombe sur ma garde-robe bancale, puis je fouille nerveusement dedans. Rien ne semble convenir.

*Quelle tenue est-on censé porter pour revoir sa mère taularde, déjà* ?

***

Le centre pénitentiaire Torre della Riscossa, à la périphérie de Rome, est une structure massive et intimidante, à l'architecture brutaliste. À mesure que la voiture avance lentement vers l'entrée principale, je me sens de plus en plus oppressée dans la vieille Nissan Micra. Alessia, assise à côté de moi, garde le silence, tandis que Jordane a les mains crispées sur le volant. Derrière le pare-brise, les hauts murs de béton s'étendent devant nous, entourés de barbelés avec, en arrière-plan, les tours de garde.

Toujours en silence, Jordane gare la citadine sur le petit parking réservé aux visiteurs. Lorsqu'elle coupe le moteur, l'atmosphère devient lourde, écrasante. Notre grande sœur inspire profondément avant de se tourner vers nous.

— On y va ? murmure-t-elle.

Je hoche la tête, incapable de parler, et j'ouvre la portière. Le craquement du gravier sous mes pieds ne fait qu'accentuer la matérialité de ce début de journée. Alessia marche devant. Ses petites jambes avancent avec détermination, mais aussi avec l'innocence d'une gamine de huit ans, qui vient de perdre son père et s'apprête à revoir sa mère en prison.

À l'intérieur du bâtiment, un premier contrôle nous attend. On passe sous un détecteur de métaux, et un agent vérifie nos sacs. Je baisse honteusement les yeux vers mes pieds lorsqu'il extirpe Marcelino en me jetant un regard furtif. Après cela, il renfonce ma peluche dans mon sac puis me le rend.

Les formalités sont rapides, impersonnelles, brusques, et elles me rapprochent de ce moment que je redoute tant.

— Vous avez rendez-vous pour une visite ? demande le garde.

— Oui, répond Jordane d'une voix calme.

Elle donne le nom de notre mère, et l'agent fait un signe de tête.

— Troisième salle à gauche. Vous pouvez vous asseoir en attendant que les détenues arrivent, nous informe-t-il d'une voix neutre.

Nous suivons les couloirs, longs et éclairés d'une lumière lugubre, avec cette odeur de javel typique des bâtiments administratifs. Je tente de maîtriser mon souffle, qui semble de plus en plus incontrôlable. Mon cœur bat vite, beaucoup trop vite. À chaque pas que je fais, j'ai l'impression de suffoquer.

Lorsque nous arrivons enfin derrière la porte de la salle des visites, Jordane nous fait signe qu'elle nous attend à l'extérieur. Je hoche la tête et, avec la main d'Alessia dans la mienne, je pousse la porte. C'est un espace spartiate : des chaises disposées en lignes, des tables métalliques vissées au sol, et des grilles épaisses aux fenêtres. Des gardiens sont postés à chaque coin de la pièce, discrets mais omniprésents, et il y a très peu de visiteurs, ce qui me rend excessivement triste.

Nous nous installons à une table du fond. Alessia à côté de moi triture ses ongles en regardant nerveusement autour d'elle, agitée et incapable de rester immobile.

Quelques minutes plus tard, une porte s'ouvre, et les détenues commencent à entrer. Mon cœur fait des bonds dans ma poitrine, les minutes semblent s'étirer. Puis, parmi les autres détenues, je la vois.

Ma mère avance vers nous, et c'est comme si le temps s'était figé. Elle n'a presque pas changé. Malgré les trois années écoulées, elle est restée étrangement la même, dans une version juste un peu plus usée. Sa chevelure, toujours noire, tombe sur ses épaules, mais elle a l'air plus terne et filasse. Ses traits sont tirés, et des rides prononcées auréolent ses yeux brun-vert. Elle a ce même regard perçant, que je me souviens avoir détesté lors de ses crises de manque à répétition. Mais aujourd'hui, il est voilé par la tristesse.

Alessia serre ma main, et sa petite paume moite est collée à la mienne, tandis que notre mère nous fixe avec, dans les yeux, un mélange d'amour peut-être, mais aussi de regrets. Elle se pince les lèvres, comme si elle s'efforçait de ne pas céder à ses émotions, et je me surprends à faire la même chose.

Elle s'assied lentement face à nous, et pose ses mains sur la table. Ses doigts sont fins, un peu plus osseux qu'avant, et ses ongles ne sont plus rongés jusqu'à la chair.

— Vous êtes venues…, souffle-t-elle de sa voix rauque et usée.

Je ne réponds pas tout de suite, mais Alessia hoche la tête en silence. Ma mère lui adresse un sourire fragile, qui se fane presque aussi vite qu'il est apparu.

— Alors, comment ça va ? nous demande-t-elle maladroitement, comme si elle ne savait pas quoi dire d'autre après tant d'années.

La conversation est hésitante, pleine de silences gênants qu'Alessia essaie de combler.

— Malena a un copain, lâche-t-elle soudain, d'une voix claire et innocente.

Prise au dépourvu, les yeux arrondis comme des rondelles de citron, je la fixe du regard. Ma mère lève les sourcils, intéressée. Rapidement, son regard passe de ma sœur à moi avec une curiosité nouvelle.

— Un copain ? reprend-elle, un brin amusée, et cela détend étrangement l'atmosphère.

Je secoue la tête, essayant d'esquiver le sujet, mais elle insiste.

— Alors, raconte. C'est qui ce garçon ?

Son ton devient aussitôt plus chaleureux, presque maternel. Et tristement peu familier.

Je soupire, puis je cède.

— Il s'appelle Samaël, dis-je en levant les yeux vers elle. Et ce n'est pas mon copain.

— Pourtant, Alessia pense le contraire, me taquine-t-elle.

— Alessia a une trop grande bouche.

Je braque un œil assassin sur l'intéressée, qui ose bouder en retour. *Quel culot, cette enfant.*

— Qu'est-ce qui ne va pas avec ce garçon ? Il n'est pas à ton goût ?

Si elle savait.

— Si.

— Il n'est pas gentil avec toi ?

Je secoue la tête.

— Alors, quel est le problème ?

— Tu ne comprends pas, il n'est pas... comme nous.

— Tu veux dire qu'il n'a pas deux bras, deux jambes et une tête ?

Alessia éclate de rire, tandis que notre mère surenchérit.

— C'est un extra-terrestre ?

J'avais oublié qu'elle était drôle… quand elle était sobre.

— Hilarant, commenté-je en levant les yeux au ciel.

J'inspire brusquement et en finis avec le suspense.

— Il est riche. C'est le fils de Louca Belmonte.

Maman paraît surprise. Elle bat plusieurs fois des paupières.

— Le politique ?

— Ouais.

— Et… il s'oppose à votre relation ? me demande ma mère, préoccupée.

Je repense à ma dernière rencontre avec lui. Même si son père savait ce que j'avais involontairement incité son fils à faire, il avait été aimable. Pas hostile. Il m'avait même dit à bientôt.

— Non.

— Bah alors, qu'est-ce qui te tracasse ?

J'ouvre la bouche pour parler, mais je suis coupée dans mon élan par Alessia, qui renchérit.

— En plus, il est fou amoureux d'elle !

Alors que je me cache derrière mes mains comme le ferait une gamine, Alessia continue de déballer ma vie privée.

— Un soir, il est même venu en bas de sa fenêtre pour la supplier de lui parler, comme dans *Cinquante Nuances de Grey* !

— Comme dans *Roméo et Juliette*, corrigeons-nous en même temps, Maman et moi.

Nous échangeons un sourire étrangement complice, qui fait naître une chaleur sur mes joues.

Quand Alessia a terminé de vanter les mérites de Samaël, sans oublier de mentionner le jour où il a rappliqué la bouche en cœur avec des donuts, elle enfonce son coude dans mon ventre et conclut avec amertume :

— Le pauvre, Malena le repousse sans arrêt. Moi je l'aime bien. Même Jordane l'aime bien. Mais Malena n'aime personne.

Face à cette accusation, je sens mon cœur s'alourdir et les mots m'échappent.

— Bien sûr que si, je l'aime aussi…

Quand je réalise ce que je viens de dire, il est déjà trop tard. Deux paires d'yeux me dévisagent d'un air coquin et entendu.

— Ce garçon a l'air super. S'il tient à toi et que toi aussi, alors fonce, me conseille ma mère.

Au même instant, un des gardiens annonce :

— Il vous reste cinq minutes.

Alessia se penche au-dessus de la table pour serrer sa mère dans ses bras. La gorge nouée, les yeux brûlants à force de retenir mes larmes, je les observe, figée, mal à l'aise.

— Bébé, dit-elle à Alessia. Va attendre ta grande sœur dehors. Je dois parler à Malena.

Alessia hoche la tête, et ma mère lui tapote le bout du nez avant de la laisser partir. Une fois que nous sommes seules, ma génitrice fixe mes mains posées sur la table. Elle hésite, comme si elle voulait les prendre dans les siennes. Finalement, elle ne le fait pas, et ça me rassure autant que ça me déçoit.

— J'ai appris pour… Giovanni.

— Toutes mes condoléances, dis-je sèchement, sans en penser un mot.

Ma mère esquisse un sourire triste, clairement pas dupe.

— Je survivrai, admet-elle d'une voix indifférente.

Après tout, il ne venait plus la voir. Leur relation n'avait jamais été qu'un mélange de déchéance et d'addictions partagées. Pas vraiment le genre de grand amour qu'on lit dans les bouquins ou qu'on voit sur grand écran.

— Comment le prend Alessia ?

— Ça l'a fortement perturbée les premiers jours, mais ça va mieux maintenant.

Je déglutis et, à contrecœur, j'admets :

— Ça lui a fait du bien de te revoir.

— À moi aussi, murmure ma mère.

# 40

## Malena

Lorsque nous regagnons la Micra défoncée qui nous attend sur le parking, j'ai le cœur en ébullition. Depuis cette discussion avec ma mère, mes pensées vagabondent sans cesse vers Samaël. « S'il tient à toi et que toi aussi, alors fonce. » Cette simple phrase s'accroche à moi, comme une moule à son rocher. Ou un truc dans le genre.

Je m'assois sur le siège passager et pose ma tête contre la vitre froide. Le paysage défile, dans le flou car mon esprit reste focalisé sur Samaël. L'envie de le voir vire à l'obsession à mesure que nous nous rapprochons de la Via Fabriano.

Je suis décidée, je vais lui dire ce que je ressens.

— Ouais, ce serait pas trop tôt, ricane Jordane, alors que son regard moqueur capte le mien dans le rétroviseur.

Mes joues s'enflamment quand je réalise que j'ai laissé échapper mes pensées à voix haute.

— Sérieusement, Malena. Je trouve que c'est ce que tu devrais faire. La vie est trop courte pour laisser passer des opportunités, surtout celles qui comptent.

Ses paroles, aussi bienveillantes soient-elles, me serrent le cœur. Elles sont empreintes d'une douleur que je ne peux ignorer. Parce qu'on ne parle pas seulement de ma situation avec Samaël. Jordane va devoir abandonner ses études et se trouver un boulot à plein temps pour pouvoir obtenir la garde d'Alessia. Et ce sacrifice lui coûtera son rêve de devenir avocate. Ce n'est pas faute d'avoir essayé de la faire changer d'avis. Mais lorsque j'ai suggéré de prendre une année sabbatique avant d'entrer à la fac, et de trouver un petit boulot pour l'aider à boucler les fins de mois, elle s'y est fermement opposée. Elle m'a même fait promettre de ne plus jamais évoquer cette idée.

Je prends une profonde inspiration.

— Tu as raison, admets-je.

Un frisson parcourt ma colonne vertébrale lorsque je m'entends abdiquer. Cette résolution me donne une étrange sensation de liberté. Si bien que le trajet jusqu'à la maison, pour la première fois de ma vie, ne me semble pas si terrible.

Lorsque Jordane se gare en bas de l'appartement, elle me retient avant que je ne sorte de la voiture.

— Malena, attends.

Je lâche la poignée, et elle poursuit :

— Tu sais que tu ne pourras pas rester dans cet appartement encore longtemps, pas vrai ?

Je baisse les yeux, consciente de la réalité qui m'attend.

— Je sais… Mais je vais bientôt avoir dix-huit ans. Je trouverai bien une amie chez qui squatter…

En prononçant ces mots, je réalise avec un pincement au cœur que je n'ai pas d'amie suffisamment proche pour m'héberger. Un lourd silence s'installe, mais Jordane le rompt.

— Malena, soupire-t-elle, pourquoi tu ne viendrais pas vivre chez moi ?

Je jette un regard vers Alessia, endormie sur la banquette arrière. Elle respire paisiblement. Je baisse la voix pour ne pas la réveiller.

— Jo, te sens pas obligée. Je sais que toi et moi… on n'est pas vraiment… des sœurs.

Ses yeux se plongent dans les miens, et elle secoue doucement la tête.

— Je t'ai toujours considérée comme ma sœur, Malena. Depuis le début.

Jordane se tourne sur son siège pour m'adresser un sourire sincère, qui fait fondre mes dernières résistances.

— D'accord, alors… ouais… Je veux bien venir vivre chez toi, soufflé-je, soulagée.

— Parfait, dit-elle, soulagée elle aussi. Prépare tes affaires tranquillement, je reviendrai te chercher plus tard. On fait comme ça ?

Je hoche la tête, reconnaissante, avant d'étreindre son épaule. Jordane y répond en posant sa main sur la mienne, et la presse doucement.

— Merci, Jo.

— Ne me remercie pas de me comporter comme une grande sœur, c'est normal, Malena.

Lorsque je pousse la porte de l'entrée de l'immeuble, je suis accueillie par l'air vicié et oppressant qui m'est familier. Mais je ne m'attarde pas. Le cœur battant la chamade, je dévale les escaliers à toute vitesse, jusqu'aux garages au sous-sol. Je récupère mon scooter et sans la moindre hésitation, je roule en direction de chez Samaël.

Une vingtaine de minutes plus tard, j'arrive enfin au numéro 12, Via delle Magnolie d'Oro, et je me gare sur le trottoir. Dans ma hâte, j'en oublie la possibilité de croiser ses parents. Je me précipite vers l'interphone et j'appuie sur le bouton. L'euphorie qui m'envahit est si intense que même l'idée de me retrouver face à l'impressionnant monsieur Belmonte ne suffit pas à me faire reculer. Mais après une minute entière, rien.

Je mets mes mains autour de ma bouche, et je crie du plus fort que je peux.

— Samaël ! Ouvre, faut qu'on parle !

Le silence me répond.

Je sors mon portable, et je compose son numéro en mordillant mon pouce avec nervosité. La sonnerie retentit dans le vide, mais je n'abandonne pas. Je ravale ma frustration, je remonte sur mon scooter et j'essaie d'appeler Lolita, en espérant qu'elle pourra m'aider.

Après quatre sonneries, juste au moment où je m'apprête à raccrocher, elle répond enfin.

— Hmm ? marmonne-t-elle d'une voix pâteuse et ensommeillée.

— Merde, je t'ai réveillée ?

— Ouais, grogne-t-elle faiblement. Je te hais, meuf.

— Désolée, mais tu saurais pas où est Samaël par hasard ?

Elle bouge, et je l'entends remuer dans son lit. Puis elle grommelle :

— J'crois qu'il avait un match de foot à…

Sa voix traîne, comme si elle s'endormait à nouveau. Je m'empresse de la secouer :

— Où ça, Lolita ? Où a lieu ce match ?

— Au Stadio del Popolo, j'crois.

# 41

## Malena

Ma tension artérielle est à son maximum lorsque je gare mon scooter sur le petit parking du stade. Chaque battement de mon cœur résonne dans mes oreilles, et accompagne chacun de mes pas.

Les yeux rivés sur le Stadio del Popolo, je m'avance vers l'entrée d'un pas décidé. Les semelles de mes Dunk foulent le bitume en parfaite synchronisation avec le martèlement de mon cœur. En franchissant le seuil, je suis immédiatement assaillie par l'odeur familière des vestiaires, un mélange d'herbe fraîche et de sueur. J'entends aussi les applaudissements qui résonnent, comme un écho.

Un frisson d'adrénaline parcourt mon corps de toute part, tandis que je continue à avancer entre les murs de blocs de béton. Les gradins doivent être encore remplis de supporters en ébullition. J'entends leurs voix se mêler aux chants de l'équipe, ce qui signifie que le match est terminé.

En arrivant à la sortie du tunnel, je m'arrête un instant pour observer le terrain. Le gazon est marqué par le piétinement des crampons. Quelques joueurs traînent encore sur la pelouse. Certains s'étirent, d'autres discutent, et je cherche désespérément Samaël.

Mon cœur s'emballe lorsque je l'aperçois au loin, entouré de deux de ses co-équipiers, dont Arden.

Sans réfléchir, je me mets à courir, et mes pieds frappent le sol avec une ferveur que je n'avais jamais ressentie. Les cris des supporters semblent s'élever plus fort à chaque foulée qui me rapproche de lui. Je l'appelle, et ma voix tente de porter au-dessus des cris enthousiastes de la foule.

— Samaël !

Il se retourne, et nos regards se croisent. À ce moment précis, tout le reste disparaît. L'incrédulité des autres joueurs, la foule rugissante, tout s'efface, sauf lui.

— Malena ? Qu'est-ce que tu fous ? s'exclame-t-il, perplexe.

Sans me soucier du reste, je continue à courir comme une dératée. Le vent glacial fouette mon visage alors que je me dirige vers lui.

— Ça ne se voit pas ?! Je te cours après, idiot !

J'avance sur ce terrain de foot comme si ma vie en dépendait. Ses co-équipiers s'écartent lorsque je m'arrête devant lui, essoufflée, tremblante mais déterminée. Il me fixe avec un regard perdu et agité. Il peine à comprendre ce qui lui arrive.

— J'ai été tellement stupide.

Après cette confession, je me jette dans ses bras. Il se hâte de me rattraper et agrippe mes hanches, tandis que ses doigts glissent sur mes fesses pour me rapprocher encore plus de lui. Nous nous regardons les yeux dans les yeux, et nos souffles se mêlent sans complexe. Puis, comme l'émotion m'empêche de formuler une déclaration digne d'un film hollywoodien, je l'embrasse.

Parce que certains gestes valent plus que les mots, et que les nôtres, salis par la colère et le ressentiment de ces dernières semaines, nous ont déjà fait suffisamment de tort.

Lorsque nos visages se séparent, Samaël susurre en caressant doucement mon nez avec le sien :

— Malena Angeli, tu vis pour les caméras.

Il embrasse tendrement mon front, puis mes lèvres, avant de me faire glisser pour me reposer au sol. Je prends un instant pour admirer son torse sculpté, ce V séduisant qui s'étire entre ses hanches et son aine, ses abdominaux d'acier, et enfin ce…

Je retiens mon souffle en découvrant enfin son tatouage dans son intégralité.

Samaël suit mon regard et baisse les yeux vers sa clavicule. C'est l'endroit exact où je suis moi-même tatouée.

— C'est…, m'étranglé-je. Une cage ?

— À papillons, précise-t-il.

Il m'attire à lui, et murmure contre mon oreille :

— Tu vis peut-être pour les caméras, Malena, mais moi, je vis pour toi, bébé.

# 42

## Samaël

— C'est…, s'étrangle-t-elle. Une cage ?

— À papillons, précisé-je.

Le choc traverse ses jolis yeux hazel, et je l'attire à moi dans un élan possessif.

— Tu vis peut-être pour les caméras, Malena, mais moi, je vis pour toi, bébé.

Et comme je l'aime plus que de simples mots ne pourraient l'exprimer, je saisis son visage entre mes mains et l'embrasse. Notre baiser dure jusqu'à ce que nous nous éloignions du terrain, avant d'être interrompus par un raclement de gorge.

Mes parents sont là, derrière Malena, dont les lèvres sont rouges et gonflées d'avoir été dévorées par les miennes. Ma petite amie rougit violemment en les remarquant à son tour.

Et alors que je la sens sur le point de défaillir ou de partir en courant, mortifiée, j'enlace sa taille, ramène sa tête contre mes pectoraux, et déclare avec fierté :

— Maman, Papa, je vous présente la femme de ma vie, Malena.

Je n'ai pas besoin de regarder son visage pour savoir qu'elle rougit probablement encore plus qu'il y a une seconde. Mon père se moque un peu de moi, mais je le sens attendri malgré son cœur de pierre, tandis que ma mère a l'air super émue.

Malena s'apprête à lui tendre une main tremblante, mais ma mère la prend dans ses bras.

— Ravie de te rencontrer, Malena. Tu es encore plus jolie en vrai que sur les photos que Sam…

— Maman, grommelé-je, mal à l'aise.

En réalisant sa bourde, elle écarquille un peu les yeux, avant de tenter de se « rattraper » :

— Je ne t'ai pas vue sur les photos Instagram que m'a montrées mon fils, promis.

Mes deux parents sont cruels. *Génial.*

Une fois les présentations faites, j'abandonne mes vieux et entraîne Malena à l'intérieur du stade, impatient de me retrouver seul avec la fille dont je suis éperdument amoureux, et qui m'a beaucoup trop manqué.

— Attends-moi ici, je vais récupérer mes affaires dans les vestiaires.

On s'embrasse comme si on se disait adieu, comme si je n'allais pas revenir dans dix secondes chrono. Mais je ne nous trouve pas pathétiques pour autant.

Dehors, sur le parking du stade, je monte derrière Malena sur son scooter, pour qu'elle nous conduise chez elle. Apparemment, elle va aller vivre chez Jordane avec Alessia, et c'est une putain de bonne nouvelle.

***

## MALENA

Lorsque nous franchissons la porte du hall d'entrée de mon immeuble, les deux acolytes de Salim Hassani sont assis sur les premières marches de l'escalier.

Dès que Samaël les remarque, il pose fermement une main possessive autour de ma nuque. L'albinos, contre toute attente, ne me gratifie d'aucune remarque sexiste, et c'est une première. D'habitude, il a toujours un commentaire à faire sur mon cul ou mes seins, qu'il juge « baisables ». Plus étonnant encore, je n'ai même pas besoin de me battre avec eux pour qu'ils nous laissent passer. Ils s'écartent d'eux-mêmes sans un mot, visiblement intimidés par la stature imposante de mon petit ami.

Après avoir fini de ranger dans le carton « à jeter » les objets dont je me sépare – sans oublier ma balance de précision, désormais inutile depuis que Samaël s'est dénoncé à ma place, et que j'ai décidé d'arrêter de dealer – je souffle sur une mèche rebelle qui s'échappe de ma tresse et me barre la vue. Assise en tailleur au milieu de ma chambre, sur la moquette rêche, je lève les yeux lorsque Samaël revient de la salle de bains, vêtu d'une simple serviette nouée autour des hanches. Et elle tombe si bas que j'aperçois presque la fin de son V et le début de sa virilité impressionnante.

Alors qu'il farfouille tranquillement dans son sac de sport posé au pied de mon bureau, pour en sortir un survêtement violet et noir aux couleurs de l'AS Roma Nova, je me surprends à pencher la tête, captivée par ses muscles saillants. Mon regard doit être insistant puisqu'il faut moins d'une seconde à Samaël pour le remarquer.

Nos regards se croisent, et quand je découvre une étincelle d'amusement dans le sien, je détourne aussitôt les yeux pour m'empresser de ranger mes vêtements dans le carton ouvert devant moi.

— Arrête de rougir, Malena, m'interpelle-t-il de sa voix suave et intimidante. Il n'y a rien de ce que tu vois là qui ne t'appartienne déjà.

Cette précision embrase tout mon corps jusqu'à faire monter une chaleur dans ma gorge. Je fais ce qu'il me dit. Je cesse de rougir et je le contemple, sans chercher à cacher ce qu'il éveille en moi.

Conscient de mes yeux rivés sur lui, Samaël défait lentement le nœud de sa serviette. Lorsqu'elle glisse au sol, mon cœur s'emballe, et ma culotte est déjà trempée.

— Tu aimes ce que tu vois, Angeli ?

Je hoche la tête, incapable de prononcer le moindre mot. Son regard acéré et exalté plonge si profondément en moi qu'il me donne l'impression d'être nue, vulnérable, sans défense.

Et pourtant, c'est lui qui est nu, et moi qui suis encore tout habillée.

— Approche, m'intime-t-il.

Très docile, je me surprends encore à lui obéir. Je m'avance, et alors que je m'apprête à jeter mes bras autour de ses épaules pour l'embrasser, il passe ses mains sous mes aisselles, me soulève, et me dépose sur mon bureau. Je couine légèrement lorsqu'il écarte mes jambes et se faufile entre elles, tandis que son érection imposante est pressée contre moi.

D'une main tremblante mais résolue, je la saisis et commence à le branler fermement. Samaël bascule sa tête dans mon cou, en laissant échapper un sifflement rauque.

— Putain, tu me tues, Angeli.

Après cet aveu désespéré, il me débarrasse de mon jean sans même prendre la peine d'en défaire le bouton, ni d'ouvrir la fermeture Éclair. Je lui facilite la tâche en soulevant instinctivement les hanches, pour faire glisser mon pantalon jusqu'à mes pieds.

Il recule alors d'un pas. Ses yeux brûlants observent mes cuisses écartées et mon intimité, partiellement dévoilée derrière ma culotte blanche humide de désir. Puis, sans un mot, il tombe à genoux.

Je n'ai même pas le temps de prendre une inspiration qu'il rabat ma culotte sur le côté, et enfouit son visage entre mes jambes.

— T'es mon putain de plat préféré, Angeli, murmure-t-il contre moi, d'une voix vibrante d'un désir brut.

Égal au mien.

# 43

## Samaël

Je sors les deux cartons de la Nissan Micra de Jordane. Ils contiennent tous les effets personnels de Malena.

C'est un peu déprimant de réaliser que tout ce qu'elle possède tient dans deux boîtes. Et c'est culpabilisant de constater qu'il me faudrait au moins une douzaine de cartons rien que pour emballer mes fringues.

L'appartement de Jordane situé Via della Paglia est plutôt mignon. Modeste, mais cosy. Il dispose d'une cuisine minuscule ouverte sur un salon, composé d'un canapé en velours brun, sur lequel est posé un plaid léopard roulé en boule. La table basse est couverte de manuels de droit, tout comme les rebords des fenêtres et toutes les surfaces planes. Y compris le dessus du frigo.

Frigo sur lequel sont accrochées plusieurs photos, dont une de Malena aux côtés de Jordane. Je m'approche, attendri de découvrir qu'elle était à croquer avec deux dents en moins, deux tresses et la varicelle.

— Vous voulez manger quoi ? nous demande Jordane, à Malena, Alessia, et moi. J'ai de quoi faire des pâtes ou…

Elle me pousse d'un coup de hanche, ouvre le frigo et rectifie :

— Ah non, juste des pâtes, en fait.

Le repas se déroule dans la bonne humeur, avec une ambiance familiale qui me rappelle pourquoi je demandais toujours un petit frère pour Noël à mes parents.

Alors que je remplis le lave-vaisselle, pendant que Jordane et Malena nettoient puis essuient ce qui ne peut pas y être mis, j'entends Jordane murmurer :

— Si tu veux, Samaël peut rester dormir. Ne sois pas gênée de me le demander, ça ne me dérange pas.

Malena n'a pas le temps de répondre que je déclare :

— Jordane, c'est officiel, t'es ma sœur préférée.

Malena ouvre la bouche, révoltée.

*Ou peut-être même jalouse* ?

— Après toi, bébé, rectifié-je.

— Et moi ? se plaint Alessia depuis le fauteuil où elle regarde une série pour ados, pas vraiment de son âge.

La chambre de Malena, qui servait autrefois de bureau à sa grande sœur, est petite. Le lit n'a qu'une seule place, mais on arrive quand même à y tenir. Ce qui me donne une excuse pour être complètement collé à elle.

— Ce lit est parfait, décrété-je.

Malena pouffe, tandis que par la fenêtre ouverte, on entend les bruits de la rue animée en bas. Les couverts cliquettent et les verres s'entrechoquent au restaurant Tonnarello, qui occupe tout le carrefour et domine toutes les artères alentour.

Je passe mon bras au-dessus de son épaule et entrelace nos doigts. Les siens sont tout petits, tout fins. Je triture l'annulaire de sa main gauche, en fantasmant à l'idée de la faire mienne, de lui passer la bague au doigt.

— Donc, pizza margherita ? soupire-t-elle.

— Ouais, sans olives, confirmé-je.

— Harry Potter ou Hunger Games ? lance-t-elle ensuite, décidée à évaluer nos points communs en matière de… Aucune idée.

— Harry Potter. Hunger Games, quelle daube !

— On est d'accord. Mes parrains sont magiques ou Bob l'éponge ?

— Les Totally Spies.

Elle se retourne, choquée.

— Bah quoi ?

— C'est la bonne réponse.

— Trop cool. À mon tour.

Elle tape sur mon épaule à cause de mon ton moqueur, puis je la fais grimper sur moi et me penche près de son oreille :

— À mon tour, dormir ou chevaucher ma bite, Malena ?

# ÉPILOGUE

## Samaël

***Deux mois plus tard.***

Lorsque je frappe à la porte de l'appartement où vivent Malena et ses deux sœurs, Tupac s'agite sous le revers de mon blouson.

— Chut, le réprimandé-je en lui faisant les gros yeux. Gâche pas la surprise, frérot.

La porte s'ouvre sur Malena, qui s'étonne :

— Tu parles tout seul ?

— Ouais, c'est un truc de personnes intelligentes. Tu peux pas comprendre.

Elle ouvre la bouche, indignée par mon insolence, et je me précipite pour l'embrasser. Elle a l'odeur du paradis. *Mon paradis.* Le miel et la pêche. Et ça me rend toujours aussi fou.

— Oh ! s'exclame-t-elle, surprise, en faisant un bond en arrière. Y a un truc qui a bougé sous ta veste !

Elle pointe un doigt accusateur vers mon blouson, et je rejette ses accusations d'un signe de la main.

— N'importe quoi, bébé. C'est juste mon cœur qui bat toujours super fort quand t'es là.

Dans la cuisine, j'entends Jordane soupirer lourdement.

— T'es plus cliché qu'une télénovela, Belmonte.

— Ouvre ta veste, Samaël, exige ma petite amie avec autorité, et une pointe d'excitation dans la voix.

Un immense sourire fend déjà son visage, et provoque le mien. Je fais ce qu'elle me dit, j'écarte lentement un pan de mon blouson en cuir, et je révèle Tupac, un teckel nain de trois mois récupéré au refuge Cuori Pelosi. Là où a eu lieu notre premier rendez-vous amoureux. Le jour où j'ai tenté de l'embrasser à deux reprises et de la faire mienne, et que j'ai échoué les deux fois, lamentablement.

— Oh mon Dieu ! s'écrie Malena en m'arrachant la boule de poils pour la cajoler contre elle.

— Bon anniversaire, bébé.

Malena rit et pleure, tandis que je me débarrasse de ma veste, avec le sourire idiot d'un mec qui a choisi le bon cadeau d'anniversaire pour sa meuf.

— Je l'ai appelé Tupac, mais il réagit aussi à Tic tac, Big Mac, Clic clac, et Tête à claques. Bref, tout ce qui finit en « ac ».

Une fois cette précision apportée – dont se fout royalement Malena, qui n'a d'yeux que pour son teckel qu'elle vient de prénommer « mon fils » – je me dirige vers la cuisine pour saluer Jordane.

— T'en tires une tronche, belle-sœur.

Face à ce constat, elle lève sa canette de Coca et boit une longue rasade, comme s'il s'agissait d'un alcool à 40 degrés qui allait momentanément effacer ses soucis.

— Elle déprime parce qu'elle pense qu'elle va être virée.

— Ah ouais, t'as fait quoi ? m'intéressé-je.

— Elle a volontairement agressé son patron avec des glaçons, répond Malena à sa place.

— Je les ai plongés accidentellement trop fort dans son verre ! corrige aussitôt sa grande sœur.

— Parce qu'elle n'avait pas aimé le ton qu'il avait employé pour lui demander d'en mettre dans son cocktail Old Fashioned, complète ma meuf.

Jordane pose sa tête contre la table à laquelle elle est assise, et la tape dessus, lentement et deux fois.

— Pour ma défense, je ne savais pas que c'était mon patron.

— C'est où que tu bosses déjà ?

— Au bar de l'hôtel Imperiale.

Voyant qu'un énorme sourire barre mon visage, Jordane s'insurge :

— C'est pas drôle, putain, Sam.

— Meuf, si, ça l'est. Ton boss, c'est mon oncle.

Aussitôt, Malena rapplique avec Tupac et demande :

— Attends, on parle du frère de la mère de Lolita ?

— Ouais, pourquoi, tu le connais ?

— Je l'ai déjà croisé chez Lolita, une fois ou deux.

Ma petite amie se tourne ensuite vers sa sœur, un sourire en coin, et lui dit :

— Il est canon, pas vrai ?

J'agrippe son coude et la ramène vers moi.

— Pardon ? Répète, la défié-je.

Malena rit puis rectifie :

— Il est canon pour un daron ! C'est ça que je voulais dire.

— J'ai pas fait attention, bredouille Jordane.

— T'as pas fait attention, sérieux ? s'exclame Malena, que je ne vais pas tarder à étriper.

— Il a le double de mon âge, Malena ! Donc, non, je n'ai pas fait attention à s'il était bel homme ou pas.

Ma petite amie se penche alors à l'oreille de son teckel nain, et murmure avec un air faussement conspirateur :

— Qu'est-ce que tu dis, Tupac ? Que Jordane ment comme une arracheuse de dents ?

Alors que Jordane gonfle les joues d'exaspération, je me penche à mon tour vers l'oreille de Tupac, feignant l'étonnement :

— Qu'est-ce que tu dis, Big Mac ? Que Malena va passer par la fenêtre si elle continue à parler de cet oncle, qui a l'âge d'être son père ?

**FIN**

# PLAYLIST

*VIOLENCE* – Seen twice, Lestmor
*Nothing Else Matters* – Metallica
*Popolari* – Rhove
*Sex on the Beach* – PARTYNEXTDOOR
*sins (let me in)* – Kanii, Trippie Redd
*FENTANYL* – Sfera Ebbasta, Lazza
*100 Messaggi* – Lazza
*Diamonds* – anders
*Softcore* – The Neighbourhood.

Sur Spotify

Dans les souvenirs de Belen Altieri, il est tout ce qu'elle a toujours désiré, mais aussi celui qui l'a tant torturée. Cela fait des années qu'elle ne l'a plus vu. Et pourtant le voilà, lui son demi-frère démoniaque, lui le si dramatiquement beau Louca Belmonte.

Des années après, il est devenu encore plus puissant, plus imposant, plus manipulateur, si cela est possible.

Elle ne pensait pas le recroiser un jour, ou même qu'il montrerait son visage le jour de l'enterrement de son père.

Pourtant aujourd'hui, elle n'arrive pas à rester loin de lui, elle doit absolument savoir s'il a changé et si elle pourra enfin voir sous l'armure de froideur qu'il a toujours portée en sa présence.

Pourquoi revenir maintenant ? Pourquoi se recueillir sur le cercueil de celui qu'il semblait haïr de toutes ses forces ?

Et si l'obsession qu'elle lui vouait, et cette haine sans limites qu'il ressentait rien qu'en posant les yeux sur elle étaient toujours d'actualité ? Pourrait-elle vraiment l'affronter ?

Quand Gabriel reçoit un coup de fil de son meilleur ami, en panique au beau milieu de la nuit, le suppliant de venir en aide à sa petite sœur, il ne peut pas refuser. Parce que la jolie garce qui a brisé son cœur d'adolescent est dans la merde et qu'il est tout bonnement incapable de lui tourner le dos. Peu importe qu'ils ne se soient pas revus depuis des années et même s'il se serait bien passé de ces retrouvailles, lui qui a mis tant de temps à essayer de l'oublier.

Face à la jeune femme, toujours aussi fière, excentrique, totalement irréfléchie, et scandaleusement belle, il s'était préparé à ce que ça ne soit pas simple. Après tout, ça ne l'est jamais avec Andrea Cardinale.

Mais après toutes ces années, acceptera-t-elle son aide ? Car si des yeux pouvaient tuer, ceux de la petite brune le crucifieraient sur place... Sans aucun état d'âme.

***Histoire intégrale***

Shingfoo

Quand passion et tabou se mêlent dans un tourbillon d'interdits.

Depuis six ans, l'internat est devenu le refuge de Joy, le seul foyer qu'elle connaisse depuis la mort de sa mère. Mais derrière les murs de sa chambre, se cache un dangereux secret : ses colocataires sont tombées dans les filets de Zach, un homme mystérieux à la tête d'un réseau d'escorts et autres activités suspectes.

Bien malgré elle, Joy se retrouve plongée dans ce monde qu'elle réprouve et contrainte de remplacer son amie, elle fait la rencontre d'Adrian. Beau, charismatique, il dégage une aura qui la paralyse. Surtout qu'il semble indifférent à sa présence. Mais pourquoi avoir payé pour sa compagnie ?

Ce qu'elle ignore, c'est qu'il voit en elle le fantôme d'un passé qui le hante, une seconde chance de réparer ses erreurs.

Alors que Joy lutte contre une attirance grandissante, elle se retrouve prise au piège d'un jeu dangereux, empêtrée dans ses mensonges auprès du jeune homme. Leur relation interdite se noue dans l'ombre, chacun dissimulant sa vérité. Combien de temps leurs secrets pourront-ils rester enfouis ?

***Histoire intégrale***

Shingfoo

ELENA MAY

# LOVE INTERDIT

**De la haine à l'amour, il n'y a qu'un pas.**

Belle, pétillante et déterminée, Raphaëlle Walton mène une vie de rêve : un père fortuné et aimant, un tas d'amis, des fringues de luxe, des accès aux soirées les plus branchées de la ville… Bref, sa vie est parfaite. Ou plutôt elle l'était. Tout dérape le jour où elle se retrouve dans le jet familial en direction de Monaco, et en compagnie de son papa et de son associé. Carter Herrera. Businessman redoutable, aussi insupportable que séduisant.

Dès le début, la cohabitation ne fonctionne pas. Carter, trentenaire ambitieux qui a réussi à se faire un nom dans le monde des affaires par ses propres moyens, a bien du mal à tolérer la fille à papa qu'est Raphaëlle. Elle représente tout ce qu'il méprise : arrogance, concupiscence, exubérance. Et alors qu'ils passent leurs temps à se détester et à se faire du mal, tentant d'ignorer leur attirance mutuelle inexplicable et interdite, les choses deviennent vite incontrôlables entre eux.

Plus de retour en arrière possible.

Shingfoo

ELENA MAY

# CRUSH INTERDIT

Camilla Brandson, a toujours vécu à Monaco auprès de ses parents qui souhaitent qu'elle suive la route qu'ils ont tracée pour elle : devenir avocate, comme son papa.
Mais cette vie, cette cage dorée dont elle se sent prisonnière, ne lui convient plus. Et ce nouveau départ dont elle a tant besoin, c'est à New York qu'elle le prend, en colocation avec Raphaëlle, une de ses plus vieilles amies.
Mais tout n'est jamais rose, et les problèmes ne sont jamais loin. Elle le comprend très vite en rencontrant Axel, le bad boy par excellence : un physique avantageux, une paire d'yeux noirs aussi intenses que diaboliques, un sourire à fossettes sur une dentition éclatante à se faire exploser la rétine, quatre-vingts kilos de muscles, des bras bardés de tatouages, et bien sûr il fume et roule à moto. Et accessoirement, c'est le plan cul de sa coloc.
Tout les oppose et ils ne se supportent pas. Et pourtant, un soir, alors qu'elle s'était fait la promesse de ne pas tomber dans le panneau d'un mec comme lui, tout dérape entre eux.